W0465290

HELENE BOCKHORST

DIE BESTE DEPRESSION DER WELT

HELENE BOCKHORST

DIE BESTE DEPRESSION DER WELT

Roman

Ullstein

ISBN 978-3-550-20076-2

2. Auflage 2020

© 2020 by Ullstein Buchverlage GmbH, Berlin
Alle Rechte vorbehalten
Gesetzt aus der Minion
bei Pinkuin Satz und Datentechnik, Berlin
Druck und Bindearbeiten: GGP Media GmbH, Pößneck

*

Ich lasse meine Gliedmaßen herabsinken, löse jede Anspannung, atme tief ein, in den Bauch, wie ich es gelernt habe, und denke daran, dass ich mir gern in den Kopf schießen würde.

»Warte neugierig auf die Gedanken, die dich besuchen kommen. Lass sie alle zu, versuche, jedem einzelnen nachzuspüren und zu ergründen, warum er zu dir gehört«, sagt Pepe, der Kursleiter. Neben mir höre ich das zufriedene Schnaufen und Grunzen von Menschen, die offenbar von erquicklicheren Gedanken besucht werden als ich.

Ich spüre dem Gedanken nach und versuche, zu ergründen, warum er zu mir gehört. Ich kann mir nicht vorstellen, dass der Kopfschuss die Liste der bevorzugten Suizidmethoden bei Frauen Anfang dreißig anführt, und ich bin ziemlich sicher, dass ich ohnehin nirgends eine Waffe herbekommen würde, also geht es wohl weniger um die praktische Umsetzung als um die Symbolik des Bildes. Vorstellungen wie diese suchen mich in regelmäßigen Abständen heim, es ist, als würden nervige kleine Missionare bei mir klingeln und sagen: »Dingdong, Guten Tag! Haben Sie einen kleinen Moment Zeit? Wir würden gerne mit Ihnen darüber reden, wie man sich umbringen kann!«

Neben dem Kopfschuss ploppt jetzt auch noch das Bild

auf, wie ich mir selbst einen Speer durch den weichen Bereich zwischen Kinn und Hals in den Schädel hineinramme. Ich besitze keinen Speer und weiß nicht einmal, ob es anatomisch überhaupt möglich wäre, meine Fantasie in die Tat umzusetzen, aber solche Überlegungen ändern nichts an der Intensität, mit der die gewalttätigen Bilder in mein Bewusstsein drängen.

Ich habe mal gelesen, Frauen schießen sich seltener in den Kopf als Männer. Frauen schießen sich eher ins Herz. Man vermutet, dass es damit zusammenhängen könnte, dass Frauen auch im Sarg gut aussehen wollen. Sylvia Plath hat ihren Kopf in den Backofen gesteckt, aber ich weiß nicht, ob ästhetische Überlegungen bei dieser Entscheidung eine Rolle gespielt haben.

»Und jetzt stell dir vor, wie deine Gedanken sich als kleine Wattewölkchen am Himmel abzeichnen. Schau ihnen zu, wie sie sich langsam von den Rändern her auflösen, immer schwächer werden und schließlich verschwinden. Winke ihnen nach, und begrüße den leeren Himmel, der sich nun vor dir auftut.«

Pepe klingt, als würde er wirklich glauben, dass dies von allen Dingen, die er hätte sagen können, das Hilfreichste wäre. Ich stelle mir lauter Wattewölkchen vor, die wie eine Pistole und ein Speer und ein Backofen geformt sind, sehe ihnen zu, wie sie sich auflösen, und winke ihnen nach. Vor meinem inneren Auge erscheint allerdings kein wohltuend leerer Himmel, sondern das miesepetrige Gesicht von Florian, meinem Lektor, der mich fragt, warum ich hier meine Zeit verplempere und wann ich endlich mal etwas Verwertbares abgebe.

Bisher habe ich nicht das Gefühl, dass diese Meditationsstunde mich irgendwie voranbringt. Ich habe hier keine Erkenntnis erlangt, die ich nicht schon vorher besaß. Aber ich bin schon immer der Ansicht gewesen, dass man Dinge ausprobieren muss, und manchmal dauert es wahrscheinlich einfach etwas länger, bis einem klar wird, was das Wesentliche an einer Idee ist.

Pepes monotoner Singsang sickert weiter in meinen Geist, und ich denke darüber nach, wer wohl die Meditation erfunden hat. Das Konzept klingt völlig absurd. Ich gebe jemandem Geld, damit er mir dabei hilft, eine Stunde lang nichts zu tun. Als wäre ich nicht blendend in der Lage, auch ohne professionelle Anleitung nichts zu tun; das ist ja das, was ich ohnehin viel zu häufig mache. Ich habe gestern, vorgestern und vorvorgestern nichts getan, und heute tue ich auch nichts, aber heute es ist auch noch teuer.

Er könnte gegen Aufpreis einen individuell auf mich zugeschnittenen Meditationsplan erstellen, hat Pepe vorhin gesagt. Einen Meditations. Plan. Und ich musste lachen, denn es fällt mir schon schwer genug, mich überhaupt auf dieses Experiment einzulassen. Ich glaube nicht, dass es irgendwie einfacher wird, wenn ich dabei einem Plan zu folgen habe:

»Ich müsste mich eigentlich schon seit fünfzehn Uhr entspannen, aber ich schaffe es einfach nicht! Und in zehn Minuten kommt wieder der Suizidgedanke zu Besuch. Dingdong, haben Sie heute schon über Selbstmord nachgedacht?!«

Je leiser es um mich herum wird, umso lauter wird das Theater in meinem Kopf. Ich höre förmlich, wie mein innerer Feldwebel mich anbrüllt: »Jetzt mach dich mal locker, du verkrampftes Stück Scheiße! Reiß dich zusammen! Alle anderen entspannen schon erfolgreich, nur du trödelst herum!« Ich schiele auf mein Handy. Sieben Anrufe in Abwesenheit, seit ich es auf lautlos geschaltet habe. Alle von Anton. Ich drehe das Handy um und stelle mir vor, dass es sich auflöst wie ein Wattewölkchen.

*

Pony beugt sich über den Beifahrersitz und stößt die Tür ihres Smarts auf. »Spring rein!« An ihrem Handgelenk klimpern Armreifen. Ich beäuge sie mit mildem Neid. Menschen denken immer, man könnte sich aussuchen, wie man außenrum aussieht, aber das stimmt überhaupt nicht. Nie könnte ich solche Armreifen tragen, immerzu würde ich mich fragen: Bin ich wirklich eine Person, die sich mit so etwas schmückt? Klimpern sie auch nicht zu laut? Sind alle genervt von mir? Wobei ich mich Letzteres auch ohne Armreifen pausenlos frage.

»Wie war der Kurs? Hast du was herausgefunden?«

»Ja. Das Problem beim Meditieren ist, dass man sich die ganze Zeit fragt: Geht es jetzt los? Meditier ich schon?!«

Pony lacht. »Na, wenn du dich das fragst, wohl eher nicht …«

»Kann sein, dass ich einfach kein Talent dafür habe. Aber der Lehrer war auch schlimm. Der hat in einem aufgesetzten Singsang gesprochen und wirkte richtig eingebildet, wie jemand, der sich selbst neu erfunden hat. Aber seine Kreation ist ihm nicht gut gelungen.«

»Wie kommst du denn insgesamt voran mit deinem Buch?«

»Hm, geht so.«

»Wie viele Seiten hast du?«

Wenn es eine Sache gibt, die ich an Pony nicht ausstehen kann, dann die Tatsache, dass sie gerne Fragen stellt und unheimlich penetrant sein kann. Ich selber bin da ganz anders. Manchmal glaube ich, wenn mich jemand entführen würde, dann würde ich es erst relativ spät herausfinden, einfach weil ich zu höflich wäre, den Entführer zu fragen, was das gerade für eine Situation ist.

»Entschuldigen Sie, aber kann es sein, dass Sie mich entführt haben?« Das fragt man doch nicht. »Ich meine nur, weil wir uns nicht kennen und weil dieses Seil ein bisschen an meinen Handgelenken juckt. Das ist natürlich Geschmackssache, aber mir gefällt das nicht so gut. Auch diese Augenbinde und dass Sie mir ein Ohr abgeschnitten haben, so was kennt man ja eigentlich hauptsächlich von Entführern. Ich will Ihnen jetzt aber keineswegs ein Label überstülpen, nennen Sie sich, wie Sie möchten!«

Wie unhöflich steht man denn dann da, falls sich herausstellen sollte, dass man einfach nur zu Kaffee und Kuchen eingeladen wurde von jemandem, der vergessen hat, Kaffee und Kuchen bereitzustellen und zufällig gerade in einem gekachelten, schallisolierten Keller wohnt, in dem Haken von der Decke hängen!

Pony gibt keine Ruhe. »Wie viele Seiten? Sag? Sag!«

»Sieben Seiten«, nuschele ich, weil sieben die erste Zahl ist, die mir in den Sinn kommt, eventuell wegen der sieben Anrufe in Abwesenheit von Anton, den ich zurückrufen muss, wie mir jetzt einfällt. Eigentlich sind es nur zwei Seiten, und davon ist eine Seite eine lose Ideensammlung, aber das geht Pony nichts an, finde ich.

Sie kneift die Augen zusammen. »Sieben Seiten? Hast du beim letzten Mal nicht gesagt, du hättest zwanzig?«

»Ich hab noch mal von vorne angefangen. Anderer Ansatz. Der Mensch als Mängelwesen, das akzeptieren muss, dass es den Kampf gegen die als feindlich erlebte Umwelt längst verloren hat und seinen eigenen Untergang mit heiterer Gelassenheit beobachtet.«

Pony seufzt. »Das klingt nicht besonders heiter. Und das gibt es schon, das hat Epiktet geschrieben. Du kannst doch nicht einfach alle paar Tage dein Konzept ändern.«

Ich schweige und schaue aus dem Fenster. Es ärgert mich, dass Pony wahrscheinlich ein bisschen recht hat. Ich schreibe jeden Tag eine Seite. Aber es ist jeden Tag eine Seite von einem anderen Buch. Auf diese Weise hat man nach einem Monat dreißig erste Seiten von dreißig Büchern. Aber nichts, was man verkaufen könnte. Oder als Käufer kämen nur Menschen infrage, die es mit dem Lesen ungefähr so ernst meinen wie ich mit dem Schreiben. Wenn man nur alle paar Tage mal eine Seite liest, fällt es wahrscheinlich nicht auf.

»Wann musst du noch mal abgeben?«

Ich starre weiter aus dem Fenster. Ich habe einen Abgabetermin. Am Anfang habe ich immer wieder ausgerechnet, wie viel Zeit mir noch bleibt und wie viele Seiten ich pro Tag schaffen müsste, und das klang zuerst entspannt und dann irgendwann nicht mehr. An irgendeinem Punkt ist mir aufgefallen, dass es ganz egal ist, welche Zahl herauskommt, wenn ich die Anzahl der Seiten, die ich abgeben soll, durch die Anzahl der verbleibenden Tage teile. Denn dass ich pro Tag null Seiten schreibe, ist auf jeden Fall zu wenig.

Inzwischen rechne ich nicht mehr nach.

Hin und wieder habe ich das unbestimmte Gefühl, den Moment verpasst zu haben, in dem aus einer flüchtigen Idee ein konkreter Plan geworden ist. Mir fehlt irgendwie der Übergang. Und mit jedem Tag wächst die Angst, meinem Vorhaben nicht gewachsen zu sein.

Ich will einen Ratgeber über den Umgang mit Depressionen schreiben, aber nicht irgendeinen Ratgeber, sondern den Ratgeber, den ich selber in einer meiner schlechten Phasen gerne gelesen hätte. Einen Ratgeber ohne erhobenen Zeigefinger, der Menschen hilft, sich selbst besser zu verstehen und all ihre Probleme zu lösen. Ein Buch, das Leben retten kann. Und mich zu einer gefeierten Autorin macht. Manchmal sehe ich es vor mir, wie ich in den Talkshows sitzen werde und mir Leute mit Tränen in den Augen gestehen, dass ich ihr Leben verändert habe. Ich bekomme Gänsehaut, wenn ich daran denke. »Sie können sich nicht vorstellen, was Sie für mich getan haben! Mir geht es jetzt so gut! Ich bin glücklich. Wie kann ich Ihnen nur danken?«, würde mich ein ehemals depressiver Leser vor laufender Kamera fragen, und ich würde bescheiden lächeln und seine Hand drücken und sagen: »Nichts zu danken. Ich war ja selbst genauso auf der Suche. Das Wichtigste ist doch, dass wir unsere Krankheit besiegt haben!«

Wir sitzen in Ponys Küche, trinken Wein, und in meinem Hinterkopf sitzt die ganze Zeit ein kleines schwarzes Tierchen mit großen Glubschaugen und sagt mir, dass ich eigentlich zu Hause sitzen und arbeiten sollte. Aber wenn ich mit Pony rede, ist das ja Inspiration, und Inspiration gehört dazu und ist auch Arbeit, und morgen werde ich so was von loslegen. Ich sehe es richtig vor mir, wie diszipliniert ich sein werde. Den ganzen Tag über werde ich am Schreibtisch sitzen. Mich überkommt ein wohliger kleiner Schauer, als ich mir das Gefühl der Erleichterung vorstelle, das ich abends haben werde.

»Wie hast du es eigentlich geschafft, deinen Roman fertig zu schreiben?«, frage ich Pony, mehr um mich abzulenken als aus wirklichem Interesse. Was für sie funktioniert, muss für mich noch lange nicht funktionieren. Wir sind viel zu unterschiedlich, als dass sie mir weiterhelfen könnte. Pony funktioniert irgendwie besser als ich.

»Ich habe im Internet gelesen, dass jemand mit Crowdfunding achttausend Euro für ein Schreibprojekt eingesammelt hat. Und dann dachte ich, das ist ja super. Ich kann mir ja einfach vorstellen, Leute hätten mir achttausend Euro gegeben, damit ich meinen Roman schreibe!«

Ich muss lachen.

»Erklär mir bitte nochmal, wie genau dich achttausend Euro, die du gar nicht hast, dazu gebracht haben, einen Roman zu schreiben!«

Pony legt den Kopf schief. »Du weißt schon, dass das Gehirn nicht zwischen realen Ereignissen und Gedanken unterscheiden kann?! Wenn du dir vorstellst, in eine Frucht zu beißen, dann läuft dir doch auch das Wasser im Mund zusammen.«

Das habe ich auch mal gelesen. Wenn man sich oft genug verhält, als wäre man eine bestimmte Person, wird man irgendwann anfangen, sich einzubilden, dass man diese Person ist. Wenn ich mich jeden Tag über mehrere Stunden hinweg so verhalte, als würde ich ein Buch schreiben, dann wird mein Gehirn irgendwann nicht mehr unterscheiden können, ob ich nur so tue. Über meinem Schreibtisch hängt eine Pinnwand, und an der Pinnwand hängt ein Zettel, und auf dem Zettel steht: »Ich bin eine Person, die ein Buch schreibt.« Ich warte auf den Tag, an dem ich das glauben kann. Vielleicht habe ich mir aber auch einfach schon viel zu lange eingebildet, jemand zu sein, der kein Buch schreibt.

Ich habe bereits viele Dinge angefangen und nicht zu Ende gebracht. Anscheinend ist das mein Style. Ich habe immer Phasen, in denen ich denke: Oh. Mein. Gott. Das ist es. Warum bin ich nicht früher darauf gekommen, ich bin ein Mensch, der soundso ist und das und das macht. Das zieht sich eine Weile hin, bis irgendwann die Erkenntnis kommt: Nee. Bin ich leider gar nicht. Ich bin überhaupt kein Mensch, der Dinge gerne tut. Ich bin eher ein Mensch, der alles als Last empfindet.

Pony hat einen Roman geschrieben, in dem eine der Hauptfiguren Depressionen hat. Eine Literaturagentur hat sich ihr Manuskript angesehen und war angetan. Der Schreibstil sei ansprechend, die Figuren lebendig, es mangele nur an einem einzigen Detail: Es sei nicht nachvollziehbar, warum eine schöne, kluge Frau Ende zwanzig an Depressionen leide. Sie müsse irgendeine schlüssige Motivation schaffen, einen schmerzhaften Verlust vielleicht, ansonsten sei die Geschichte nicht plausibel.

Ich hasse Geschichten, in denen jemand erst ein Kind verlieren muss, um depressiv sein zu dürfen. Wenn auf mehreren Seiten geschildert werden muss, wie ein Kleinkind von einem Tsunami weggewaschen wird, wenn die

Hauptfigur in vielen Nächten zitternd aus Albträumen erwachen und im Dunkeln vergeblich nach der Kinderhand tasten muss, dann kann der Leser zu Hause in seinem Lesesessel kennerhaft den Mund verziehen und sagen: Ah. Ich verstehe. Das hat er nie überwunden, und deswegen hat er diese Depressionen. Mir kann das aber nicht passieren! Solange ich mein Kind gut festhalte, kann es mich nicht treffen. Einfach nicht in Tsunamigebiete reisen und du bekommst keine Depressionen. Die Wahrheit ist, es kann jeden treffen. Junge und schöne Menschen, die noch nie irgendeinen Schicksalsschlag erlitten haben, genauso wie alle anderen. Das ist eine Wahrheit, die die Literaturagentur nicht verstehen und auch keinem Leser zumuten wollte.

»Na ja, jetzt liegt es in der Schublade«, sagt Pony. »Die von der Agentur sagen, sie können es nicht verkaufen, wenn es keinen Grund für die Depression gibt.«

»Es ist okay, grundlos depressiv zu sein«, sage ich, »auch wenn der fehlende Grund einen sicherlich etwas runterziehen kann«, und wir lachen ein bisschen. Denn natürlich wissen wir beide, dass die Hauptfigur Pony ist. Pony ist eine schöne, kluge junge Frau und hat keine gute Begründung für ihre Depressionen. Aber so funktioniert das ja nicht. Als würde die Depression wieder gehen, wenn man ihr verklickert, dass sie unbegründet ist. »Ach so! Sorry! Mein Fehler! Hab mich in der Tür geirrt.«

Mir selbst sind Ponys Depressionen immer völlig plausibel vorgekommen.

»Die Agentur hat gesagt, das wirkt larmoyant«, sagt Pony.

»Was ist larmoyant?«, frage ich.

Pony kichert. »Ich habe keine Ahnung, was das Wort bedeutet. Aber ich werde auf keinen Fall ein totes Kind in mein Manuskript hineinschreiben.«

*

Seit zwei Stunden sitze ich mit Rotweinschädel an meinem Schreibtisch und simuliere Produktivität. Ich habe bunte Zettel beschriftet und YouTube-Videos geguckt, aber ansonsten nichts erreicht. Ich starre auf die spärlichen Worte in meinem Textdokument. »Depressionen erkennen – verstehen – bewältigen. Finden Sie nicht, dass es an der Zeit wäre, Ihr Leben wieder selbst in die Hand zu nehmen? Denken Sie nicht auch, dass Sie es verdient haben, glücklich zu sein?« Ich selber werde auf jeden Fall erst wieder glücklich sein, wenn ich irgendwas geschafft habe, denke ich und gebe lustlos »Depressionen« in die Suchleiste bei Amazon ein. Die Trefferliste ist lang. Es gibt echt viele Bücher zu dem Thema. »Depressionen wegatmen«, »Algenöl – die Ernährungsrevolution aus dem Meer« und »Wie mein Pferd mich heilte« sind meine Favoriten. Auch über Meditation ist schon einiges erschienen, aber das ist noch gar nichts gegen das Buch, das ich schreiben werde, wenn ich erst mal verstanden habe, wie man meditiert! Ich sehe es vor mir, wie ich erleuchtet auf einer Yogamatte sitze und ins Leere blicke und anschließend aufstehe, kurz meine Finger dehne und ein Wahnsinnsbuch schreibe.

Pony hat gestern behauptet, dass jeder Mensch meditieren könne. »Aber nicht jeder macht es in einem Kurs, während irgendein Typ labert«, sagte sie. »Ich kann eigentlich nicht meditieren, aber wenn ich im Zug sitze und den Vordersitz anstarre, denke ich an nichts. Nicht an die Vergangenheit, nicht an die Gegenwart und auch nicht an die Zukunft.«

»Hmm.«

»Du musst doch auch irgendwas haben, wo du aufhören kannst zu denken und nur im Moment sein kannst?«

Wenn ich ganz ehrlich bin, gelingt mir das nur beim Sex. Aber das kann auf keinen Fall ein Ansatz für meinen Ratgeber sein. Niemand kauft sich »Denkspiralen mit promiskuitivem Verhalten bekämpfen«, »Mit Rollenspielen gegen den Selbsthass« oder »Wie ich es dank meiner wechselnden Sexualpartner schaffte, jeden Tag das Haus zu verlassen«.

Vielleicht muss ich einfach mal wieder den Kopf freibekommen, und dann komme ich auch auf neue Ideen. Klar, ich könnte jetzt noch ein paar weitere Stunden Stichwörter auf bunte Zettelchen schreiben und im Internet surfen und den blinkenden Cursor in meinem Textdokument anstarren, aber was würde das bringen? Nichts. Das Beste wird sein, ich gönne mir ein Date, ein paar Stunden Ablenkung, und danach lege ich richtig los.

Der Mann, den ich mir auf einer Internetseite ausgesucht habe, weil er etwas Ähnlichkeit mit Anton hat, steht am verabredeten Treffpunkt und putzt sich die Nase. Na bitte, denke ich. Da sag noch einer, ich sei nicht über die Trennung hinweg! Mit diesem Kerl bin ich spätestens in einer halben Stunde über die Trennung hinweg! Dann nimmt er das Taschentuch aus dem Gesicht und die Ähnlichkeit schwindet. Wenn ich die Augen ein wenig zusammenkneife, geht es aber. »Siehst du schlecht?«, fragt er mich besorgt. Nein, denke ich, ich sehe sogar sehr gut, das ist ja gerade mein Problem! Aber es wird schon gehen.

Etwa zwanzig Minuten später beißt Karsten fleißig auf meiner Unterlippe herum und ich lasse mich voll darauf ein. Bald darauf sitze ich mit ihm im Taxi und kann mein Glück kaum fassen. Ich werde noch heute Abend Sex mit einem Typen haben, der, wenn ich die Augen zumache, fast genauso aussieht wie mein Ex! Das wird super!

Neben Karstens Bett steht eine Kiste, die mit blauem Tonpapier und silbernen Sternen beklebt ist. »Was da wohl drin ist …?«, raunt er mir verheißungsvoll zu.

Na, sehr wahrscheinlich das, was du hineingetan hast, denke ich. Mit der exaltierten Gestik eines Zauberers, der ein lebendes Kaninchen aus einem Hut zieht, holt Karsten etliche Spielzeuge und Hilfsmittel aus der Kiste hervor. Es dauert eine gefühlte Ewigkeit, und ich fange an zu frösteln, denn ich habe mich voreilig, wie ich bin, bereits entkleidet. Allmählich werde ich ungeduldig und frage mich, wann Karsten, der Zauberer, mir endlich seinen Zauberstab präsentiert und ein paar Tricks vorführt, aber es passiert einfach nichts.

Stattdessen zelebriert er das, was er für ein gelungenes Vorspiel hält, mit einer Ausführlichkeit, die mir fremd ist und die mich ermüdet. Meine erste Euphorie ist inzwischen abgeklungen, im Schein seiner Ikea-Lampe sieht Karsten überhaupt nicht mehr aus wie Anton, und ich möchte jetzt einfach nur ein bisschen lieblosen Sex haben und bald schlafen, wie ich das sonst auch an einem gewöhnlichen Samstagabend tun würde. Karsten, der

Zauberer, verschwindet kurz in der Küche und kommt mit einer Packung Sprühsahne und einem Glas Rotwein zurück. Mir schwant Übles. »Weißt du, ich …« setze ich an. »Pschschschscht«, macht Karsten und verteilt die Sprühsahne großzügig über meinen Körper. Anschließend greift er erneut in seine Zauberkiste und streut mit einer dramatischen Handbewegung kleine Glitzersternchen über meinen Körper. Ich weiß echt nicht, was das hier werden soll. »Können wir jetzt bitte einfach ficken?«, frage ich. »Oh, du kannst es wohl gar nicht mehr erwarten!«, sagt er schmunzelnd. »Ja!«, sage ich gereizt.

Aber Karsten nimmt nur einen Schluck Rotwein, beugt sich über mich und lässt den Wein langsam aus seinem Mund in meinen rinnen. Irgendwo auf dieser großen weiten Welt gibt es bestimmt eine Frau, die genau das total erotisch findet, aber das bin leider nicht ich. Was will Karsten damit bezwecken? Vielleicht will er einfach nur testen, welche Mengen an Flüssigkeit ich inkorporieren kann, aber es gibt für beide Seiten angenehmere Wege, das herauszufinden. Um die Vorgänge zu beschleunigen, rappele ich mich auf und nehme Karstens Zauberstab in den Mund. Leider muss ich feststellen, dass ein langes Haar daran klebt, was sich sofort geschmeidig um meine Mandeln legt und einen starken Würgereiz verursacht. »Kennst du das, wenn du jemandem einen blasen willst und der hat ein Haar an seinem Pinini und dann nervt einen das die ganze Zeit wie die Hölle?«, frage ich Karsten, um Konversation zu betreiben. Nein, kennt er natürlich nicht. Weil Karsten voll langweilig ist. Genervt pule ich in meinem Schlund herum und versuche, das Haar aufzuspüren und zu eliminieren. Es dauert ein bisschen, weil das Haar, obschon es für ein Haar sehr lang ist, im Verhältnis zu meinem Mund relativ klein ist.

»Ist dir eigentlich schon mal passiert, dass der Mann dann eingeschlafen ist, während du das Haar gesucht hast?«, fragt Karsten. Bei jedem anderen Mann würde ich diese Bemerkung wahrscheinlich witzig finden, aber von einem Menschen, der gerade eine geschlagene Stunde nackt mit mir in einem Bett verbracht hat, ohne dass irgendwas passiert wäre, was über das Streuen von Glitzersternchen hinausgeht, muss ich mir das echt nicht bieten lassen. Länger als zehn Minuten mit jemandem im Bett zu sein, ohne irgendwas irgendwo reinzustecken, hat aus meiner Sicht nichts mehr mit einem Vorspiel zu tun. Das ist einfach nur Prokrastination.

Nachdem es doch noch zu einigen plumpen Vertraulichkeiten zwischen uns gekommen ist, steht Karsten, der Zauberer, irgendwann auf und verschwindet im Badezimmer. Die Zimmertür lässt er sperrangelweit offen. »Hallo?! Könntest du vielleicht mal die Tür …?!«, rufe ich ihm nach, aber er hört mich nicht mehr. Während Karsten im Badezimmer rituelle Waschungen durchführt, überlege ich, ob ich aufstehen und die Tür schließen soll. Bei meinem Glück geht bestimmt genau dann ein Mitbewohner über den Flur und sieht, wie ich mich nackt und glitzernd aus dem Bett erhebe. Die Entscheidung wird mir abgenommen. Ich höre Schritte im Flur und Karstens Mitbewohner nähert sich. »Nabend«, sagt er. »Nabend«, sage ich höflich-distanziert und klinge so, wie man halt klingt, wenn man unbekleidet in einer fremden Wohnung in einem Bett liegt und sich eine unbekannte Person nähert. Der Mitbewohner betritt das Zimmer und bleibt direkt vor dem Bett stehen. »Ich bin der Jens«, sagt er und streckt mir die Hand hin. Entsetzt starre ich seine Hand an. Er will nicht im Ernst, dass wir uns jetzt die Hände schütteln? Während ich nackt und frisch verzaubert im Bett seines Mitbewohners liege? So etwas ist mir noch nie passiert. Es gibt kein Skript für diese Situation.

Langsam hole ich meine klebrige rechte Hand unter der Bettdecke hervor, während ich mit der linken versuche, mir die Decke bis ans Kinn zu halten. Freundlich lächelnd schüttelt Jens meine Hand. »Freut mich, dich kennenzulernen!«, sagt er. Ich schweige. Jens geht.

Wie so oft, wenn ich zum ersten Mal in einer etwas überfordernden Situation bin, muss ich an meinen Großvater denken und an die Bücher, die ich von ihm geerbt habe.

Als mein Großvater im Sterben lag, war ich sechzehn Jahre alt. Ich erinnere mich an seine Hand, die aufgedunsen und leblos auf der Bettdecke lag, an seine Haut, die einen ungesunden, gräulichen Farbton angenommen hatte, und an seine Bemühungen, mit mir Smalltalk zu machen, obwohl ihn jedes Wort sichtlich anstrengte. Man hatte mir vor meinem Besuch zu verstehen gegeben, dass es sich mit großer Sicherheit um unsere letzte Begegnung handeln würde. Einerseits wollte ich diesen Umstand gerne thematisieren und mein Bedauern zum Ausdruck bringen, andererseits wusste ich nicht, wie ich das anstellen sollte. Mein Großvater war ebenfalls darüber unterrichtet worden, dass sich sein Leben dem Ende zuneigte. Er schien nicht zu wollen, dass ich ihn darauf ansprach, und füllte die Stille mit Belanglosigkeiten, die er mühsam mit schwerer Zunge vorbrachte. Er fragte mich, ob ich beim Friseur gewesen sei, und behauptete, meine Haare würden ihm gefallen. Was ich nicht glaubte, denn sie waren pink.

Als ich noch klein war, wurde ich oft für mehrere Tage bei meinen Großeltern abgegeben. Damals las mein Großvater mir viel vor, wobei er das »st« grundsätzlich mit scharfem »s« aussprach. Lange habe ich vermutet, er habe einen Sprachfehler, aber wie er mir irgendwann erzählte, hielt er diese Aussprache für vornehm. Er besaß ein altes Buch mit finnischen und estnischen Märchen, das mich sehr beeindruckte. Es ging um Raubvögel, die so stark waren, dass man auf ihnen reiten konnte, und Hexen, die damit drohten, Menschen zu fressen. Alle Menschen in den Geschichten hatten drei Söhne, und der jüngste war dazu bestimmt, etwas Großes zu vollbringen. Weil ich meinen Großvater immer wieder darum bat, mir Märchen vorzulesen, kaufte er weitere Märchenbücher und markierte mit kleinen Bleistiftzeichen, welche Geschichten er mir schon vorgelesen hatte und welche mir besonders gut gefallen hatten.

Abends ging er häufig mit mir durch den Kleingarten, Kaninchen zählen. Für jedes gesichtete Wildkaninchen bekam ich fünfzig Pfennige, von dem Geld durfte ich mir manchmal ein Eis kaufen – »aber nicht Oma sagen«, schärfte er mir ein. Er zeigte mir die Pflanzen, nannte mir ihre Namen und erzählte mir ihre Geschichten, wieder und wieder. Eine bestimmte Tanne sei im Jahr meiner Geburt gepflanzt worden, sagte er. Irgendwo müsse es ein Foto geben, auf dem die Tanne und ich etwa gleich groß seien. Ich habe dieses Foto nie gesehen, aber er hat es mir so oft beschrieben, dass ich es mir vorstellen kann, ich, noch ganz klein, warm eingemummelt in einem Schneeanzug, gerade in der Lage, zu stehen, wenn ich an der Hand gehalten wurde, und neben mir die Tanne, ebenso klein und kugelig. Wenn er mir das erzählte, schauten wir gemeinsam zu der Tanne auf, die ihn inzwischen überragte.

Irgendwann entschieden die Erwachsenen, dass es nun genug sei, und schickten mich weg. Als ich ging, hob er die Finger seiner geschwollenen Hand mühsam um wenige Millimeter und nuschelte: »Bis bald!« Ich fühlte eine merkwürdige Taubheit. Meinen Großvater hatte ich geliebt. Dieser sterbende Klumpen hier hatte nichts mehr mit ihm gemein. Mir war bewusst, dass das ein Abschied war und dass Trauer angemessen gewesen wäre, aber der Mensch, von dem ich mich gerne verabschiedet hätte, war schon gar nicht mehr da. So blieb nur das Gefühl, zu spät gekommen zu sein und ihn knapp verpasst zu haben.

Ich sah ihn nie wieder. Am nächsten Tag hätte ich Gelegenheit gehabt, ihn mir noch einmal anzuschauen, aber es wäre mir unhöflich vorgekommen, seinen Körper zu betrachten, ohne dass er sich darin aufhielt.

Er hinterließ mir einen Brief, in dem stand, dass ich mir so viele von seinen Büchern aussuchen durfte, wie ich wollte. Niemand machte sich die Mühe, zu kontrollieren, welche Art von Büchern ich aus der Bibliothek meines Großvaters auswählte. So kam es, dass ich mit sechzehn Jahren eine für ein minderjähriges Mädchen erstaunlich umfangreiche Sammlung an Sexratgebern besaß.

Mein Großvater war sehr gewissenhaft gewesen. Alle seine Bücher waren nach Themengebieten geordnet und trugen eine Nummer links oben auf der zweiten Umschlagseite. Die Nummern und Titel hielt er in einem Register fest. Als die Sammlung verkauft wurde, fehlten die Bücher, die zu den Einträgen 421 bis 439 gehörten, aber das störte niemanden. Die Bücher enthielten Anstreichungen und handschriftliche Randbemerkungen. Bei der Lektüre lernte ich meinen Großvater als ehrgeizigen Mann kennen. Er schien es sich in den Kopf gesetzt zu haben, in seinem Liebesleben genau wie in jedem anderen Lebensbereich durch kontinuierliche Vorbereitung optimale Ergebnisse zu erzielen. Widersprüche zwischen den einzelnen Ratgebern markierte er mit warnenden Blitzen und Hinweisen auf die entsprechenden Seitenzahlen in anderen Werken. Übereinstimmungen machte er mit Ausrufezeichen kenntlich. An den Seiten mit Abbildungen ließen sich die Bücher besonders einfach öffnen.

Es war merkwürdig, die Bücher zu lesen und dabei zu wissen, dass mein Großvater sie zu Lebzeiten unzählige Male durchgearbeitet haben musste. Ihr Inhalt war jedoch reizvoll genug, um über diese leichte Irritation hinwegzukommen. Ein Buch las ich besonders intensiv. »Love without fear. How to achieve sex happiness in marriage« von 1947. Im Nachhinein vermute ich, dass mein Großvater den englischsprachigen Ratgeber erworben hatte, weil er die deutschsprachigen Bücher zum Thema bereits kannte. Vielleicht hatte er das Buch auch geschenkt bekommen. Damals glaubte ich, das einzige ausländische Buch in der Sammlung müsste besondere Erkenntnisse enthalten, mir quasi einen Blick über den sexuellen Tellerrand eröffnen, den die anderen Werke nicht bieten konnten.

»Love without fear« war konsequent aus der männlichen Perspektive geschrieben, aber das störte mich nicht;

ich konnte mir die nicht beschriebenen, aber mitgedachten Verhaltensweisen der Frau, die die Ratschläge an den Mann erst erforderlich machten, zusammenreimen. Das Buch enthielt – angesichts des frühen Erscheinungsjahres keine Überraschung – eine Menge moralisierendes Geschwätz über die Ehe, aber auch das störte mich nicht weiter, ich übersprang diese Passagen einfach. Alles andere nahm ich mangels eigener Erfahrung für bare Münze. So lernte ich, dass bestimmte sexuelle »Aberrations« krankhaft seien und daher rührten, dass die betroffene Person in der Kindheit zu oft geschlagen worden war – und dass es ein schwieriges, sich über mehrere Nächte (und über mehrere Buchkapitel) hinziehendes Unterfangen sei, eine Frau zu entjungfern. Fasziniert und entsetzt zugleich las ich, dass das erste Mal absolut entscheidend für den weiteren Verlauf der Beziehung sei. Der Mann müsse äußerste Vorsicht walten lassen, weil bei unsachgemäßer Handhabung der Frau schwere Verletzungen und Traumatisierungen auftreten könnten. Mehrere ins Detail gehende anatomische Beschreibungen erklärten außerdem, in welcher Reihenfolge man eine Frau an bestimmten Punkten berühren müsse, um sie in korrekter Weise auf den Geschlechtsverkehr vorzubereiten. Je häufiger ich das Kapitel las, umso komplizierter erschien mir der ganze Vorgang. Und umso drängender stellte ich mir die Frage: Wo zur Hölle sollte ich jemanden finden, der all das beherrschte? Im richtigen Leben hatte mich noch nicht mal jemand geküsst. Vielleicht merkte man mir meine Überforderung irgendwie an.

Es war eine Randnotiz meines Großvaters, die mir schließlich die Angst nahm. Bei einer der wenigen Gelegenheiten, zu denen ich das Buch bei Tageslicht las und nicht mit der Taschenlampe unter der Bettdecke, fiel mir auf, dass am Rand radiert worden war. Und zwar an der Stelle, wo die hochkomplizierte Berührungsabfolge beschrieben wurde, die zur Vorbereitung der Frau auf den Beischlaf unerlässlich sein sollte. Mein Großvater hatte einen spitzen Bleistift verwendet, der sich ins Papier gedrückt hatte. Indem ich die entsprechende Stelle leicht schraffierte, konnte ich seine geschriebenen und dann wieder ausradierten Worte sichtbar machen. Ich hielt den Atem an. Wie lautete seine Botschaft?

»Reihenfolge egal. Irgendwo anfangen«, hatte er geschrieben. Daneben befand sich eine geschweifte Klammer, die recht großzügig das gesamte Vorspiel einschloss. Ich atmete auf. Mit diesem pragmatischen Ansatz konnte ich etwas anfangen, und ich war meinem Großvater dankbar für den Hinweis. Als ich bald darauf endlich zum ersten Mal Sex hatte, kam ich auf die Idee, künftigen Generationen ein ähnlich weises Vermächtnis mit auf den Weg zu geben. Ich nahm einen spitzen Bleistift, schrieb etwas an den Rand des Entjungferungs-Kapitels und radierte das Geschriebene wieder weg. Zufrieden stellte ich mir vor, wie irgendjemand, irgendeine Großcousine oder eine andere entfernte Verwandte, die kaum leserliche Notiz entdecken und mit einer Bleistiftschraffur sichtbar machen würde. »Mach dir keine Sorgen. Dauert nur fünf Minuten«, würde sie lesen.

*

Pony steht am Kopfende meines Bettes und schaut halb gespielt, halb im Ernst missbilligend auf mich herunter. »Aufstehen, Vera! Ein *neuer* Tag hat begonnen!«, ruft sie. »Nicht schon wieder«, murmele ich. »Wir wollen AUFSTEHN, aufeinander zugehn, voneinander lernen, miteinander umzugehn … AUFSTEHN, aufeinander zugehn und uns nicht entfernen, wenn wir etwas nicht verstehn …«, singt sie und klatscht beim Wort »aufstehn« jedes Mal mit Nachdruck in die Hände. Ich ziehe mir die Decke über den Kopf, aber ich höre trotzdem, wie sie in die Küche geht und dort herumklappert. Gleich wird sie mit einem Kaffee zurückkehren, oder vielmehr: mit der Verpflichtung, mich im Bett aufzurichten und einen Kaffee zu trinken.

Pony arbeitet vormittags in einer Schule ganz in der Nähe. Sie betreut Kinder, die den Unterricht stören. Das sei sehr spannend, sagt sie. Manchmal macht sie Schreibübungen mit ihnen oder spielt Improspiele und dann vergessen die Kinder kurz, dass sie eigentlich rebellisch sein und sich gegen alles auflehnen wollten, aber wenn sie wieder am normalen Unterricht teilnehmen, fällt es ihnen meistens schnell wieder ein. Fast an jedem Wochentag kommt Pony nach Schulschluss bei mir vorbei. Häufig schlafe ich entweder immer noch oder schon wieder, wenn Pony ihren Arbeitstag hinter sich hat, deswegen habe ich ihr einen Schlüssel gegeben.

»Du hattest keine Milch mehr, deswegen hab ich dir Butter reingemacht«, sagt sie.

»Ihgitt.«

»Na komm schon, probier mal. Das schmeckt besser, als du jetzt vielleicht denkst! Die buddhistischen Mönche in ihren Klöstern machen sich schon immer Butter in ihren Kaffee. Oder vielleicht auch in ihren Tee, das weiß ich nicht so genau.«

Ich kann jetzt entweder mit Pony diskutieren oder den Kaffee trinken. Ich trinke den Kaffee.

»Manchmal hab ich das Gefühl, ich bin für dich nur ein weiteres rebellisches Kind, was du zur Vernunft bringen willst«, sage ich.

»Ich bring die doch nicht zur Vernunft«, sagt Pony und lacht.

»Nicht?!«

»Nein. Ich versuche nur, ihnen zu zeigen, dass es jemanden gibt, der sich für sie interessiert, auch wenn sie unvernünftig sind.«

»Versuchst du das auch mit mir?«

Pony legt den Kopf schief. »Das ist was anderes. Du bist kein Kind für mich. Du bist meine Freundin.«

»Ich fühl mich trotzdem manchmal, als wäre ich dein Kind. Besonders morgens. Ich meine, mittags. Danke für den Kaffee. Er schmeckt wirklich nicht so scheiße, wie ich dachte.«

»Das ganze Leben ist nicht so scheiße, wie du dachtest, gib es zu!«

Ich werfe ein Kissen in ihre Richtung, aber nur ein kleines. Als ich erfahren habe, dass Pony ein Jahr jünger ist als ich, war ich überrascht. Damit meine ich nicht, dass sie alt aussehen würde, im Gegenteil. Ich hatte nur instinktiv angenommen, wer so weise und altklug und neugierig und fordernd ist, müsste auf jeden Fall älter sein.

Ich habe Pony immer bewundert. Wir trafen uns zum ersten Mal, als ich gerade mit der Schule fertig war und mit ein paar Bekannten abends Cocktails trinken ging. Wir saßen zu nah an einer der Lautsprecherboxen, mir war es viel zu laut, ich musste mich vorbeugen und einen der Männer an meinem Tisch dreimal bitten, eine Äußerung zu wiederholen, und dann stellte sich heraus, dass das, was er gesagt hatte, es absolut nicht wert war, diesen Aufwand zu betreiben. Ab und zu sagte ich selber etwas und kam mir vor, als würde ich eine Rolle in einem Schultheaterstück spielen. Ich fühlte mich fehl am Platze.

Irgendwann stand ich auf, um zur Toilette zu gehen, und da sah ich sie. Sie lachte glucksend, den Kopf leicht in den Nacken gelegt. Später würde ich herausfinden, dass Pony allgemein eine auffällige Art hat, ihren Kopf zu bewegen, es kommt mir vor, als wäre ihr Hals länger oder biegsamer als der Hals anderer Menschen. Sie sieht aus wie ein gebieterischer Schwan, der Leute in ihre Schranken verweist, wenn sie ihm altes Brot anbieten wollen. Aber damals war ich mit den Besonderheiten von Ponys Anatomie noch nicht so vertraut und sah nur dieses weiße Stück Hals aufblitzen und dachte, wie unbeschwert und lebensfroh sie wirkte. Sie hielt ihr Rotweinglas mit leicht abgeknicktem Handgelenk ein wenig achtlos neben ihrem Körper. Wenn ich ein Glas halte, sehe ich immer aus wie jemand, dessen einzige Lebensaufgabe es ist, ein Glas zu halten.

Zwei ältere Männer und eine Frau mit schwarzen Locken standen in einem kleinen Halbkreis vor ihr und hörten zu. »… hat meine Therapeutin damals nach der Scheidung meiner Eltern gesagt«, sagte sie. Fasziniert starrte ich sie an. Ich hatte noch nie gehört, dass eine echte Person über Therapie sprach oder sogar einräumte, selbst in Therapie zu sein, und sie tat es mit der größten Selbstverständlichkeit. Ich ging näher an das Grüppchen heran, tat so, als würde ich die Preise über der Bar lesen, und versuchte, möglichst unauffällig zu lauschen. Einer der Männer wollte mit ihr scherzen und sagte Sachen wie: »Ich wusste ja gleich, dass du nicht ganz knusper bist!«, der andere stellte ihr Fragen zu ihrer Therapie. Ihn schien vor allem zu interessieren, ob ein Therapeut in irgendeiner Weise für das Ergebnis seiner Bemühungen verantwortlich gemacht werden könnte. Die Frau mit den Locken sagte: »Also *mein* Therapeut hat mich damals unterschreiben lassen, dass ich keine großen Entscheidungen ohne ihn treffe und dass ich mich nicht umbringe.«

»Das musste ich auch ausfüllen!«, sagte Pony. »Hat dich das nicht ganz schön abgefuckt?«, fragte der interessierte Mann. »Es ist doch ein Trost, dass man sich zur Not immer noch umbringen kann.«

Pony schüttelte den Kopf. »Sagen wir es mal so. Wenn ich Vertragsbruch durch Selbstmord begangen hätte, dann hätte ich einer eventuellen rechtlichen Auseinandersetzung doch mit größter Gelassenheit entgegensehen können.«

Ich musste lachen, das Lachen quoll einfach so aus mir heraus, ohne, dass ich etwas dagegen tun konnte, und sie sah mir direkt in die Augen und verstand wohl, dass ich sie belauscht hatte. Schnell drehte ich den Kopf weg und kämpfte mich durch das Gedränge zu den Toiletten.

Als ich wieder am Tisch saß, stand sie plötzlich vor mir und hatte zwei Schnapsgläser in der Hand. »Hier, für dich, weil du eben so große Augen gemacht hast«, rief sie gegen den Lärm an und drückte mir ein Schnapsglas in die Hand. Ich schnupperte vorsichtig daran, es roch nach Kümmel. »Nicht so viel nachdenken«, sagte sie. »Trinken! Das ist gut für dich. Ich bin Pony.« Sie legte ebenso anmutig wie routiniert den Kopf in den Nacken und kippte den Schnaps herunter, ich tat es ihr weniger anmutig nach. Der Schnaps schmeckte wie flüssiges Brot. Ich dachte darüber nach, ob es irgendetwas gab, was ich sagen könnte, um mich interessant zu machen. Pony sah mich mit einem durchdringenden Blick an, als wäre sie die Einzige, die alles verstehen könnte, und es kam mir in diesem Moment vor, als wären wir beide Wesen von einer anderen Spezies. »Ich fühle mich manchmal wie ein Alien«, rief ich ihr ins Ohr. »Cool!«, rief Pony. »Es gibt noch mehr Aliens. Das da hinten sind vielleicht welche«, und sie deutete auf ihre drei Zuhörer, »also einer von denen bestimmt. Die anderen weiß ich noch nicht. Ich muss mal wieder rüber«, und mit diesen Worten drehte sie sich um und stellte sich wieder zu den anderen.

Den ganzen restlichen Abend musste ich immer wieder zu ihr hinschauen. Ich rang mit mir, ob ich sie nach ihrer Telefonnummer oder E-Mail-Adresse fragen sollte, aber ich fand keine gute Begründung.

Auf dem Heimweg schwankte ich zwischen widersprüchlichen Empfindungen. Einerseits war ich traurig, dass ich sie wahrscheinlich nie wiedersehen würde, obwohl ich sie interessant fand. Andererseits war ich beglückt, dass es überhaupt so eine Person gab. Und das wäre normalerweise das Ende der Geschichte gewesen, aber ein paar Wochen später las ich Ponys erste E-Mail an mich.

Ich hatte damals eine hässliche Umhängetasche, die mit irgendeinem Designpreis ausgezeichnet worden war. An jeder dieser Taschen war ein Schildchen mit einer individuellen E-Mail-Adresse befestigt, die Idee dahinter war, dass man mit anderen Taschenbesitzern in Kontakt treten sollte. Keine Ahnung, wie die Designer sich das vorgestellt haben und was man dann schreiben sollte, »Coole Tasche!« – »Hihi, Danke gleichfalls!« Ich fand die Idee etwas albern und das sagte ich auch, als meine Tante mir die Tasche schenkte, und sie sagte: »Du kannst das Schildchen ja abmachen, dann ist es einfach nur eine Tasche!«, aber irgendwie vergaß ich es und wurde erst Wochen später daran erinnert, als ein etwa gleichaltriger Mann im Bus auf meine Tasche deutete und sagte: »Ist das da deine E-Mail-Adresse?« Ich nickte eifrig und sah zu Hause direkt nach, ob ich eine Mail von dem Mann hatte. Hatte ich nicht. Mein Postfach war leer bis auf eine einzige Nachricht, die Pony geschrieben und direkt am Tag nach unserer Begegnung in der Bar abgeschickt hatte.

»Hallo Alienmädchen«, schrieb sie. »Seit wann hast du das Gefühl, dass du nicht dazugehörst? Du hast auch schon mal an Selbstmord gedacht, oder? Schreib mir. Wir können uns treffen. Oder auch nicht. Das hängt davon ab, ob du cool bist. Aber ich glaube, du bist cool. Auf jeden Fall cooler, als du denkst! Na ja, vielleicht projiziere ich auch einfach nur alles Mögliche in dich und unsere kurze Begegnung hinein oder sage dir Sachen, von denen ich mir gewünscht hätte, dass sie mir mal jemand gesagt hätte. Das weiß ich jetzt noch nicht. Du bist eine Karte, die ich noch nicht umgedreht habe. Es ist auch okay, wenn du nicht umgedreht werden willst. Sag Bescheid. Pony«. Das war der Anfang. Von diesem Moment an schrieben wir uns jeden Tag.

»Bald ist Weihnachten, Verachen«, sagt Pony. »Dann musst du ein paar Tage auf mich verzichten. Oder magst du dieses Jahr mitkommen zu meiner Familie?«

Ich schaue in meine Kaffeetasse und schüttele den Kopf. Pony fragt das immer, und ich weiß, dass es gut gemeint ist, aber ich sage immer nein. Ich möchte Weihnachten einfach an mir vorbeiziehen lassen, das ist gar nicht so schwierig, wenn man ohnehin nicht genau darauf achtet, welcher Tag gerade ist. Weihnachten ist die Zeit im Jahr, in der alle zusammenkommen. Auch Menschen, die sich das gesamte restliche Jahr über aus guten Gründen voneinander fernhalten. Ich mache das nicht mehr mit.

»Ich glaube, das wäre schön«, sagt Pony. »Die sind alle ganz lieb!«

Das ist ja noch schlimmer. Das Letzte, was ich will, ist, mit einer Familie herumzuhängen, die »lieb« ist, und ständig diesen Schmerz zu fühlen, weil ich so etwas nicht kenne. Außerdem müsste ich mich pausenlos fragen, wie lange das noch gut gehen kann und wann irgendetwas passiert, das dafür sorgt, dass Leute nicht mehr lieb sind, sondern durchdrehen und sich gegenseitig anschreien.

»Danke, aber ich kann das nicht«, flüstere ich.

Pony legt sich neben mich und umarmt meine Beine.

»Du armer, lieber Grinch«, sagt sie. »Wirst du zurechtkommen?«

»Na klar«, sage ich. »Eigentlich sind es ja ganz normale Tage, außer, dass man nicht einkaufen gehen kann. Und dass du wegfährst.«

Ich trinke die letzten Schlucke von meinem Kaffee und streichle Pony vorsichtig über den Kopf.

»Es ist immer schön, wenn du vorbeikommst, das gibt meinem Tag einen Rhythmus«, sage ich. »Aber du *musst* das nicht tun, das weißt du, oder?«

Pony dreht sich auf den Rücken und spielt eine Weile an ihren Armreifen herum. »Vielleicht gibt es ja auch meinem Tag einen Rhythmus«, sagt sie.

*

Ich finde Silvester scheiße, und zwar schon immer. Ein weiteres Jahr aus den Händen gerissen. Beim nächsten Mal früher anfangen, länger durchhalten, alles besser machen. Sich jedes Jahr aufs Neue einreden, dass man eine Chance hätte. Silvester erinnert mich an meinen nervigen Handywecker, der jeden Morgen klingelt und mir sagt, Hallo, aufstehen, es ist allerhöchste Zeit, steh auf, geh unter die Dusche, begib dich direkt dorthin, gehe nicht über Los. Und dann drücke ich die Schlummertaste und erkaufe mir zehn Minuten, die ich damit verbringe, lethargisch herumzuliegen und mich dafür zu schämen, dass ich nicht aufstehe. Silvester ist ein überdimensionaler Wecker, der in gefühlt immer kürzer werdenden Abständen laut und schrill klingelt. Hallo, aufpassen, falls du die Absicht hast, irgendwas aus deinem Leben zu machen, ist es allerhöchste Zeit, wolltest du nicht ein Buch schreiben, ich sehe hier gar kein Buch, und du wolltest auch mal Sport machen, komisch, dass du so wabbelig bist, los jetzt! Und dann drücke ich auf die metaphorische Schlummertaste und verbringe ein weiteres Jahr damit, Dinge aufzuschieben und mich deswegen schlecht zu fühlen.

Um mich herum sind die Spuren meiner Aufschieberei überdeutlich zu sehen. Das Wissen, dass ein weiteres Jahr verstrichen ist und ich nichts erreicht und nichts verändert habe, lässt alles sinnlos erscheinen. Der Flur füllt sich mit Pfandflaschen und in der Ecke stapelt sich das Altpapier. Überall liegt Wäsche, dreckige Wäsche und saubere Wäsche und neue Anziehsachen, die ich im Internet bestellt und noch nicht ausgepackt habe. Im Kleiderschrank befinden sich, anders als der Name suggeriert, überhaupt keine Klamotten mehr. Ich könnte welche hineinräumen. Ich sehe es richtig vor mir, wie ich die Kleidungsstücke, die überall rumliegen, fein säuberlich zusammenlege und einen Stapel bilde, den ich behutsam in ein Fach lege. Und diese Vorstellung reicht mir schon. Wozu das Ganze in die Tat umsetzen.

Wann ich zuletzt versucht habe, an meinem Buch zu arbeiten, weiß ich nicht. An manchen Tagen legt sich die Schwere wie eine große Decke über mich und lässt es nicht zu, dass ich irgendeinen Gedanken formuliere. An anderen Tagen gehen mir die Worte immer wieder im Kopf herum. Immer wieder dieselben. Und immer wieder von vorne.

Depressive Episoden klingen oft im Laufe der Zeit ab, unabhängig davon, ob sie behandelt werden oder nicht. Vielleicht ist es egal, ob ich den Ratgeber schreibe. Es schreiben ständig Leute Bücher und es schreiben ständig Leute keine Bücher und niemanden interessiert es.

Ab und zu rührt sich das kleine schwarze Tierchen in meinem Kopf, schaut mich vorwurfsvoll an und sagt mir, dass ich eigentlich schreiben sollte. Dann öffne ich kurz meine Augen und taste nach meinem Handy und schaue, welche Tageszeit gerade ist, aber ich fange nichts mit der Information an. Mein Rücken schmerzt vom langen Liegen. Die Stunden vergehen bitter und ohne Hoffnung.

1999 wurde in der Tate Gallery die Installation »My Bed« von Tracey Emin ausgestellt. Sie hatte in einer depressiven Phase tagelang im Bett gelegen, und dann ist sie aufgestanden und hat ihr verlottertes, ungemachtes Bett und ihre dreckige Wäsche zum Kunstwerk erklärt. Ich bin so neidisch auf diese Frau. Sie hat einfach rumgelümmelt und am Ende gesagt, so Leute, das ist jetzt mein Werk. Ich wünschte, ich wäre zuerst auf diese Idee gekommen.

Wenn ich nicht bald aufstehe und etwas schreibe, hinterlasse ich gar nichts. Wenn ich liegen bleibe, passiert nichts, außer, dass mein Körper zerfällt. Irgendwann kommen Spinnen von der Decke heruntergeschwebt und verwenden meinen Körper als Anknüpfungspunkt für ihre Netze. Motten zerfressen meine Kleider. Fliegen legen ihre Eier in meinen Körperöffnungen ab. Maden schlüpfen und fressen sich langsam durch mein Gewebe. Mein Fleisch wird weich und mein Körper immer unförmiger, bis schließlich die Haut aufbricht und ich mich über das Bett ergieße, herunterfließe und in den Teppich sickere. Vielleicht schreibt dann jemand darüber ein besseres Buch.

Natürlich könnte ich Maßnahmen ergreifen, um das zu verhindern. Ich könnte aufstehen, etwas essen und trinken, mich bewegen, duschen und mir etwas anziehen. Aber wozu das alles. Ich würde mich ja auch nicht hinstellen und einen Komposthaufen schmücken. Ich kann einfach verwesen und es interessiert niemanden. Nicht einmal mich selber. Eines Tages wird der Vermieter jemanden damit beauftragen, mich wegzuwischen, damit die Wohnung wieder vermietet werden kann. Irgendeine unbekümmerte, rustikale Person wird hier hereinspazieren, die Hände in die Hüften stemmen und sagen: »Na das ist ja eine schöne Sauerei!« Dann wird der Fußboden nach allen Regeln der Kunst gesäubert, und bald darauf kann hier neues Leben Einzug halten. Außer einem Urnengrab auf einem wenig frequentierten Friedhof am Stadtrand wird nichts an meine Existenz erinnern.

Wobei ich mir nicht mal sicher bin, ob man überhaupt ein Grab bekommt, wenn man eigentlich Brei ist. Wahrscheinlich wird man einfach in einen Eimer gefeudelt und weggeschüttet.

*

Ich brauche als Erstes eine Gliederung. Wenn ich erst mal eine Struktur habe, wird es ganz einfach sein, das Ganze mit Leben zu füllen.

Ich brauche keine Struktur. Ich muss mich einfach nur hineinfallen lassen und das transportieren, worum es mir eigentlich geht.

~~Tipps und Tricks, um jeden Morgen aufzustehen~~
~~Wie Sie Druckstellen vermeiden, wenn Sie sehr viel im Bett liegen~~
~~Liege-Workouts und mentale Übungen für jedermann~~

Meine Unfähigkeit, mich für ein Konzept zu entscheiden und den Ratgeber zu schreiben, ist letztlich dieselbe wie meine Unfähigkeit, sesshaft zu werden und ein Kind zu bekommen. Ich scheue Entscheidungen, die langfristige Konsequenzen haben. Aber wie soll man sich auch auf irgendetwas festlegen, wenn man jeden Tag eine andere Person ist?

Als ich jünger war und in wechselnden WGs, zur Zwischenmiete und in Einzimmerwohnungen lebte, habe ich mir häufig ausgemalt, einen eigenen Komposthaufen zu besitzen. Ein Komposthaufen war mir als der Inbegriff der

Sesshaftigkeit erschienen. Wer lange genug an einem Ort blieb, um einen Kompost anzulegen und die entstehende Erde zu nutzen, der war im Leben angekommen. Die eigene Erde. Wie eine Verheißung war mir das vorgekommen.

Genauso habe ich mich danach gesehnt, die Wände farbig zu streichen. Irgendwo anzukommen, sich einzurichten, eine Farbe zu wählen und dann damit zufrieden zu sein.

Als ich mit Anton zusammengezogen bin, dachte ich, das ist es jetzt. Hier werde ich bleiben. Ich hatte einen Komposthaufen und in gedämpften, aufeinander abgestimmten Farbtönen gestrichene Wände. Aber alles fühlte sich auf diffuse Weise falsch an.

Manche Menschen verbringen ihr Leben damit, Szenen aus Filmen nachzustellen, die sie mal gesehen haben. Jemanden in der Küche von hinten umarmen, während das Radio läuft, sich aus dem Garten etwas zurufen und sich dabei mit einer erdverschmierten Hand eine Haarsträhne aus dem Gesicht wischen und lachen, sich gegenseitig Ringe anstecken und ein paar Tränen wegblinzeln. Im Hintergrund leise Musik. Ich dachte bisher, ich wäre keine dieser Personen, aber inzwischen bin ich mir da nicht mehr so sicher.

Ab und zu habe ich kurze Phasen, in denen ich mir vorkomme, als hätte ich mich gerade gehäutet und mich in eine andere Person verwandelt. Alles fühlt sich neu und anders an, und ich bilde mir dann auch ein, ich könnte mein Verhalten ändern und etwas erreichen. Manchmal hält dieses Gefühl eine Weile an, und dann falle ich doch wieder in meinen alten Zustand zurück, und manchmal merke ich nach einer kurzen Zeit, dass ich versehentlich in eine alte Haut gekrochen bin, die ich schon mal abgeworfen hatte.

*

»Was ist denn eigentlich mit dieser vertrockneten Orchidee?«, fragt mein Mann. Und ich muss daran denken, wie er einmal, als ich eine Pflanze habe umkommen lassen, vorwurfsvoll geschaut und gesagt hat: »Wenn das schon zu viel ist, wie soll das erst werden, wenn wir mal ein Baby haben?«

»Manchmal werden die noch mal wieder, wenn man sie weiter gießt«, sage ich, und bereue es sofort.

Anton stellt die Orchidee zurück auf die Fensterbank. Seine Schultern hängen herunter. Er ist schlaff geworden in den letzten Monaten, und die Jogginghose, die er trägt, hat an den Knien glänzende Stellen bekommen.

Was ist, wenn ich ihn zerstört habe? Pony hat einmal gesagt, »Menschen geht's immer gleich. Man hat eine Umfrage gemacht mit Leuten, die beide Beine verloren haben, und mit Leuten, die eine Million im Lotto gewonnen haben. Und nach einem Jahr ging es allen wie vorher! Bis auf die Tatsache, dass manche von denen sich im Fußball verschlechtert hatten.« Ich hoffe wirklich, dass das stimmt und dass es Anton in ein paar Monaten wieder wie früher gehen wird, aber im Moment sieht es nicht danach aus.

Wir haben uns entzweit, sagen unsere Freunde, und das ist eigentlich eine merkwürdige Art, es auszudrücken, denn wir sind ja immer noch zwei. Eigentlich sind wir inzwischen sogar eher zwei, als wir es je zuvor gewesen sind.

Ich habe eine Erzählung von Dostojewski gelesen, in der eine junge Frau von ihrer Oma mit einer Sicherheitsnadel an deren Kleid angeheftet wird, damit sie gezwungen ist, ihr Gesellschaft zu leisten, und sich nicht unbemerkt entfernen kann. Es hat eine Zeit gegeben, da war ich an Anton angeheftet, aber ich kann nicht mein Leben lang diese junge Frau sein, und er muss lernen, dass er keine halbblinde russische Großmutter ist.

»Du kannst das große Zimmer haben, wenn du wieder hier einziehst«, sagt er, und ich spüre, wie es an mir zerrt. Mein Herz rast, und ich habe das Gefühl, dass ich nicht genug Luft bekomme. Die ganze Luft hier drinnen ist verbraucht, schon lange, wir haben das zwar nicht gemerkt in den letzten Jahren, aber jetzt spüre ich, wie verhängnisvoll es wäre, zu ihm zurückzukehren.

»Ich kann mir im Moment nicht vorstellen, dass ich zurückkommen werde«, sage ich. Ich ertappe mich selbst dabei, dass ich solche Sätze immer vorsichtig formuliere. »Im Moment«, »jetzt gerade«, »ich habe das Gefühl«, »ich kann es mir nicht vorstellen« – etwas Härteres, Endgültigeres bringe ich nicht heraus. Ich traue mir selbst nicht richtig. Was ist, wenn es sich morgen anders anfühlt? Was ist, wenn ich es in einem halben Jahr bereue? Was ist, wenn ich irgendwann zurückblicke und mir wünsche, ich hätte mir wenigstens einen kleinen Rückweg offengelassen? Da ist diese Vorsicht in mir. Was ist, wenn ich ihn mal brauche?

Anton weint in ein Handtuch. Er muss sich dieses Handtuch bereitgelegt haben, bevor er mir die Tür geöffnet hat, sonst hätte er es jetzt nicht so schnell parat. Ich sehe es und fühle mich schäbig und habe wieder einmal das Bedürfnis, nachzugeben. Es wäre so viel einfacher, jetzt zu sagen, dass ich wieder bei ihm einziehen würde.

Wenn Menschen ohne technischen Sachverstand zwei Zahnräder betrachten, die sich drehen, dann können sie nur die Bewegung beschreiben, die sie sehen. Welches Zahnrad das andere antreibt und welches sich lediglich mitdrehen lässt, vermögen sie nicht zu erkennen.

»Das geht nicht«, sagt Anton. »Du kannst nicht einfach wegbleiben. Ich weiß nicht, wie ich das aushalten soll!«

Es ist, als würde ich mit einem sehr höflichen Geiselnehmer über meine emotionale Herausgabe verhandeln, und das macht mich wütend. Er hat nichts in der Hand, das muss selbst er erkennen.

»Wir haben uns mal was versprochen«, sagt Anton. »Wir haben einen Pakt geschlossen.«

Ich kann ihm jetzt auf keinen Fall in die Augen sehen, sonst muss ich auch weinen.

»Ein Pakt ist sowas wie eine Porzellanfigur, die von zwei Leuten festgehalten wird. Wenn einer loslässt und die Figur herunterfällt und zerbricht, dann muss man nicht weiter über die Scherben diskutieren. Man muss einen neuen Pakt schließen oder jeder muss seinen Weg gehen«, sage ich. Dann reiße ich mich los. Wenigstens für heute.

*

Ich schiebe Telefonate oft ewig auf oder drücke mich ganz davor, aber ich weiß nicht, ob das unbedingt was mit der Depression zu tun haben muss. Es hat mir schon immer Unbehagen eingeflößt, mit Menschen zu sprechen, die gar nicht da sind. Das ist doch eine total künstliche Situation. Immer dann, wenn ein Mensch sich nicht direkt an mich wendet, sondern irgendetwas dazwischengeschaltet wird, irritiert mich das.

Ich erinnere mich genau an meine Einschulungsuntersuchung. Die stellvertretende Schulleiterin führte sie durch und nahm dabei eine Handpuppe zur Hilfe, die einen Raben darstellen sollte. Ich war zwar ein Kind, aber ich war nicht bescheuert. Der Gedanke, dass mir jemand zumuten wollte, ein Gespräch mit einem Plüschraben zu führen, verärgerte mich.

»Können wir nicht ohne den Raben miteinander reden?«, fragte ich.

»Oh, da ist der Abraxas aber traurig, dass du dich nicht mit ihm unterhalten willst!«, sagte die stellvertretende Schulleiterin und bewegte dabei den Schnabel des Raben. Dieser klare Verstoß gegen jede Logik brachte mich dermaßen gegen sie auf, dass ich das restliche Gespräch über ausweichend und einsilbig reagierte. Als ich Obstsorten aufzählen sollte, sagte ich »Banane« und schwieg dann beharrlich.

Auf der Heimfahrt regte meine Mutter sich fürchterlich auf. »Jetzt denkt die Frau doch, wir geben dir kein Obst zu essen!«, schimpfte sie, und ich war verwundert. Sie ging anscheinend davon aus, dass Dinge, die man nicht erwähnte, nach außen hin nicht existierten. Aber es passierten doch so viele Dinge bei uns zu Hause, über die wir nicht sprachen.

Einige Zeit später bekamen meine Eltern einen Brief, in dem stand, dass ich verhaltensauffällig und nicht altersgerecht entwickelt sei. Man sollte »auch angesichts der anderen Herausforderungen, denen sich die Familie zu stellen habe«, darüber nachdenken, mich in einer Sonderschule vorzustellen.

Bis heute muss ich an den Plüschraben denken, wenn ich ein Telefon in die Hand nehme, und an so viele andere Dinge: Was macht die Person, die ich anrufen will, gerade in diesem Moment? Wie sehr störe ich? (Dass ich störe, ist keine Frage – ich kann da nur von meinem eigenen Empfinden ausgehen, und mir selbst erscheint ein Telefonanruf zu jeder Tageszeit als unangebrachte Störung.) Und woher weiß man, wann ein Telefongespräch vorbei ist? Was ist, wenn beide zu höflich sind, es zu beenden, und man sich deswegen bis in alle Ewigkeit weiter unterhalten muss?

Aber jetzt führt kein Weg mehr daran vorbei, ich muss Florian, meinen Lektor anrufen. Letzte Woche habe ich gesagt: »Ich rufe dich nächste Woche an«, und jetzt ist es schon Donnerstag, höchste Zeit, dass ich mich melde. Das werde ich jetzt auch direkt tun. Also gleich, nachdem ich einen Kaffee getrunken und mir was zum Schreiben bereitgelegt habe. Vielleicht sollte ich auch noch kurz duschen? Ja, es wird das Beste sein, wenn ich dusche und mir etwas Ordentliches anziehe. Ich habe mal gelesen, dass es einen großen Einfluss auf den Verlauf eines Telefongesprächs hat, ob man zurechtgemacht ist oder im Schlafanzug herumgammelt. Man klingt dann ganz anders! Florian wird mir eher etwas zutrauen, wenn ich herausgeputzt mit ihm telefoniere, als wenn ich nach Schlafanzug klinge. Ich sehe es richtig vor mir, wie ich ganz professionell mit gewaschenen Haaren und dezentem Tages-Make-up an meinem Schreibtisch sitze und genau die richtigen Sachen sage. Was das ist, wird mir beim Duschen bestimmt einfallen.

Auf meinem neuen Duschgel steht: »Hebt nachweislich die Stimmung«, und dahinter verweist ein Sternchen auf eine Fußnote. »Hebt nachweislich die Stimmung*«. Ich habe nicht geschaut, wo das zweite Sternchen ist und was dahinter steht, sondern habe das Duschgel achtlos in den Einkaufswagen fallen lassen. Welche Einschränkung oder zusätzliche Information könnte die Fußnote beinhalten?

*Sie haben gerade 6,95 Euro für ein Duschgel ausgegeben, weil es angeblich die Stimmung heben soll. Sie haben ernsthafte Probleme. Bitte lassen Sie sich untersuchen!

*Come on. Wenn es wirklich Duschgel geben würde, das die Stimmung hebt, hätte dann noch irgendwer Depressionen? Also.

*Wir wollten das »nachweislich« eigentlich in Anführungszeichen setzen, aber unser Marketingchef hat gesagt, dann kauft es keiner.

Die Lösung steht auf der Rückseite: »*Laut wissenschaftlichen Studien.« Das ist überhaupt nicht erwähnenswert. Erwähnenswert wäre es doch nur, wenn die Angaben auf unwissenschaftlichen Studien basieren würden.

Ich glaube, es wäre klug, wenn ich mir noch eine Liste mache mit den Dingen, die ich mit Florian besprechen muss. Beim letzten Mal hat er die ganze Zeit geredet, und mir fielen hinterher erst die Fragen ein, die ich ihm hätte stellen wollen. Ja, ich sollte mir einen Zettel machen und gut vorbereitet in das Gespräch gehen.

- Was ist der allerspäteste Termin, an dem ich abgeben kann?
- Gibt es irgendeine Möglichkeit, noch mehr Zeit zu bekommen?
- ~~Was passiert mit dem Vorschuss, falls ich das Buch nicht abgebe?~~
- ~~Was wäre, wenn ich das Geld schon ausgegeben hätte?~~

Ich bin bereit. Ich bringe das jetzt hinter mich.

Allerdings ist es inzwischen schon kurz vor eins. Was ist, wenn er gleich in die Mittagspause gehen will? Ich sehe genau vor mir, wie er und seine Kollegen sich frohen Mutes bereit machen, die Zigaretten einpacken und die Schlüsselkarten, wie sie diskutieren, wo sie heute essen wollen, als das Klingeln des Telefons ihr Geplänkel zerreißt. »Ich komme gleich nach!«, ruft Florian den anderen nach und nimmt den Hörer ab, mit einer Hand macht er noch eine Bewegung in Richtung seiner Kollegen, die ihm mit Gesten auf ihre Handys signalisieren, dass sie ihm eine Nachricht schicken werden, sobald sie entschieden haben, in welches Restaurant sie gehen. Und er steht neben seinem Schreibtisch, er ist auf dem Sprung, er braucht einen Moment, um überhaupt in diesem Gespräch anzukommen. Es dauert, bis er die Stirn runzelt, merkt, dass das hier etwas Zeit in Anspruch nehmen wird, und sich resigniert in seinen Drehstuhl plumpsen lässt. Das ist nicht das Gespräch, das ich führen möchte. Ich sollte warten, bis die Mittagspause vorbei ist. Wie lange macht er wohl Mittagspause? Er sieht nicht aus, als würde er besonders viel essen, aber wer weiß. Vielleicht hat er einen guten Stoffwechsel. Ich sollte ihm mindestens anderthalb Stunden Zeit geben. Dann kann ich mich in der Zwischenzeit ein bisschen hinlegen, einen kleinen Mittagsschlaf machen, um nachher gut ausgeruht in das Gespräch zu gehen.

Ich erwache mit dem unangenehmen Gefühl, etwas verpasst zu haben. Mein Wecker hat nicht geklingelt, oder ich habe es nicht gehört. Das Licht, das durch mein Fenster ins Zimmer fällt, sieht falsch aus. Der Winkel ist zu schräg, und es hat einen warmen Unterton. Vielleicht ist es schon spät.

Eigentlich müsste ich nur den Arm ausstrecken, nach meinem Handy greifen, den Bildschirm entsperren und wüsste, wie viel Uhr es ist. Eigentlich sollte das nicht so schwer sein. Ich habe mal gelesen, dass man nicht sagen soll, man sei »wie gelähmt«, weil das respektlos wäre gegenüber allen Leuten, die wirklich gelähmt sind, und das kann ich total gut verstehen. Wie ärgerlich muss das sein, wenn man sich nicht bewegen kann und irgendwelche depressiven Loser, die zu faul sind, das Bett zu verlassen, behaupten, sie wüssten, wie sich das anfühlt, gelähmt zu sein. Deswegen achte ich darauf, so was nicht mehr zu sagen.

Die Wahrheit ist aber, heimlich bin ich manchmal neidisch auf Behinderte. Es gibt Tage, an denen stelle ich es mir himmlisch vor, sich nicht bewegen zu können *und sich auch nicht bewegen zu müssen.* Keine Erwartungen, keine Verpflichtungen. Niemand nimmt es einem übel, wenn man nichts macht. Das ist kein sympathischer Gedanke, und manchmal schäme ich mich deswegen. Aber es ist so anstrengend, wenn man sich sowieso schon schlecht fühlt, auch noch zusätzlich ein schlechtes Gewissen haben zu müssen, weil es Leute gibt, denen es noch schlechter geht. Da erscheint es doch naheliegender, mit Neid auf alle zu blicken, die »richtige« Krankheiten haben – solche, die man sehen kann –, und deswegen berechtigt sind, sich selbst zu bemitleiden. Ganz tief drinnen weiß ich natürlich, dass man menschliches Leid nicht auf einer Skala abbilden und vergleichen sollte und dass es kein Wettbewerb ist, aber wenn es ein Wettbewerb wäre, hätte ich ungern den schlechtesten Startplatz.

Es ist 17:20 Uhr. Das ist nicht gut. Florian hat entweder schon Feierabend gemacht, oder er ist kurz davor und sein Wunsch, endlich nach Hause zu gehen, wird die ganze Zeit spürbar sein. Und selbst, wenn er sich nichts anmerken lässt, werde ich immerzu daran denken, dass ich ihn aufhalte.

Ich werde ihn heute nicht mehr anrufen. Ich werde weiter im Bett liegen und ein paar YouTube-Videos an mir vorbeirauschen lassen und in die Gegend starren und mich schlecht fühlen, bis ich irgendwann wieder einschlafe.

*

Stundenlang im Bett liegen und sich vorstellen, man wäre tot, ist nicht ganz dasselbe wie schlafen. Das erklärt auch, warum ich nach dieser Nacht kein bisschen erholt bin. Mein Telefon klingelt. Es ist Florian. Ich kann jetzt nicht telefonieren, ich bin im Schlafanzug, meine Haare sind zerwühlt und an meiner Wange spannt getrockneter Sabber.

Ich drücke den Anruf weg. Erst mal sollte ich duschen, so viel steht fest. Als ich aus der Dusche zurückkomme, habe ich drei weitere Anrufe von ihm verpasst. Ich werde mich schnell anziehen und dann rufe ich ihn zurück.

Wie es aussieht, muss ich ihn gar nicht zurückrufen, er ruft schon wieder an. Ich bin etwas genervt, das ist mal wieder typisch, er hätte sich ja auch die ganze Woche über melden können und hat es nicht getan, aber jetzt, am Freitag, will er noch schnell sein schlechtes Gefühl jemand anderem überstülpen.

»Vera, das geht so nicht«, sagt er, und er klingt so verärgert und abgekämpft, als würde er meinetwegen eine echt gute Pizza bei seinem Lieblingsitaliener verpassen, oder als hätte er schon längst Feierabend machen können, wenn ich nicht wäre. Das ist alles verkehrt. Ich bekomme jetzt genau die Art Gespräch, die ich gestern vermeiden wollte, ich spüre es.

»Entschuldigung, ich war in der Dusche«, nuschele ich.

»Eine Woche lang?!«, sagt er. »Ich brauche mal was Konkretes von dir. Ein Konzept, eine Gliederung, irgendwas. Bleibt es bei dem Titel ›Depressionen wegmeditieren – mein Weg ins Licht‹?«

»Das mit der Meditation … das ist eventuell nicht ganz das Richtige, glaube ich. Aber ich habe einen vielversprechenden neuen Ansatz.«

»Das kommt ein bisschen spät. Was ist denn der Ansatz, und gibt es einen neuen Titel?«

»Kann ich am Telefon schlecht erklären, aber ich schicke dir nächste Woche einen Text, versprochen.«

Schweigen. Ich stelle mir vor, wie er auf die Uhr schaut, wie sein Magen knurrt, wie er sehnsüchtige Blicke aus dem Bürofenster wirft.

»Sag mir die Wahrheit, Vera. Wie weit bist du?«

Leute wollen immer die Wahrheit, aber sie wollen auch, dass die Wahrheit gut für sie ist. Das hier ist nicht der richtige Moment für die Wahrheit.

»Ich komme gut voran!«

»Du musst wirklich so schnell wie möglich abliefern. Wir brauchen einen endgültigen Titel und konkrete Angaben zum Inhalt. Ich kann es allmählich nicht mehr rechtfertigen, dass ich dir so große Freiheiten einräume!«

Ich schweige.

»Du kannst das doch«, sagt er, jetzt etwas freundlicher. »Du hast schon mal etwas geschrieben, was viele Menschen erreicht hat. Und die wollen jetzt wissen, wie deine Reise weitergeht. Wie hast du das denn damals gemacht? Versetz dich in die Situation. In die Haltung, aus der du geschrieben hast.«

Er räuspert sich. »Ich glaub an dich«, sagt er, und es klingt dabei, als wäre das ungefähr das Letzte, was er in diesem Moment denkt.

Die Wahrheit ist, ich habe es gar nicht in mir, dieses Buch zu schreiben. Ich habe Angst, dass ich nicht die richtigen Worte finde, dass das, was ich sagen will, schon zu oft gesagt wurde, oder dass es zu abseitig erscheint, um verstanden zu werden.

Es gibt nur eine kleine Schnittmenge zwischen dem, was Menschen zu wissen glauben, und dem, was sie für ungewöhnlich halten. Die gilt es zu treffen. Einmal habe ich es geschafft, und an guten Tagen denke ich, dass ich es noch einmal schaffen kann, denn es war ja beim ersten Mal so einfach. An allen anderen Tagen weiß ich, dass ich es nicht noch mal schaffen werde, weil es hier um Dinge geht, die man nicht planen kann. Es war Glück.

Nachdem ich versucht hatte, mich umzubringen, habe ich ein einziges Mal einen erfolgreichen Artikel auf meinem Blog geschrieben. Der Text wurde von einem Account mit großer Reichweite auf Twitter geteilt, die richtigen Leute haben ihn gesehen und erneut geteilt, und auf einmal hatte ich Tausende von Kommentaren. Bestimmt war es ein guter Text, ein ehrlicher Text, und bestimmt hat der Verlag recht damit, irgendetwas in mir zu sehen, denn ich bin immerhin die Person, die diesen Text geschrieben hat. Aber was ist, wenn das schon der Zenit meines Schaffens war? Nur weil ich einmal einen guten Text über ein bestimmtes Thema geschrieben habe, heißt das ja nicht, dass ich ein ganzes Buch über dieses Thema schreiben kann. In der vierten Klasse habe ich mal eine ausgezeichnete Mappe zum Thema Maulwürfe abgegeben. Ich hatte auf jeder Seite einen kleinen Comic-Maulwurf gezeichnet, der das Gelernte zusammenfasste. Ich bekam dafür die beste Bewertung in der Klasse. Trotzdem denke ich nicht, dass ich heute in der Lage wäre, ein gutes Buch über Maulwürfe zu schreiben.

*

Ich habe eine schlechte Angewohnheit bezüglich meiner Zeitplanung. Wenn ich mir einen Wecker stelle, darf die Uhrzeit nur Zahlen enthalten, die mir gefallen, und muss möglichst symmetrisch aufgebaut sein. 8:28 Uhr, 10:10, 12:12 oder 12:21 – das sind Uhrzeiten, die ich aushalten kann. Ich würde mir nie einen Wecker auf sieben Uhr irgendwas stellen, das klingt ja schon total unangenehm und sieht auch nicht gut aus. Etwas unpraktisch ist nur, wenn ich eine »gute« Uhrzeit verpasse – und das kommt ja leider immer wieder vor – kriege ich es nicht hin, aufzustehen, bevor die nächste Uhrzeit kommt, die ich zumindest einigermaßen in Ordnung finde.

Das gleiche Problem habe ich, wenn ich Verabredungen treffen will. Die meisten Menschen wollen sich immer nur zur vollen oder zur halben Stunde treffen. Viertel vor und Viertel nach finden sie gerade noch akzeptabel. Aber was ist denn zum Beispiel 16:15 Uhr für eine schreckliche Uhrzeit? Für mich sieht das völlig verkehrt aus, keine Ahnung, wie ich mir das merken und pünktlich sein soll. Kurse, Vorträge, Arbeit, Arzttermine – ich verstehe nicht, warum es diese Konvention gibt, dass alle möglichen Termine immer um Punkt oder um halb beginnen. Was ist denn mit den Leuten oder ist denen alles egal?

Einmal will ich es noch mit dem Meditieren versuchen. Eine kleine Praxis mit glänzenden Efeublättern am Haus, die Stufen zum Eingang sind feucht und glitschig. Als ich den Raum betrete, sehe ich sofort, dass die Einrichtung aus billigsten Ikea-Möbeln zusammengewürfelt ist. Die kotzgrünen Polyesterteppiche kosten vielleicht fünf Euro, denke ich und schäme mich für den Gedanken.

Eine Dame begrüßt mich freundlich, stellt sich vor, und ich vergesse ihren Namen sofort wieder. Irgendwas mit F. Franziska oder Friederike oder so was Ähnliches. Wir machen eine Vorstellungsrunde mit allen Teilnehmern. Birgit sieht verbraucht aus, sie sagt: »Ich leite eine Kindertagesstätte. Natürlich bin ich immer gestresst«, und es klingt auswendig gelernt. Es gibt sie, diese Menschen, die komplett leer sind und einfach nur Sätze wiederholen, die sie irgendwo gehört haben. Ein Philosophiestudent, dessen Name mir ebenfalls direkt wieder entfällt, sagt, er bräuchte einen Ausgleich, weil er so unheimlich viel denken würde. Menschen, die so was sagen, denken meistens nicht besonders viel, denke ich. Es sei ihm wichtig, das Meditieren unter professioneller Anleitung zu lernen, sagt er. Ich finde das ein bisschen lustig. Es geht hier ja nicht um eine Sportart mit hoher Verletzungsgefahr.

Auch er ist gestresst, sagt er, und es klingt stolz, ständig ist er gestresst, er ist so gestresst, dass er nicht mehr weiterweiß. Ich finde es interessant, dass Stress für ihn anscheinend so etwas ist wie eine Medaille, die man sich anheften kann. Ohne den Stress wüsste er gar nicht, ob er genug geleistet hat. Im Hintergrund läuft eine CD mit beruhigenden Klängen. Track 2, zeigt der CD-Player an. Die ganze Zeit Track 2.

Franziska oder Friederike erzählt die ganz verrückte Geschichte, wie sie zum Meditieren gekommen ist. Die ist bei näherer Betrachtung gar nicht so verrückt wie angekündigt, aber egal, jetzt geht es endlich los. Wir schließen unsere Augen und erhalten die ersten Anweisungen, einzelne Körperteile zu spüren, die Füße, die Beine, das Gesäß, den Rücken, die Hände. Brav spüre ich alles nacheinander durch und führe dabei eine innere Liste, was mir besonders gut gelingt. Bestimmt fragt sie hinterher, wie es gewesen ist, denke ich, und: Ich muss mir alles gut einprägen.

Als Nächstes sollen wir uns auf unseren Atem konzentrieren. Wir sollen spüren, wie sich unser Bauch hebt und senkt und wie die Luft in unseren Körper hineingesaugt wird und ihn wieder verlässt. »In einem natürlichen Rhythmus«, sagt sie. Sofort habe ich das Gefühl, dass ich es falsch mache, ich atme wohl zu schnell oder zu langsam oder nicht tief genug, irgendetwas ist fürchterlich verkehrt und ich bekomme nicht genug Luft. Ich weiß, dass es Unsinn ist. Es kann nicht plötzlich der gesamte Sauerstoff aus diesem Raum entfernt worden sein. Die anderen Teilnehmer atmen schließlich ruhig und mit Nachdruck. Ich würde genug Luft kriegen, wenn ich mich nur endlich entspannen würde. Aber die Atemnot fühlt sich echt an. Gierig schnappe ich nach Luft, ohne Erleichterung zu spüren; es ist, als würde ich gegen das Ertrinken kämpfen und unter Wasser mit den Armen rudern und doch unaufhaltsam hinabgezogen werden in die Tiefe. Ich öffne meine Augen und kann gerade noch sehen, dass die Kursleiterin direkt vor mir steht und mich anschaut, bevor mir schwarz vor Augen wird.

Das kann manchmal passieren, sagt sie, besonders bei Leuten, für die Atmen ein belastetes Thema ist. Ob ich mal Asthma hatte oder fast ertrunken wäre, will sie wissen. Ich weiß nicht, was ich dazu sagen soll. Vielleicht ist für mich Überleben generell ein belastetes Thema.

Am Ende zündet sie eine Kerze an, und wir sollen uns einen Punkt an der Kerze aussuchen und ihn anschauen. Bestimmt nimmt jeder die Flamme, denke ich, ich werde nicht die Flamme nehmen! Und ich starre auf den weißen Schaft der Kerze, der vor meinen Augen allmählich anfängt zu glühen, bis sich irgendwann tatsächlich ein eigenartiges friedliches Gefühl in mir ausbreitet. Vielleicht bin ich ja doch eine Person, die gerne meditiert. Aber vielleicht bin ich auch einfach nur müde, wer weiß das schon.

*

Das ist nicht meine Stadt, denke ich, als draußen die Hochhäuser an mir vorbeiziehen, und: Ich bin zu wenig draußen.

Es ist ein schöner, klarer Tag, die Sonnenstrahlen fallen zwischen den Häuserschluchten hindurch. Das kleine schwarze Tierchen in meinem Kopf ermahnt mich, dass ich eigentlich am Schreibtisch sitzen müsste, aber es wird auch von der Sonne geblendet und muss seine Glubschaugen zusammenkneifen.

Ich wollte raus aus der Wohnung, in der mich meine Wand voller Post-its und meine To-do-Liste vorwurfsvoll ansehen und der Zettel die ganze Zeit behauptet: »Ich bin eine Person, die ein Buch schreibt.« Ich habe den Zettel jetzt schon so ausgiebig angestarrt, dass ich jedes kleine Detail daran kenne und hasse, jeden einzelnen Schlenker, die viel zu optimistischen, großkotzigen Bäuche des »B«, und wie der Strich vom »t« am Ende viel zu lässig nach oben geschwungen ist, ich kann mir das nicht länger ansehen. Deswegen habe ich beschlossen, in den Park zu gehen. Mit diesem Entschluss bin ich nicht alleine. Eine endlose Karawane aus Eltern mit Kinderwagen und Karren schiebt sich träge an der Straße entlang. »René, letzte Warnung!«, ruft eine Frau dem kleinen Jungen zu, der auf der Betoneinfassung des Ententeichs balanciert und eine Spitze seines Schuhs selbstvergessen ins Wasser tunkt. »René! Drei Tage!«, ruft sie erneut, diesmal in energischem Tonfall, und das Kind zuckt zusammen, springt von der Betonkante und galoppiert zur Mutter zurück. Ich wüsste gerne, was für eine Warnung »drei Tage« ist, dass sie so eine große Wirkung haben kann. Drei Tage Fernsehverbot vielleicht oder drei Tage keine Süßigkeiten. Drei Tage Meditationskurs, drei Tage Silvester, drei Tage lang ein Buch schreiben müssen.

Bei uns zu Hause wurde immer mit ganz anderen Dingen gedroht. »Ich kann dich auch einfach totschlagen, dann bist du tot«, hatte meine Mutter einmal gesagt, und ich zweifelte nicht daran, dass sie das ernst meinte. Kinder kann man ziemlich leicht totschlagen. Die können nix. Der Staubsauger lief im Hintergrund, er war cremefarben mit einem schwarzen Rohr, das sie auf den Boden geschmissen hatte, um besser mit mir schimpfen zu können. Der Staubsauger lief einfach immer weiter und weiter, und ich stand daneben und weinte. Bis heute fühle ich mich jedes Mal in diese Situation zurückversetzt, wenn ich ein Staubsaugergeräusch höre. Das klingt wie eine schlechte Ausrede, um nicht die Wohnung putzen zu müssen. Aber immer, wenn ein Staubsauger läuft, muss ich daran denken, wie meine Mutter gesagt hat, dass sie mich beseitigen will.

Als ich älter wurde, beruhigte ich mich damit, dass es gar nicht so einfach sei, jemanden verschwinden zu lassen. Es würde in der Schule auffallen, wenn ich nicht mehr kam. Menschen würden sich nach mir erkundigen. Das gab mir ein bisschen Sicherheit. Mir fällt erst im Nachhinein auf, dass ich bei diesen Überlegungen das Thema Mutterliebe stets ausklammerte, als sei das eine Frage, die ich nicht stellen dürfte, nicht einmal in Gedanken.

Drinnen im Tropenhaus sind die Stimmen spröde und die Leiber schwitzig. Viel zu viele Menschen quetschen sich auf den engen Wegen aneinander vorbei, und in der künstlich aufgeheizten Luft scheint alles anstrengender zu sein als sonst. Wie ein drohendes Gewitter blitzt die Anspannung der Mütter und Väter durch ihr Lächeln hindurch. Äffchen mit niedlichen Gesichtern hocken verschüchtert hinter Glasscheiben. Die Kinder schlagen mit ihren Fäusten dagegen, ein Äffchen zuckt erschrocken zusammen, und ich spüre den Hass in mir aufsteigen. Ich bin viel näher mit diesen Kindern verwandt als mit den Äffchen, und trotzdem ist für mich ganz klar, auf wessen Seite ich stehe. Kinder machen ständig dumme Sachen. Es ist schwierig, sie nicht dafür zu hassen. »Nicht gegen die Scheibe hauen«, sagt ein Vater zu seiner Tochter, und ich will mich gerade über seine Rücksichtnahme freuen, als er hinzufügt: »Da sind doch viel zu viele Bakterien dran!«

Ich muss daran denken, wie wir einmal Freunde von Anton besucht haben, die gerade ein Kind bekommen hatten. Vielleicht hatte Anton gehofft, dass sich auch bei mir der Kinderwunsch regen würde, wenn ich das Neugeborene sah. »Hier, du darfst ihn auch mal halten«, sagte Jana und drückte mir freudestrahlend das Baby in die Arme. Und ich schaute herunter auf das klebrige Wesen, das sich unbehaglich in meinen Armen wand, und ich dachte an ein nacktes Babykaninchen und daran, dass man Babys nach der Geburt nicht vollständig und gründlich abwäscht und dass ich, wenn ich das Baby hielt, indirekt in Jana hineinfasste. Ich nahm mir fest vor, mir später die Hände zu waschen.

Man geht inzwischen davon aus, dass die Veranlagung für Depressionen auch vererbt werden kann. Ich erinnere mich, dass ich einmal ein Gespräch mit meiner Großmutter geführt habe, in dem sie mir erzählte, dass sie lange an schweren Depressionen gelitten habe, dass es ihr kaum zuzutrauen gewesen war, sich selbst zu waschen und das Haus zu verlassen. Ihrer Mutter, meiner Urgroßmutter, sei es genauso ergangen, sagte sie. Im Falle meiner eigenen Mutter war es mehr als offensichtlich, dass sie, neben anderen Dingen, auch an Depressionen litt, und ich frage mich immer wieder: Was hat diese Frauen dazu gebracht, trotzdem Kinder zu kriegen? Warum genau schien es ihnen eine gute Idee zu sein, nicht nur selbst die Verantwortung für ein Kind zu übernehmen, sondern diesem Kind auch noch ihr Leid aufzubürden wie einen viel zu schweren Rucksack. Hier, bitte. Nimm. Mir war er zu schwer, aber vielleicht bist du ja stärker. Mich gibt es nur, weil Frauen über mehrere Generationen hinweg entgegen jeder Vernunft gehandelt haben. Kinder kriegen und dann noch überforderter und unglücklicher werden als vorher, ist bei uns Familientradition.

Mein Vater erzählte immer gerne, wie meine Mutter bereits damals, als sie das erste Mal zusammengewohnt haben, während des Studiums, in ihrer allerersten Wohnung, in regelmäßigen Abständen ihre Ausraster gehabt hätte. Wie sie plötzlich angefangen habe aufzuräumen, und sich immer mehr hineingesteigert habe, bis sie schließlich die Schubladen aus der Kommode gezerrt und gegen die Wand geworfen und das Geschirr auf den Boden geschmissen und herumgeschrien habe, dass es immer sie sei, die alles machen müsse, und dass sie es leid sei und entweder sich oder ihn umbringen werde. Er erzählte das mit einem amüsierten Glucksen in der Stimme, als sei es ein liebenswertes Detail oder eine Eigenschaft an ihr, die man einfach gerne haben müsste. Und für ihn stimmte das ja wahrscheinlich auch. Er war etwas größer als sie und musste keine Angst haben, mit einer Schublade erschlagen zu werden. Ich glaube, ob man es mit Humor nehmen kann, wenn jemand Gegenstände durch die Gegend schmeißt, hängt vor allem davon ab, wie groß diese Gegenstände im Verhältnis zum eigenen Körper sind. Vermutlich hätte er es weniger zum Schmunzeln gefunden, wenn sie mit riesigen Schränken herumgeschmissen hätte.

Er hat genau gewusst, wie sie sein konnte. Er hat einfach nur nicht verstanden, was das für ein Kind bedeutet. Manchmal möchte ich am liebsten nach Hause fahren und ihn schütteln und sagen: Wirklich? Du kennst diese Frau besser als jeder andere. Hast du es wirklich für eine gute Idee gehalten, mit ihr Kinder zu machen?

»Wenn die Hormone ausgeschüttet werden, ist dein Kind plötzlich das Allerwichtigste im Leben, dann willst du dich von ganz alleine drum kümmern«, hat Jana mir versichert.

Als Sylvia Plath 1963 Schlafmittel schluckte und den Gashahn in ihrer Küche öffnete, schliefen ihre Kinder Frieda und Nicholas, beide noch im Kleinkindalter, im Nebenzimmer. Und das kann man sicher irgendwie finden, aber ich denke, es zeigt vor allem, dass man sich nicht allzu sehr darauf verlassen sollte, dass die Hormone in einer bestimmten Situation schon rechtzeitig reinkicken werden.

*

Ich habe mir einen Kampffisch gekauft. Seine Flossen erinnern mich an ausgefranste Mohnblumenblätter, sein Gesicht wirkt missmutig. Erregt spreizt er seine Flossen vor der Frontscheibe des Aquariums, patrouilliert zitternd hin und her und klappt die Kiemendeckel auf. Wenn ich von der Seite ins Becken schaue, kann ich sehen, was ihn so in Rage versetzt: Er sieht sein eigenes Spiegelbild. Ich fühle mich in diesem Moment sehr verbunden mit Karl. Auch ich spüre beim Blick in den Spiegel manchmal diese blinde Wut. Aber der Kampffisch weiß nicht, dass er gegen sich selber kämpft. Er hält das Spiegelbild für einen Artgenossen, einen Konkurrenten, dem er den Garaus machen muss. Wenn man zwei männliche Kampffische auf engem Raum zusammen hält, kämpfen sie bis zum Tod.

»Kannst du einen zweiten Kampffisch kaufen und dazusetzen?«, fragt Pony.

»Dann hätte man nach kurzer Zeit wieder nur einen Kampffisch«, sage ich.

»Aber das wäre dann der bessere von den beiden?«

»Ja.«

»Das ist ja super! Also könnte man theoretisch immer neue Kampffische kaufen, dann hätte man immer den besten Fisch, den es gibt!«

Das Aquarium ist schön geworden, ich habe extra noch ein paar Schwimmpflanzen gekauft, damit Karl sich zwischen ihren herabhängenden Wurzeln verstecken kann, wenn er mal seine Ruhe haben will, und einen Javafarn auf eine Wurzel gebunden, einfach nur, weil es schön aussieht. Am Boden wächst Glossostigma elatinoides in einem dichten Teppich, genau wie Takashi Amano es in seinen Naturaquarien häufig gemacht hat.

Sylvia Plath und Takashi Amano sind die beiden Menschen, die ich am interessantesten finde. Takashi Amano hat die Aquaristik verändert. Fast alles, was heutzutage in der Süßwasseraquaristik als selbstverständlich gilt, hat er entwickelt. Wobei entwickelt vielleicht das falsche Wort ist, denn fast alles, was er benutzt hat, gab es schon. Aber er hat alles zusammengebracht. Er war sehr gut darin, sich Dinge abzuschauen und sich inspirieren zu lassen. Von der Natur, von der Art, wie Zen-Gärten gestaltet wurden, sogar von alkoholischen Mixgetränken. »Angeblich kam Takashi Amano beim Genuss eines Whisky Soda auf die Idee, CO_2 in Pflanzenaquarien einzusetzen. Dadurch war es ihm möglich, seine Aquarien dichter zu bepflanzen als bisher und prächtige, natürlich wirkende Unterwasserlandschaften zu erschaffen«, sage ich zu Pony und Karl, dem Kampffisch. Keiner von den beiden wirkt interessiert.

Takashi Amano hat Welten erschaffen, die sich unzählige Menschen angeschaut haben, in Bildbänden und in Ausstellungen. Dann hatte er eine Lungenentzündung und ist gestorben. Zwischendurch hat er viel Whisky getrunken und viele Länder bereist. Ich stelle mir Takashi Amano als einen glücklichen Menschen vor.

Sylvia Plaths Welten dagegen waren meistens nur in ihrem Kopf. Wenn man ihre Tagebücher liest, ahnt man, wie groß bei ihr die Kluft zwischen innen und außen war und wie wenig sie sich den Menschen um sie herum offenbaren konnte. Ihre Tagebücher sind zuerst nur in einer zensierten Version erschienen, an der ihre Mutter und ihr Mann ordentlich herumgemurkst haben, aber inzwischen gibt es eine Ausgabe, die den Originaltext wiedergibt und genau dokumentiert, welche Stellen in der bearbeiteten Fassung geändert oder gestrichen worden waren. Ein Unterschied wie Tag und Nacht. Wie zwei völlig verschiedene Menschen. »Führt am Ende kein Weg aus dem Kopf heraus?«, hat Sylvia Plath in ihrem Gedicht *Vorahnungen* gefragt. Leider hat sie selbst wohl nur eine Möglichkeit gesehen, aus ihrem Kopf herauszukommen. »Dingdong, hier ist der Suizidgedanke. Haben Sie heute schon darüber nachgedacht, Ihren Kopf in den Backofen zu stecken?«

Die Stellen, die in ihren Tagebüchern früher zensiert worden waren, habe ich am liebsten gelesen. Sylvia Plath war manchmal echt lustig. Aber das hat niemand so richtig zu schätzen gewusst, weil sie das meistens für sich behalten hat. Und dann hat sie eines Tages entschieden, ihren Kopf zu grillen.

Man kann daraus eigentlich nur den Schluss ziehen, dass es heilsam wäre, sich irgendwie anderen anzuvertrauen und das, was in einem ist, anderen zugänglich zu machen. Ich habe definitiv vor, das in Zukunft immer zu tun. Ganz frei heraus werde ich sagen, was mich bewegt.

»Woran denkst du gerade?«, fragt Pony, und ich merke, dass ich immer noch mit der Futterdose in der Hand vor dem Aquarium stehe und mich nicht bewege. Pony und

Karl schauen mich – vermutlich aus unterschiedlichen Gründen – erwartungsvoll an.

»Ach, nichts«, sage ich.

*

Es ist über ein halbes Jahr her, dass ich ausgezogen bin, und anstatt mit der Beziehung abzuschließen, sitze ich neben meinem Mann in der Sonne und halte ein Wassereis in der Hand, das langsam schmilzt und mir den Arm herunterläuft. Anton und ich sind nach Ägypten geflogen. Ich habe keine Ahnung, warum es ausgerechnet Ägypten sein musste, aber sich von einem bestimmten Ort zu entfernen und sich in einer anderen Umgebung aufzuhalten hat ja häufig etwas Heilsames.

Ich habe Anton gesagt, dass ich das Gefühl habe, unsere Beziehung sei tot, und er hat sich gewünscht, dass wir diesen Urlaub, der schon so lange geplant war, trotzdem noch machen. Da passt es vielleicht ganz gut, dass wir jetzt in einem Land sind, in dem tote Dinge traditionell sehr lange aufbewahrt werden. Zu dieser Reise habe ich mich nur überreden lassen, weil ich ein schlechtes Gewissen hatte, dass ich den Kontakt mit ihm so lange vermieden habe. So viele Anrufe, die ich nicht angenommen habe, so viele Nachrichten, die ich nicht beantwortet habe. Aber ich hatte das Gefühl, unsere Beziehung ist wie Schrödingers Katze, solange ich nicht hinschaue, weiß ich nicht, ob sie tot oder lebendig ist.

Ich weiß nicht, was mit mir los ist, dass ich diesen eigenartigen Schwebezustand der Unklarheit so viel besser aushalten kann als die Gewissheit. Ich weiß auch nicht, wo die Zeit geblieben ist.

Mir fällt ein, dass ich mich viel zu lange nicht bei meiner Oma gemeldet habe. Sie hat irgendwann zaghaft darum gebeten, dass ich mich mit meiner Mutter versöhne. »Ich liebe dich und ich würde so gut wie alles für dich tun, nur diese eine Sache nicht«, schrieb ich ihr. »Ich hoffe, du verzeihst mir. Ich kann das wirklich nicht.« Ich bekam keine Antwort. Immer wieder habe ich mir vorgenommen, sie anzurufen oder einen weiteren Brief zu schreiben, einen besseren; einen Brief, der alles erklärte und alles in Ordnung brachte, aber je länger ich darüber nachdachte, was dieser Brief alles enthalten müsste, umso schwieriger wurde es, mit dem Schreiben anzufangen. Ich schob es so lange auf, dass ich inzwischen nicht mehr sicher bin, ob sie überhaupt noch lebt. Und seit mir das klar geworden ist, schreibe ich ihr erst recht nicht. Zu groß ist die Angst, der Brief könnte ungeöffnet zurückkommen, mit einem bedauernden Vermerk des Altenheims versehen. Ich habe Schrödingers Ehe und Schrödingers Großmutter und, wenn ich mich weiter davor drücke, in das Dokument mit meinen Notizen zu schauen, auch Schrödingers Karriere.

Der Wind streicht über das Land, raschelt in den Palmen, überall sind Verbotsschilder – nicht über den Rasen laufen, keine kurzen Hosen im Speisesaal, das Wasser nicht trinken, die Vögel nicht füttern. Ich habe das Gefühl, wir sollten eigentlich gar nicht hier sein. Niemand sollte hier sein. Es ist die Art Urlaub, die sich Leute normalerweise erst leisten können oder wollen, wenn sie sehr alt sind. Wir sind die Einzigen hier, die noch nicht zerfallen. In so einem Szenario kann man leicht auf die Idee kommen, man hätte mehr gemeinsam, als es eigentlich der Fall ist: »Wir passen gut zusammen, denn wir haben beide noch unsere eigenen Zähne!«

Dort, wo die Bewässerungssysteme der Hotelanlage enden, hört schlagartig auch die Vegetation auf. Vom Balkon aus kann ich die Wüste überblicken. Wie ein schlafendes Tier liegt sie da und wartet. Früher, wenn wir in Dänemark im Urlaub waren, habe ich mir manchmal vorgestellt, mich in die Büsche zu schlagen und abzuhauen. Man könnte sich dort tagelang in den Wäldern herumtreiben und niemand würde einen finden. Aber wir sind hier auf einem fremden Kontinent und es ist verdammt heiß. Ich glaube, wer sich hier in die Büsche schlägt, kommt nicht wieder.

Sehnsüchtig denke ich an meine eigene kleine Wohnung, in der es jetzt bestimmt ruhig und kühl ist. Wie es Karl wohl geht? Wenn die Wasserwerte sehr schlecht sind, springen Kampffische mitunter aus ihrem Gefäß. In der Natur dient dieses Verhalten dazu, in eine andere Pfütze mit günstigeren Lebensbedingungen umzuziehen. In der Heimtierhaltung führt es dazu, dass der Besitzer seinen Schützling vom Fußboden vor dem Aquarium abkratzen kann.

Ich schließe mich im Badezimmer ein und denke daran, dass es eine klassische Krimi-Situation ist. Wenn genau in diesem Moment ein Überfall oder eine Entführung passieren würden, wäre ich die Einzige, die verschont werden würde. Die Tür sieht ziemlich stabil aus. Aber natürlich passiert überhaupt nichts. Nur Anton klopft an die Tür,

»Brauchst du noch sehr lange?«, fragt er. »Du bist jetzt seit 20 Minuten auf dem Klo. Bist du wieder die ganze Zeit am Handy?« Ich stelle mir vor, wie ich am Rande der Hotelanlage in die Wüste hüpfe und einfach zerfließe wie eine verrückte Uhr von Salvador Dalí.

Im Essensraum beendet eine Band mit einem großen Tusch ihren Song. Ich weiß nicht, ob heute ein besonderer Tag ist oder ob wir jetzt jeden Tag so eine Darbietung bekommen werden, ich hoffe nicht. »Thank you! Thank you very much!«, sagt die Sängerin in die erleichterte Stille hinein. Niemand klatscht. Ich schaue sie genau an, kann aber keine Spur von Verbitterung in ihrem Gesicht erkennen. »But I won't hesitate no more, no more. It cannot wait, I'm yours«, singt sie ein bisschen zu laut und zu angestrengt, während die verschrumpelten Rentner geistesabwesend Essen auf ihre Teller schaufeln.

»Hat sich bei dir irgendwas verändert?«, fragt Anton, und ich muss zweimal nachfragen, bis ich überhaupt verstehe, was er gesagt hat.

»Ich muss endlich vorankommen mit dem Buch«, sage ich. »Der Verlag stresst rum.«

»Ich meinte eigentlich, in Bezug auf uns«, sagt Anton.

»… It cannot wait I'm sure. There's no need to complicate. Our time is short. This is our fate, I'm yours«, singt die Sängerin mit aggressiver Fröhlichkeit. Ich reibe an meinen Händen herum. An der Stelle, an der ich meinen Ehering getragen habe, ist meine Haut härter geworden.

Wir gehen schnorcheln. Ich mag die Stille unter Wasser, die einzelnen Lichtstrahlen, die wie Speere zwischen den

Korallen hindurchstechen, und die Farben der Fische, nur leicht gedämpft durch die unzähligen kleinen Luftbläschen. Eine große Muräne ragt träge und selbstverständlich aus ihrer Höhle hervor und sieht aus, als würde sie gar nicht wissen, dass sie ein Fisch ist. Ich mag die Muräne. Sie fragt mich nicht, was das jetzt genau zwischen uns ist und ob sich was verändert hat. Ob ich sie jetzt nur mal kurz beim Schnorcheln beobachten möchte oder ob ich mir im Laufe meines Urlaubs auch mehr vorstellen könnte. Manchmal will ich Anton etwas zeigen, aber bis ich mich verständlich gemacht habe, ist es schon zu spät. Unter Wasser ist jeder allein.

Am ersten Tag haben wir einen Gecko gesehen, ich ertappe mich jeden Tag dabei, dass ich auf dieselbe Stelle an der Wand schaue und erwarte, ihn dort noch einmal zu sehen, aber das ist Unsinn. Es ist ziemlich unwahrscheinlich, genau an derselben Stelle noch einmal dasselbe Tier zu sehen. Der Gecko ist längst weitergezogen, wahrscheinlich hat er wichtige Geckosachen zu erledigen. Vielleicht ist es genauso unsinnig, auf eine Beziehung zu starren und zu erwarten, dass man noch mal glücklich wird, aber vielleicht ist das auch einfach nur ein beschissener Vergleich. Pony sagt immer, ich hätte ein Faible für beschissene Vergleiche. Und ich sage immer, sie soll aufhören, ungefragt an anderen herumzudiagnostizieren wie so ein übermotivierter Landtierarzt, der seinen Arm in jede Kuh hineinstecken muss.

*

Zu Hause wartet ein Brief von Florian auf mich, und ich bin mir ziemlich sicher, dass das nicht gut ist. Ein Brief ist eine Eskalationsstufe mehr als ein Anruf. Er setzt mir neue Fristen, diesmal schriftlich. Irgendetwas ist fett gedruckt. Ich kann mich jetzt nicht mit Fettgedrucktem beschäftigen.

Ich muss erst eine Entwicklung durchmachen, dann kann ich darüber schreiben. Erst noch ein paar Bücher lesen zur Inspiration, dann ein Konzept entwickeln. Erst eine bessere Version von mir selbst werden. Ich muss nur jemand anders werden, dann kann ich schreiben. Ich fange bald an. Wirklich. Ich sehe es schon vor mir, wie ich das mache. Es wird der beste Ratgeber der Welt.

Letzte Nacht habe ich geträumt, das Buch wäre fertig, aber ich habe schon währenddessen geahnt, dass es leider nur ein Traum war.

»Schreibst du eigentlich gerne?«, fragt Pony.

»Nein, wieso?«

»Kannst du dir vielleicht vorstellen, du würdest es gerne tun?«

»Alles, was ich mir vorstellen kann, ist die Erleichterung, wenn ich fertig bin.«

Pony sagt, das ist nicht gut, weil ich mich auf diese Weise zu früh belohne. Und wahrscheinlich hat sie mal wieder recht.

Ich komme auch deswegen nicht voran, weil es mir entweder so gut geht, dass ich keine Notwendigkeit sehe, weiterzuschreiben, oder so schlecht, dass ich keine Energie dazu habe. Als Thomas Edison starb, hinterließ er über fünf Millionen Seiten mit Notizen. Wenn ich sterbe, wird man auch viele Seiten finden, aber auf neunzig Prozent davon wird stehen: »Oh Gott, was soll bloß aus mir werden?!«

Womit soll ich anfangen? Vielleicht damit, dass ich erkläre, dass Depressionen ganz normal sind. Schon die alten Römer beschrieben rätselhafte Verstimmungen, und in späteren Epochen wurden Depressionen und Todessehnsucht immer wieder als Kennzeichen eines großen Geistes verklärt. Ich könnte einen geschichtlichen Abriss liefern und belegen, dass es in der Natur des Menschen liegt, Depressionen zu haben, und keinesfalls eine Erscheinung der Neuzeit oder eine Folge der Tatsache ist, dass »wir lange keinen Krieg erlebt haben«.

Aber je mehr man versucht, Menschen davon zu überzeugen, dass das, was sie erleben, normal ist, umso mehr vermittelt man ihnen den Eindruck, dass entgegen aller Beteuerungen irgendetwas ganz und gar nicht in Ordnung ist. Wenn man im Flugzeug sitzt und durch den Bordlautsprecher hört: »Es besteht kein Grund zur Panik, das ist alles ganz normal, wirklich, GANZ NORMAL!!! GANZ NORMAL!!! NORMAL!!!«, wissen ja auch alle, dass jetzt der richtige Zeitpunkt ist, um auszuflippen.

Ich könnte dem Ganzen eine persönliche Note geben

und zuerst erzählen, was mir passiert ist. Ein szenischer Einstieg, ein Wendepunkt. Erzählen, wie ich Tabletten genommen habe, viel zu viele Tabletten, und der Moment kam, in dem ich gar kein Bedürfnis mehr hatte zu atmen und wusste: Ich könnte jetzt einfach mit allem aufhören und davonschweben. Und wie ich dann einen Bahnhof vor mir gesehen habe und sich ein einzelnes Wort in mein Bewusstsein drängte. »Reise«, dachte ich, »es ist eine Reise«, und als Nächstes breitete sich in mir das Gefühl aus, ich sei unterwegs, meine Reise sei noch nicht zu Ende, und dann öffnete ich die Augen und sah das Gesicht eines Mannes aus nächster Nähe und hörte ihn einen Laut der Erleichterung von sich geben.

Oder eine andere Szene. Ich sitze beim Arzt und er sagt mir: »Wenn Sie so weitermachen, sterben Sie, das ist Ihnen bewusst?«, und ich denke: Das ist doch der Punkt, du Idiot.

Es ist 3:40 Uhr in der Nacht und ich habe unglaublich viel Zeit vertrödelt. Jetzt beginnen diese Stunden, in denen man denkt: Aber ich bin doch so lange aufgeblieben. Ich MUSS jetzt wenigstens noch eine Sache schaffen, bevor ich ins Bett gehe. Nur eine Seite schreiben, nur einen Absatz, nur einen Satz. Nur einen Gedanken muss ich haben, wenigstens irgendetwas. Aber ich werde immer müder. Ich fange schon an zu frösteln. Und ich weiß, dass er näher kommt, der Moment, in dem ich kapitulieren muss. Ich werde den Laptop zuklappen und das Licht ausschalten und mich verkriechen. Ich werde wissen, dass ich morgen entweder den ganzen Tag verschlafen oder sehr müde sein werde. Ich werde wissen: Auch heute habe ich es nicht geschafft. Gar nicht. Nicht mal ein bisschen. Auch heute habe ich die Schwere nicht besiegt. Auch heute habe ich mich ergeben.

Ich stelle mir vor, wie der Gedanke, den Laptop zuzuklappen und aufzugeben, sich als kleine Wattewölkchen am Himmel abzeichnet. Ich schaue den Wölkchen zu, wie sie sich langsam von den Rändern her auflösen, immer schwächer werden und schließlich verschwinden. Winke ihnen nach und begrüße den leeren Himmel, der sich nun vor mir auftut.

*

Ich weiß es jetzt. Endlich habe ich die Lösung. Ich muss mich einfach noch einmal richtig hineinfallen lassen in den Abgrund und wieder herausfinden. Dann kann ich anderen den Weg beschreiben. In dem Buch *Jonathan Strange & Mr. Norrel* verspeist Jonathan eine Maus, um den Schleier der Vernunft herunterzureißen und auf die andere Seite zu gelangen. Er weiß, erst wenn er alles loslässt und das Risiko eingeht, nicht wieder zurückzufinden, kann er seine Frau zurückholen aus der Apathie, in der sie gefangen ist. Ich muss die Maus finden und sie fressen. Also, metaphorisch gesehen. Wenn ich wieder so depressiv werde wie früher, dann kann ich auch die richtigen Worte finden.

Damals, im Studium, ging es mir so schlecht, dass ich das Haus nicht verlassen konnte, tage- und wochenlang. Ich habe mir Essen vom Lieferservice und Männer aus dem Internet bestellt. Hinterher habe ich die Männer immer gebeten, meinen Müll mit runterzunehmen. So blieb die Wohnung einigermaßen sauber, und es gab keine Diskussionen, ob jemand über Nacht bleiben würde.

Als ich einmal die psychologische Beratungsstelle an der Uni aufsuchte, fragte mich die Frau, ob es sein könnte, dass ich mich manchmal isoliert fühle. Und das fand ich interessant, denn mir war bis dahin überhaupt nie in den Sinn gekommen, dass man sich anders fühlen könnte als isoliert.

Eines Nachts war ich alleine und hungrig. Es war zu spät, um beim Lieferservice zu bestellen. Meine Dachgeschosswohnung kam mir vor wie eine einsame helle Festung in der Dunkelheit. Als ich einen alibimäßigen Blick in das Gefrierfach warf – ich wusste eigentlich, dass sich dort nichts Genießbares mehr befand – fiel mein Blick auf eine Packung Frostmäuse, die von der Schlange eines Exfreundes übrig geblieben war. Eine Weile hockte ich unentschlossen vor der geöffneten Kühlschranktür. Dann nahm ich eine der Mäuse heraus, briet sie in einer Pfanne und verspeiste sie langsam, während ich aus dem Küchenfenster sah. Alles war schwarz. Ich hätte in diesem Moment der einzige Mensch auf der Welt sein können.

Mäuse schmecken nicht so schlecht, wie man denken könnte, vor allem, wenn man sie mit ein bisschen Erdnussöl und Sojasauce anbrät. Trotzdem war das nicht unbedingt eine meiner Sternstunden. Noch heute bekomme ich eine Gänsehaut, wenn ich daran denke, wie die weiche, haarlose Haut der Babymaus unter meinen Zähnen nachgab und wie ich ihr das Fleisch von den kleinen Knochen zupfte.

Das soll mir natürlich nicht wieder passieren, wenn ich mich, diesmal willentlich, noch tiefer in die Depression hineinfallen lasse. Jetzt gerade bin ich noch nicht depressiv genug, kein Wunder, dass ich nicht darüber schreiben kann. Ich brauche bessere Depressionen. Um Autos sicherer zu machen, führt man Crashtests durch, aber man fährt dann nicht nur über eine kleine Bordsteinkante, nein, man lässt das Auto mit voller Wucht gegen eine Wand fahren. Ich werde in diesem Experiment mein eigener Crashtest-Dummy sein. Aber diesmal werde ich mich vorbereiten. Was brauche ich alles? Mit Essensvorräten allein ist es nicht getan. Am besten schreibe ich mir eine Liste. Falls ich mich wieder nicht aufraffen kann zu kochen, sollte ich Pulvernahrung bereithalten. Irgendein Zeug, das man nur mit Wasser anrühren muss. Vielleicht auch Vitamintabletten? Bequeme Kleidung, die präsentabel aussieht – ich muss mir unbedingt einen Jogginganzug kaufen, in dem ich auch die Tür öffnen kann, ohne das Gefühl zu haben, dass der Postbote mich geringschätzig ansieht. Und Trockenshampoo, ganz wichtig. Wenn ich erst mal ein paar Tage lang nicht geduscht habe, wird die Hürde, es doch noch zu tun, immer größer, bis es mir irgendwann wie eine nicht zu bewältigende Aufgabe erscheint, ins Badezimmer zu gehen, meine Kleidung auf den Boden fallen zu lassen, die Dusche aufzudrehen und mich unter den warmen Wasserstrahl zu stellen. Dann brauche ich noch einen Mülleimer mit geruchsdichtem Verschluss – wenn ich es längere Zeit nicht schaffe, die Wohnung zu verlassen, soll es hier wenigstens nicht stinken. Einen Fliegenfänger – falls der Mülleimer nicht so gut funktioniert wie erwartet. Was fehlt noch? Eigentlich nur Alkohol und negative Gedanken.

»Planen Sie einen Campingtrip?«, fragt die Verkäuferin und betrachtet die Pulvernahrung und die Vitamintabletten in meinem Einkaufskorb.

»So etwas Ähnliches«, sage ich.

Sie hebt einen Finger und bedeutet mir zu warten. Nach

einer Weile kommt sie mit einem Seil zurück. Ich schaue sie verständnislos an.

»Sie brauchen doch eine Wäscheleine«, sagt sie.

*

Dieser hier ist schon etwas älter und wahrscheinlich eitel, denn er hat vor den Ohren diese charakteristischen hellen Stellen, die alte Männer bekommen, wenn sie häufig auf die Sonnenbank gehen. Wenn die sich hinlegen, rutscht nämlich ihr ganzes Gesicht seitlich Richtung Fußboden und bildet am Übergang von den Wangen zu den Ohren einen kleinen Wulst, in dessen Schatten die Haut nicht gebräunt wird.

Wir spazieren gemeinsam durch den Park, und er weist mich mehrfach entschuldigend darauf hin, dass er gerade nicht so gut in Form ist. Das muss er mir gar nicht sagen, das sehe ich ja. Dann fängt er noch an, sich halb im Spaß, halb im Ernst darüber zu beklagen, dass sein Haar schütter geworden ist, und ich bin genervt. Ich will doch nur noch einmal ein schönes und entspanntes Date haben, bevor ich wieder richtig anfange, depressiv zu sein. Nur einmal noch will ich mich ablenken, nicht denken, mich fremden Händen überlassen und erst ein paar Stunden später wieder auftauchen.

Muss ich meine Zeit jetzt wirklich damit verbringen, das Selbstwertgefühl eines Fremden aufzupolieren? Ist es meine Aufgabe, dem zu sagen, dass er auch ohne Haare ein wertvoller Mensch ist? Ich glaube kaum! Ich glaube ja nicht mal, dass das stimmt! Irgendwann unterbreche ich ihn mitten im Satz und frage, ob wir zu ihm gehen können. Leute denken immer, wenn sie nicht beim ersten Date Sex haben, sondern sich lange zieren, sind sie so was wie ein teures Fünf-Gänge-Menü, aber nein. Die sind dann einfach nur wie eine Currywurst, die reichlich spät kommt.

Manchmal stelle ich mir beim Sex vor, ich könnte in den Körper der anderen Person eindringen und dort leben. Der Mann sucht krampfhaft Augenkontakt, aber ich betrachte seine Nasenlöcher, beide geweitet, das linke ist ein bisschen größer als das rechte. Und ich stelle mir vor, wie meine Seele meinen Körper verlässt und in sein linkes Nasenloch hineinfährt und wie ich mich dann ausbreite und seinen ganzen Körper in Besitz nehme. Ich würde mich in meinem neuen Körper erheben, genüsslich recken und strecken und dann geschmeidigen Schrittes die Wohnung verlassen.

Manchmal stelle ich mir beim Sex vor, ich wäre alleine. Es gibt nämlich schockierend viele Leute, mit denen ist Sex nicht besser, sondern schlechter als Selbstbefriedigung.

Es dauert alles viel zu lange, und der Mann schnauft und schwitzt. Ich hasse es, wenn Sex ewig lang dauert. Ich betrachte den Radiowecker aus unterschiedlichen Positionen, sehe, wie es immer später wird und fange an, auszurechnen, wie lange ich noch schlafen kann, wenn er bald fertig ist. Ab und zu mache ich Geräusche, um ihn zu motivieren, vielleicht hilft das? »Oooh«, sage ich. »Aaaaah!« Es hilft nicht.

Ich bin mir nicht sicher, ob er denkt, er würde mir einen Gefallen tun, wenn er diesen Vorgang so übertrieben lange ausdehnt, oder ob er immer so lange braucht. Das Problem ist, wenn ich ihn darauf anspreche, bringt ihn das wahrscheinlich erst mal raus, und dann dauert es noch länger. Allmählich fühlt es sich an, als wäre ich wundgescheuert. Ich nehme mir vor, noch hundert Stöße abzuwarten, und wenn er dann immer noch nicht fertig ist, werde ich ihm sagen, dass es mir zu lange dauert. Ich schließe die Augen und zähle bis hundert.

Jetzt muss ich es ihm sagen. Ich mache die Augen wieder auf. Der Mann sieht glücklich aus. Bestimmt ist er enttäuscht, wenn ich ihm sage, dass er aufhören muss. Ein bisschen kann ich sicher noch durchhalten. Zweihundert. Es ist immer noch nicht vorbei.

Mir ist unbehaglich zumute, das geht so nicht. In der Theorie ist mir klar, dass man es nicht immer allen Leuten recht machen kann. Aber in solchen Situationen denke ich trotzdem, ich muss noch ein bisschen mehr geben, mehr machen, und dann wird alles gut. Es ist schwierig, den richtigen Moment zu erwischen, wenn man weiß, dass man jemanden enttäuschen muss. Jetzt habe ich ihn verpasst. Jetzt habe ich bereits so viel mitgemacht, damit er zufrieden ist. Es ist zu spät, um jetzt noch aufzugeben. Dreihundert.

Ich liege halb unter dem Arm, halb unter der Schulter des fremden Mannes, und er schnarcht etwas zu laut etwas zu nah an meinem Ohr. Pony hat mich neulich gefragt, ob es sein kann, dass ich manchmal Sex habe, nur um eine Ausrede dafür zu haben, dass ich meine Arbeit nicht mache, denn wenn jemand in einem drin ist, kann man ja nicht schreiben. Aber das stimmt überhaupt nicht, heute lag es zum Beispiel daran, dass der Mann auf seinem Profilfoto viel netter ausgesehen hatte als in echt, und als ich das bemerkte, hatte ich schon zu viel Aufwand betrieben. Zähneputzen, Haare kämmen, ein schönes Kleid anziehen und aus dem Haus gehen – die ganze Mühe mache ich mir doch nicht, um das Treffen nach fünf Minuten abzubrechen wegen so einem irrelevanten Detail wie der Tatsache, dass mir der Mann überhaupt nicht gefällt.

Als ich versuche, behutsam unter ihm hervorzukriechen, wacht er auf. »Das war jetzt richtig schön für mich, dich zu treffen«, sagt er, und ich schweige. Ich bin es leid, Dates zu haben, die nur für einen von beiden gut sind; jedenfalls, wenn nicht ich diese Person bin.

*

Ich liege im Bett und krame in meinen Kindheitserinnerungen. Meine Mutter schaut mich nicht an, und obwohl ich noch sehr klein bin, weiß ich, es ist jetzt meine Aufgabe herauszufinden, was das Problem ist und die Beziehung zu reparieren, aber es ist so unendlich schwierig, den Mund aufzubekommen und auch nur ein einziges Wort zu sagen. Ich habe solche Angst. Das Essen wird in meinem Mund immer mehr, aber ich muss weiteressen, wenn ich zu langsam esse, dann wird sie noch wütender. Egal, was passiert, man darf nie aufhören zu essen. Ich weiß, wenn ich sie frage, was los ist, dann wird sie erst mal schreien und mir Angst machen, und ich muss in ihren Worten nach etwas suchen, das ich verwenden kann, um sie zu besänftigen. Immer wieder nehme ich mir vor, gleich etwas zu sagen. Noch einmal kauen, noch einen Schluck Wasser trinken, dann sage ich etwas. Noch einmal durchatmen. Noch einmal bis vier zählen, und dann bis acht, und dann bis sechzehn, und dann mache ich es. Dann mache ich es wirklich.

Sara ist in ihrem Zimmer eingesperrt und weint die ganze Zeit, aber nicht sehr laut. Es ist mehr ein Wimmern, das sie stundenlang durchhalten kann, weil es nicht so viel Energie kostet. Mich macht das langsam verrückt, aber unsere Mutter kann es anscheinend komplett ausblenden. Irgendwann setzt das Weinen ganz kurz aus, dann schnappt Sara nach Luft und steckt ihre gesamte Energie in den nächsten Schluchzer. Es geht mir durch Mark und Bein, ich kann mich gar nicht bewegen. Unsere Mutter fängt an, den Tisch abzuräumen. Sie hat eine Art, die Dinge zu erledigen, die mir das Gefühl gibt, alles wäre gegen mich gerichtet. Aggressiv sortiert sie die Messer und Gabeln in den Besteckkorb.

Ich starre die Decke an und denke an die vielen schlechten Sachen, die in meinem Leben passiert sind, und mir laufen Tränen die Wangen herunter, aber die Verlorenheit und Verzweiflung, die eigentlich dazugehören würden, wollen sich nicht so richtig einstellen. Es ging mir schon mal besser, ja; es ging mir aber auch definitiv schon mal schlechter. Das ist es noch nicht. Ich hab das alles gravierender in Erinnerung.

Vielleicht ist die Depression wie ein wildes Tier, das sich nur blicken lässt, wenn es ihm gerade passt. Zu einem Wolf kann man auch nicht sagen: »Put, put, put, komm mal vorbei, ich will über dich schreiben!« Der kommt einfach, wenn man ihn am wenigsten gebrauchen kann und gerade ein paar befreundete Schafe zu Besuch hat.

Ich denke ein bisschen an das Buch, das ich schreiben muss, um mich zu quälen. Wenn ich länger nicht daran denke, dass ich etwas aufgeschoben habe, ist das irgendwann so weit weg, dass die Angst nachlässt und es sich unwirklich anfühlt. Aber wenn ich mir vor Augen führe, wie der Termin immer näher rückt und wie wenig ich bis jetzt zustande gebracht habe, dann kommt die Angst wieder. Es wäre so toll, wenn ich krank werden könnte. Also mit einer *richtigen* Krankheit, die Leute respektieren. Es müsste etwas sein, was man sieht, und wo niemand argumentieren kann, man müsste sich nur zusammenreißen. Niemand schimpft, dass man seinen Abgabetermin verpasst hat, wenn man aus den Augen blutet. Mein Rücken tut langsam weh und ich wälze mich auf die Seite und warte darauf, dass ich eine richtige Depression bekomme oder eine Idee habe oder anfange, aus den Augen zu bluten, aber nichts passiert.

Niemand wird vorbeikommen, um nach mir zu sehen. Ich habe Pony gesagt, dass ich Grippe habe, und sonst gibt es eigentlich niemanden, den ich regelmäßig treffe. Ich finde es schwierig, neue Menschen kennenzulernen. Manchmal fühle ich mich einsam, und dann stelle ich mir vor, dass ich mir weniger einsam vorkäme, wenn ich mehr Freunde hätte, aber das Problem ist, dass das einsame Gefühl ganz tief in einem drin ist und auch da ist, wenn man unter Menschen ist, und dass man sich schämt und nichts darüber erzählt, und wenn man Sachen verschweigt, ist man sowieso immer einsam, egal, wie viele Leute man kennt.

Trotzdem wünsche ich mir manchmal, es würde mehr Leute geben, die mich kennen und mögen und öfter mal vorbeikommen, denn dann müsste ich häufiger aufräumen, und dann würde es mir bestimmt besser gehen.

Manchmal überlege ich mir, was coole Orte wären, um neue Freunde zu finden. Ich müsste ja ein Umfeld aussuchen, in dem ich mit einer größeren Wahrscheinlichkeit jemanden treffe, den ich gerne als Freund hätte. Also suche ich mir Orte und Aktivitäten aus und informiere mich sehr genau darüber, und dann gehe ich nicht hin.

Vor ein paar Jahren hätte ich fast die perfekte neue

Freundin gefunden. Ich bin jeden Dienstag in die Kletterhalle gegangen, und jede Woche war dort eine Frau in meinem Alter, die anscheinend den gleichen Rhythmus hatte wie ich, und wir haben uns immer ganz nett unterhalten. Irgendwann habe ich sie in der Umkleidekabine gefragt, ob wir uns nicht auch mal einfach so treffen könnten, zu einem Mädchenabend oder Spaziergang oder Kinobesuch. Und sie hat geantwortet: »Ja, klar, gerne! Ich geb dir einfach meine Nummer.«

Wie sich herausstellte, war es eine falsche Handynummer. Sie tauchte danach nie wieder an einem Dienstag in der Halle auf. Ich bin mehrfach alle Gespräche, die wir miteinander geführt haben, im Kopf durchgegangen und habe versucht herauszufinden, ob da irgendwo ein Vorbehalt war, ein Zögern, ein Moment, in dem ihre Stimme vielleicht ein ganz kleines bisschen zu hoch war, aber da war nichts.

Erst im Nachhinein habe ich verstanden, dass ich genauso bin. Ich behandle Leute, die ich mag, und Leute, mit denen ich eigentlich nichts zu tun haben möchte, genau gleich höflich. Ich sage: »Ja, klar, gerne!« und meine damit »Auf gar keinen Fall!« Ich habe auch schon Leuten eine falsche Handynummer gegeben.

Sie war genau wie ich. Sie wäre wirklich die perfekte Freundin für mich gewesen, bis auf das kleine Detail, dass sie nicht wollte. Ich finde es irgendwie bezeichnend, dass jemand, der mir ähnlich ist, offensichtlich keine gute Freundin für mich ist.

Als ich noch ein Kind war, schickte mich mein Vater ein paarmal auf die andere Straßenseite, ich sollte bei den

Nachbarskindern fragen, ob sie mit mir spielen wollten. Wollten sie nicht, und meiner Meinung nach hätte es gereicht, das einmal in Erfahrung zu bringen; jedes weitere Mal erschien mir wie eine vorhersehbare und unnötige Demütigung. »Die mögen mich nicht«, sagte ich irgendwann und brach in Tränen aus. »Kann ich nicht einfach hierbleiben? Ich kann auch draußen oder im Schuppen spielen.«

Es folgte eine Phase, in der mein Vater, dessen Hauptanliegen es wohl tatsächlich war, mich aus dem Weg zu haben, mich nicht mehr hinüberschickte. Dann kam der Vater der Nachbarskinder bei einem Verkehrsunfall ums Leben, und bald darauf ging es wieder los.

»Frag Isa und Marcel doch mal, ob sie mit dir spielen wollen!«

»Warum soll ich das immer fragen? Die sagen eh nein.«

»Aber ihr Vater ist gestorben, vielleicht könnten sie gerade etwas Aufmunterung vertragen!«

Wie sich herausstellte, lag er damit vollkommen falsch. Nur weil der Vater gestorben ist, hat man nicht plötzlich Lust, mit mir zu spielen.

Eine Zeit lang dachte ich, wenn man ganz viele Beziehungen pflegt, wäre es einfacher, weil es dann nicht so schlimm ist, jemanden zu verlieren. Es ist nicht so wichtig, ob jemand das Interesse verliert, ob man sich zerstreitet, ob jemand krank wird oder sogar umkommt, solange nur genug Menschen übrig bleiben. Inzwischen denke ich das nicht mehr. Je mehr Leute man in sein Leben lässt, umso mehr kann man verlieren. Jeder Einzelne ist doch ein Risiko.

*

Ich habe die Fenster geputzt. Ich habe noch nie Fenster geputzt. Bisher bin ich immer umgezogen, bevor das ein Problem werden konnte. Es sieht merkwürdig aus, die unordentliche, schmutzige Wohnung und die sauberen Fenster. Die Menschen im gegenüberliegenden Haus können jetzt sehr gut reingucken und sehen, wie dreckig es hier ist.

Ich lasse mich ins Bett fallen und schließe die Augen. Das ist eigentlich ziemlich angenehm, hier so zu liegen. Wenn ich ganz ehrlich bin, fühlt sich das gerade nicht an wie eine anständige Depression, mir ist einfach nur langweilig. Aber wie kann das sein? Früher konnte ich das doch! Es ist deprimierend, dass ich jetzt nicht mal mehr eine richtige Depression hinkriege. Seit Tagen spüre ich so einen rätselhaften Tatendrang, aus dem dann aber nicht das Geringste entsteht. Irgendetwas ist in mir, was ich nicht nach außen befördern kann. Ich bin mir sicher, dass ich ganz viel schaffen könnte, wenn ich nur anfangen würde, aber ich habe Angst vor diesem Zustand, in dem man sich selbst verliert und nur noch die Arbeit sieht. »Wenn man erst mal drin ist, dann ist es schön!«, das haben die anderen Kinder damals gerufen, als wir auf Klassenfahrt am See waren. Wenn man erst mal drin ist, ist es schön. Es sind die Übergänge, vor denen die Menschen Angst haben, den einen Zustand aufgeben und den anderen annehmen, langsam den Boden unter den Füßen verlieren und sich auf ein ungewohntes Gefühl einlassen. Damals ging ich nicht mit den anderen schwimmen.

Karl, der Kampffisch, steht regungslos im Wasser, nur seine kleinen Brustflossen rudern. Er sieht mich missbilligend an. Vielleicht hat er seine eigenen Theorien dazu, warum das große Wesen so häufig neben dem Aquarium sitzt, auf ein leuchtendes Rechteck starrt und sich nicht bewegt. Vielleicht vermutet er, ich würde Photosynthese betreiben. Zum Schlafen legt Karl sich manchmal auf das Blatt einer Schwimmpflanze, die an der Wasseroberfläche treibt, und manchmal springt er dabei so weit heraus, dass sein ganzer Körper an der Luft ist. Das ist kein besonders ungewöhnliches Verhalten für einen Kampffisch. Aber ich finde es trotzdem merkwürdig, dass Karl überhaupt keine Angst hat, dass er irgendwo stecken bleiben und es nicht schaffen könnte, wieder ins Wasser zurückzukehren. Ich habe ständig Angst davor, nicht wieder in meine Untätigkeit zurückgleiten zu können.

Und was ist, wenn das alles gar nicht das Problem ist; wenn in mir drin einfach nichts ist, was es wert wäre, ausgedrückt zu werden? Ich bilde mir ein, ein kreativer Mensch zu sein, der nichts auf die Reihe kriegt, aber vielleicht bin ich einfach kein kreativer Mensch. Es wäre schon lustig, wenn ich mein ganzes Leben lang darunter leide, einen enormen inneren Reichtum zu besitzen, den ich nicht mit anderen teilen kann, und am Ende stellt sich heraus: Nein. Da war überhaupt nichts. Nur eine aufgeblasene Person und eine große innere Leere.

*

Pony will etwas mit mir unternehmen, und ich sage, ich hab keine Zeit, ich muss ein Buch schreiben, oder ich muss prokrastinieren, damit ich das erledigt habe und dann im Anschluss das Buch schreiben kann. Wenn ich mich jetzt mit Pony beschäftige, fange ich erst später mit dem Prokrastinieren an und dann verschiebt sich alles nach hinten.

»Ach, prokrastinieren kannst du auch, während ich da bin«, sagt Pony. »Was genau machst du denn den ganzen Tag?«

»Ich arbeite an meinem Buch.«

»Was machst du *wirklich*, wenn du dich mit niemandem triffst und nicht rausgehst? Ist das nicht wahnsinnig eintönig?«

Pony tut so, als wüsste ich nichts mit mir anzufangen, aber das stimmt überhaupt nicht. Es gibt so viele Tage, da erscheinen mir alle möglichen Dinge plötzlich interessant, oder vielleicht ist interessant das falsche Wort, aber sie reizen und betäuben mich ein wenig, und dann will ich nur noch dieses *eine* Video gucken, nur diesen *einen* Beitrag lesen, nur ganz kurz googeln, ob es ein Forum zu diesem Thema gibt, und dann sind ein paar Stunden um.

»Ich schaue mir zum Beispiel Videos an, in denen Takashi Amano Aquarien einrichtet«, sage ich.

»Zeig mal.«

Wir schauen zusammen ein Video an, am Anfang schweigend, doch dann fängt Pony an, sich dafür zu erwärmen. »Nein, nicht die Wurzel! Mach erst den Stein«, ruft sie wie ein Sportreporter, »aaah, den muss er doch reinmachen.«

»Okay, nicht schlecht. Was würdest du jetzt als Nächstes machen, nachdem du so ein Video geschaut hast?«

»Noch eines angucken? Es werden ja immer neue vorgeschlagen. Manche habe ich noch nicht so oft geguckt.«

Pony hustet. »Noch nicht – SO OFT – geguckt. Okay, das machen wir jetzt nicht. Was dann?«

»Ich gucke zum Beispiel ›My 600 lb life‹«, sage ich verschämt.

»Was ist das, worum geht es?«

»Um Leute, die unglaublich dick sind und nicht mehr aus dem Haus gehen. Die sitzen die ganze Zeit drinnen und gucken Videos und essen Zeug vom Lieferservice.«

»Also wie du.«

»Aber ich bin schlank!«

Es gab mal eine Phase, da habe ich Stunden damit vertrödelt, mir Videos von anderer Leute Heiratsanträgen auf YouTube anzusehen. Ich weiß nicht genau, warum eigentlich. Irgendetwas daran hat mich fasziniert. Das ist ja ein Moment, der so entscheidend tut, obwohl das meiste sich doch davor und danach entscheidet. Ich habe auch gerne Beiträge in Hochzeitsforen gelesen, in denen Frauen völlig obsessiv Windlichter aus Babybreigläsern und Spitze basteln, um alles für die perfekte Shabby Chic Vintage Hochzeit zu schmücken. Interessant fand ich immer die Threads, in denen Frauen total durchdrehten angesichts der Zweifel, ob sie sich für das richtige Brautkleid entschieden hatten oder nicht. Weil: Ich könnte wetten, dass es dabei fast nie um das Kleid ging, sondern immer um andere Zweifel. Ich hatte keine Zweifel, und das finde ich im Nachhinein auch interessant. Das Richtige oder das Falsche zu tun fühlt sich anscheinend genau gleich an.

Heute lese ich am liebsten auf Reddit Geschichten über die Beziehungsprobleme anderer Menschen. Ich kann ganze Abende damit verplempern, mich darüber zu informieren, was Person A (35) zu Person B (31) gesagt hat, und inwiefern das schlimm war. Warum mich die Angelegenheiten fremder Menschen aus dem Internet so sehr interessieren, weiß ich nicht. Im richtigen Leben käme ich nie auf die Idee, mich nach den Beziehungsproblemen von Freunden zu erkundigen. Um Gottes willen. Sie könnten ja antworten! Vielleicht ist das so etwas wie ein Feuerwerk, dem man aus sicherer Entfernung zusehen kann.

Mein neuestes Laster ist es, mir Geschichten über Leute durchzulesen, die auf Fotos und in Videos so tun, als wären sie chronisch krank oder als hätten sie eine Behinderung. Es macht mich wütend und verrückt, aber ich kann nicht genug davon bekommen.

»Warum regt dich das so auf?«, fragt Pony, als ich ihr davon erzähle. »Lass die doch machen.« Ich weiß nicht, was ich antworten soll.

Ich lese mir die gesamte Leidensgeschichte durch und versuche zu erraten, was davon stimmen kann und was nicht, und dann google ich die Namen. Es gibt ein ganzes Subreddit, in dem diskutiert wird, wer wirklich krank ist und wer nur so tut, und mehrere andere Diskussionsforen, in denen Leute, die tatsächlich Behinderungen oder chronische Krankheiten haben, genau erklären, was die Fehler in den Geschichten der eingebildeten Kranken sind. Manche schildern Symptome, die mit ihren angeblichen Krankheiten überhaupt nicht zusammenpassen, oder behaupten, sie hätten eine bestimmte Diagnose erhalten, obwohl der Arzt, bei dem sie waren, eine falsche Fachrichtung hat und diese Diagnose gar nicht hätte stellen können. Manche legen sich selbst Infusionen, aber verwenden dabei Produkte, die jeder im Internet bestellen kann und die in Kliniken überhaupt nicht zum Einsatz kommen. Manche schaffen es vielleicht einmal, für kurze Zeit im Krankenhaus aufgenommen zu werden, nutzen dann die Gunst der Stunde und machen Fotos mit unterschiedlichen Outfits und Frisuren, um sie später als Fotos von mehreren Krankenhausaufenthalten präsentieren zu können. Aber es gibt immer jemanden, der sich die Fotos genau anschaut und sagt: Seht ihr diesen Fleck am Boden, das ist das gleiche Zimmer, oder: Ich war schon mal da, das ist nicht die Intensivstation, oder, ganz unangenehm: Das ist der Besucherraum.

Ich finde so vieles daran interessant. Dass es immer wieder die gleichen Krankheiten sind, als würden sie alle voneinander abgucken. Dass es nie richtig eklige Sachen sind. Dass Leute, die vortäuschen, eine bestimmte Krankheit zu haben, nicht mal besonders gut recherchieren, wie es in echt ist, wenn man wirklich an dieser Krankheit leidet. Dass es ihnen anscheinend nicht peinlich ist, wenn sie erwischt werden. Und am meisten fasziniert mich, dass ich glaube, dass alle diese Leute wirklich krank sind, nur auf eine andere Art, als sie denken, und dass ich sie irgendwie verstehen kann. Irgendwie geht es doch immer darum, wer am dollsten leidet, wer leiden »darf«, und warum alle anderen coolere Krankheiten haben als man selbst.

Nachdem ich damals den Blogartikel geschrieben habe, kamen viele Kommentare, ob ich mir meine Depression nur ausgedacht habe, um Aufmerksamkeit zu bekommen. Aber meine Güte: Wenn ich mir eine Krankheit ausdenken würde, dann würde ich weiß Gott was Cooleres nehmen als Depression.

»Ich geh dann mal wieder«, sagt Pony und gibt mir einen Kuss auf die Wange. »Mach's gut, und häng nicht so viel im Internet herum!« Ich nicke abwesend.

Den lieben langen Tag im Schlafanzug vor dem Computer sitzen, lesen, einen neuen Suchbegriff eingeben, warten, aktualisieren – das ist nicht gesund, und wenn ich mir vorstelle, jemand könnte mich dabei sehen, werden meine Wangen heiß. Trotzdem kann ich nicht aufhören. Ich erzähle es niemandem, erfinde stattdessen Ausreden, erfinde Schnipsel eines besseren Lebens, die ich über diese verlorenen Tage klebe.

*

Pony hat mir Lachyoga empfohlen, denn Lachyoga, sagt sie, sei besser als normales Yoga, es vereine quasi alle Dinge, die an Yoga spaßig seien, und ermögliche es außerdem, seinem Lachen freien Lauf zu lassen, »und das ist eine gute Sache, denn ich muss beim Yoga sowieso immer lachen«, sagt sie. Ich gebe »Lachyoga« in das Eingabefeld der Suchmaschine ein und werde mit einer erheblichen Anzahl bunter Internetseiten in Comic-Sans-Schrift konfrontiert. »Wir treffen uns regelmäßig zum Lachen«, steht auf einer davon. »Der 1. Schwieberdinger Lachclub trifft sich zum Lachen im Keller, jeden Mittwoch von 20:00 Uhr bis 21:30 Uhr und nach Vereinbarung. Bitte vorher anmelden!« Die Mischung aus unkonventionellen Entspannungsmethoden und Vereinsmeierei weckt mein Interesse. Aber Lachen im Keller klingt für mich wenig attraktiv. Ich suche weiter und stoße auf einen geführten Lach- und Meditationsspaziergang, der eher meinen Vorstellungen entspricht. Wendy, die Kursleiterin, verwendet übermäßig viele lachende Emoji in ihren SMS, erklärt sich aber bereit, mich kurzfristig in ihre Lachrunde aufzunehmen.

Wir treffen uns um 11:45 Uhr in einem kleinen Café. Der Geräuschpegel ist hoch, die Getränke sind klein, die Luft steht, es soll ein heißer Tag werden. Nach und nach trudeln die Teilnehmerinnen ein. Es sind fast nur Frauen im Rentenalter. Sie kommen in kleinen Grüppchen, Arm in Arm oder untergehakt. Irgendwie bringen sie es fertig, sich aufeinander abzustützen und nicht hinzufallen. Sie sehen aus wie eine optische Täuschung von M.C. Escher. Ruth hat abgesagt, ihr ist es heute zu heiß, sagt Wendy, und alle nicken bedächtig. Mir ist es auch zu heiß heute, merke ich gerade, aber jetzt ist es zu spät. Annika ist neben mir die einzige jüngere Teilnehmerin. Sie fragt mich, wie ich auf das Angebot aufmerksam geworden bin. »Ich hab Lachyoga gegoogelt«, sage ich.

»Oh«, sagt sie. »Lachyoga?! Ich such eigentlich 'ne Wandergruppe …«

Viel Spaß, Annika, denke ich.

»SEIT ICH LACHYOGA MACHE, BRAUCH ICH KEINERLEI MEDIKAMENTE«, schreit Wendy gegen die Geräuschkulisse des Cafés an. »WENN ICH TRAURIG BIN, DANN ENTSCHEIDE ICH MICH EINFACH GEGEN DIE TRAURIGKEIT UND FÜR DAS LACHEN, UND DANN BIN ICH NICHT MEHR TRAURIG, HAHAHA.«

Als sie das sagt, zuckt ein Muskel unter ihrem rechten Auge. Ich bekomme allmählich Kopfschmerzen von der Hitze und dem Stimmengewirr um mich herum.

Wendy hat mit vielem, was sie sagt, irgendwie recht, glaube ich.

»DER KÖRPER KANN NICHT UNTERSCHEIDEN, OB MAN LACHT, WEIL MAN WIRKLICH GUT DRAUF IST, ODER WEIL MAN ES SO ENTSCHIEDEN HAT. HAHAHAHA.« Wendy ist wirklich gut drauf. »DA

WIRD DANN IRGENDWAS AUSGESCHÜTTET IM KÖRPER. ES IST WICHTIG, IM JETZT ZU SEIN.«

Und das stimmt bestimmt, aber was ist, wenn das Jetzt total furchtbar ist? Eine der Rentnerinnen steht auf, nimmt ihren Rucksack und verlässt wortlos das Café, und ich beneide sie dafür, dass sie es geschafft hat, sich aus dieser Situation zu befreien. Wie hat sie das gemacht? Vielleicht sollte besser die ein Buch schreiben.

Wir wandern am Kanal entlang zu einem See.

»Wir begrüßen den See mit einem fröhlichen Willkommens-Hahahahahaha!«, sagt Wendy. Und das tun wir dann auch alle, wie kleine Schafe reihen wir uns am Geländer auf und lachen brav den See an. »Kann man nicht einmal seine Ruhe haben?«, denkt der See.

Auf einer kleinen Lichtung sollen wir uns im Kreis aufstellen und unsere Beine spüren, wie sie uns im Boden verankern, unsere Arme, wie sie am Körper herabhängen, unsere Haut, wie sie vom Wind gestreift wird, bla, das hat man alles irgendwo schon mal gehört. Dann geht es los mit den heiteren Lachübungen.

»Hallo, ich bin der Joe«, singt Wendy. »Hallo« reimt sich nicht ganz so gut auf »Joe«, wie sie offenbar annimmt, aber sei's drum. »... und ich arbeite in einer Knopffabrik. Neulich, da kam mein Chef vorbei, und er fragte, ob ich beschäftigt sei. Ich sagte ›nö‹, da sagte er, na, dann dreh doch mal mit der rechten Hand an dem Knopf hier rum.« Zu diesen Worten fangen alle Teilnehmerinnen an, mit der rechten Hand in der Luft herumzuschrauben. Das Lied wird unzählige Male wiederholt, jedes Mal kommt ein anderer Körperteil hinzu, mit dem wir irgendwelche absurden Verrenkungen ausführen sollen. Am Ende ist die Zunge an der Reihe, wir sollen sie herausstrecken und kreisen lassen, während wir singen.

»Häööö, öch böng gö Gö, öng öch äbötö öng öinger Knoppaböк«, deklamieren wir voller Inbrunst, und ausgerechnet in diesem Moment treten zwei äußerst attraktive Herren auf die Lichtung, sehen sich befremdet an und schütteln den Kopf. Ich fühle mich wie jemand, der nur unregelmäßig und unter Aufsicht Ausgang hat, und schäme mich. Wendy hat gesagt, wir sollen unseren inneren Kritiker wegschicken und nur noch ein unbeschwertes Kind sein. Das Problem ist, ich war als Kind gar nicht besonders unbeschwert, und vor den Blicken dieser beiden Männer hätte ich mich auch als Kind schon geniert.

Als Nächstes sollen wir auf der Stelle hüpfen, in die Hände klatschen und »Hahaha, hihihi« lachen. Ein paar ältere Damen geraten in Ekstase und laufen ausgelassen durcheinander.

»Ich hatte extra vorher gesagt, jeder bleibt auf seinem Platz!«, ruft Wendy über das Lachen hinweg und ihre Stimme klingt plötzlich kühl. Eingeschüchtert und geknickt kehren alle auf ihre vorherige Position zurück. Ich mache mir eine mentale Notiz: bloß nicht zu ausgelassen werden.

»Hilft Lachyoga gegen Depressionen?«, frage ich.

»Natürlich«, sagt Wendy, »Lachyoga hilft gegen alles, einfach alles.« Und sie fordert uns auf, eine depressive Körperhaltung einzunehmen, »Depressive stehen meistens so da«, sagt sie, macht einen Buckel und lässt den Kopf hängen. »Merkt ihr, dass man in dieser Haltung nur einen ganz kleinen Ausschnitt von der Welt sieht? Und versucht mal zu lachen! Das geht überhaupt nicht, weil unsere Lunge Platz braucht!«

Depressive müssen sich also einfach aufrichten, und dann geht es ihnen besser, weil sie mehr von der Welt sehen und ihre Lunge sich ausbreiten kann.

»Außer bei schweren Depressionen, da bringt das natürlich nichts.«

Schließlich bekommen wir die Erlaubnis, durcheinanderzulaufen und dabei zu lachen. Wenn sich unsere Wege kreuzen, sollen wir uns in die Augen schauen und uns anlachen. Ich bin überrascht, wie gut manche das hinbekommen, richtig herzlich lachen sie. Mir fällt es schwer, ich sage »Ha, ha, ha« und versuche dabei, wenigstens freundlich zu gucken.

Bis ich irgendwann Annika gegenüberstehe. Ich schaue ihr ins Gesicht, und plötzlich sehe ich da eine ehrliche Regung, sie lässt ihre Augen einen kleinen Moment zu lange geöffnet und es liegt so ein überreiztes Flackern in ihrem Blick, als ob sie denken würde »Was zur Hölle machen wir hier eigentlich?!«, und ich muss daran denken, dass sie eigentlich eine Wandergruppe gesucht hat, und ich kann nicht mehr, das Lachen bricht aus mir heraus, groß und albern und befreiend. Minutenlang stehen wir uns gegenüber, halten uns die Bäuche und lachen, bis uns die Tränen herunterlaufen, und das fühlt sich tatsächlich gut an.

Bevor wir uns von der Lichtung verabschieden, sollen wir noch ein Naturobjekt vom Boden aufheben und es »mit all unseren fünf Sinnen« erleben, sagt Wendy. Ich bin so gespannt, wie sie das mit dem Geschmackssinn lösen will; ich werde jedenfalls nicht an irgendeinem Stock lutschen, der hier auf der Erde rumgelegen hat. »… und jetzt führe es zur Nase und rieche daran. Was nimmst du wahr? Und dann klopf vorsichtig dagegen und höre, wie das klingt. Und als Letztes …« – man sieht die Irritation in Wendys Gesicht, als ihr klar wird, dass Schmecken auch eine Sinneswahrnehmung ist. »Das Schmecken lassen wir weg!«, sagt sie schnell. Als wir damit fertig sind, unsere Naturobjekte zu bewundern, legen fast alle Frauen ihren Gegenstand behutsam zurück auf die Erde, nur eine von ihnen lässt ihr Stück Rinde fallen, läuft zu ihrer Handtasche und holt ein Desinfektionstuch hervor, mit dem sie sich umständlich die Finger abwischt.

Jetzt wird es Zeit für eine Schweigephase und einen Schweigespaziergang, sagt Wendy. Wir sollen die Natur erleben und jedes Detail wahrnehmen. Ich laufe am Ufer entlang und sehe, wie eine leere Konservendose, ein kaputter Schuh und eine verkrüppelte Ente mit traurigen Augen an uns vorbeischwimmen. Natur erleben ist ja schön und gut, aber warum sucht man sich dafür nicht einen Ort, an dem die Natur ein bisschen besser in Form ist?

Ich überhole Wendy, die am Ufer steht und ganz achtsam eine Banane isst. Die anderen Teilnehmerinnen streicheln Bäume und legen ihre Wangen an die Rinde. Ich dachte bisher immer, das wäre ein Klischee, aber nichts, was irgendjemand in echt macht. Weil ich das Gefühl habe, mitmachen zu müssen, lege ich auch eine Hand an einen Baum und spüre absolut nichts. Ich fühle mich wie jemand, der irgendeine Rolle spielt; wie jemand, der nur so tut, als wäre er jemand, der so was macht. Und ich bin ein bisschen neidisch auf die anderen, die so unironisch Bäume streicheln. Ich bin immer neidisch auf Menschen, die sich vollkommen auf etwas einlassen können, sei es

Religion, Esoterik, eine menschliche Beziehung oder eine alte Rotbuche. Aber ich bin nun mal keine Person, die Bäume streichelt. Ich bin eigentlich eine Person, die ein Buch schreibt.

Die Sonne brennt auf uns herunter, und ich merke, dass ich überhaupt keine Lust mehr habe, es weiter zu versuchen. Bis achtzehn Uhr soll es noch so weitergehen, schweigen und spazieren und Bäume anfassen und lachen und Yogaübungen. Ich fühle mich fehl am Platze, und mir ist zu warm. Seltsamerweise habe ich das Gefühl, Wendy und die anderen könnten enttäuscht von mir sein, wenn ich es nicht durchziehe. Das ist nicht nur dumm, sondern auch furchtbar anmaßend, denn es kann sein, dass es allen sogar besser geht, wenn sie keine gehemmte, alles hinterfragende Person wie mich im Schlepptau haben.

Dass ich gerade anderen Leuten zuliebe den Spaziergang der Hölle mache, erinnert mich daran, dass Pony aus Höflichkeit eine fortgeschrittene Flötistin geworden ist. Sie spielt extrem gut Flöte und hat mich mal mit einem Lied geweckt, und ich habe sie gefragt, wie sie darauf gekommen ist, Flöte spielen zu wollen. Da hat sie sich etwas vorgebeugt und geflüstert: »Ich finde Flöte scheiße. Aber meine Mutter hat mich damals zum Flötenunterricht angemeldet, und immer, wenn ich gesagt habe, ich will das nicht, hat sie gesagt: ›Das können wir der Flötenlehrerin nicht antun.‹« Wahrscheinlich weiß die Flötenlehrerin bis heute nicht, was Ponys Mutter ihr jahrelang für einen »Gefallen« getan hat. Wenn sie das gewusst hätte, dann hätte sie vielleicht lieber ein anderes Kind unterrichtet, zum Beispiel eines, das freiwillig da ist. Oder die Flötenlehrerin fand es selber auch scheiße, Flöte zu spielen (ich kann mir kaum vorstellen, dass man das gerne machen kann), aber hat immer gedacht: »Oh Gott, ich darf auf keinen Fall aufhören! Das kann ich doch meinen Flötenschülern nicht antun, die wollen ja alle unbedingt Flöte lernen!« Und so trafen sie sich Woche für Woche, die Flötenschülerin und die Flötenlehrerin, um sich gegenseitig einen Gefallen zu tun. Beide in ihrer eigenen kleinen Flötenhölle.

Leider bin ich viel zu konfliktscheu, um zu Wendy hinzugehen und zu sagen: »Tut mir leid, Wendy, das ist alles nichts für mich, macht ihr mal noch vier Stunden Lachi Lachi, ich gehe jetzt nach Hause.« – »Das nehme ich dir aber übel!«, würde Wendy bestimmt sagen. »Darauf nun ein ganz lautes Übelnehm-Hahahahahaha!«

Ich weiß nicht, ob es daran liegt, dass mir als Kind immer eingebläut wurde, dass ich alles mitmachen muss und dass meine Bedürfnisse keine Rolle spielen, oder ob es ein Problem meiner Generation ist, Leuten nicht die Meinung sagen zu können. In manchen Clubs hängen auf der Toilette Schilder, auf denen steht: »Dein Date geht einen Schritt zu weit? Du fühlst dich mit einer Person unwohl? Sprich jemanden vom Personal an und frag: ›Ist Luisa hier?‹ und wir helfen dir, dich aus der Situation zu entfernen.« Das kam mir im ersten Moment vor wie eine super Lösung für den Fall, dass man einfach keinen Bock mehr auf jemanden hat, aber zu höflich ist, um ihm das zu sagen. Dann fiel mir auf, dass das vielleicht gar nicht so wirklich höflich ist. Weiter habe ich nicht darüber nachgedacht.

Wie dem auch sei, Luisa wird mir jetzt nicht helfen, ich muss das verrückte Yoga-Rudel irgendwie anders loswerden. Kurz ziehe ich in Erwägung, eine Verletzung vorzutäuschen, ich könnte mit dem Fuß umknicken und sagen, dass ich lieber nach Hause humpeln will. Andererseits ist gerade Schweigephase, was von den anderen auch ziemlich strikt gehandhabt wird. Sobald jemand auch nur ein Flüstern wagt, erhebt sich ringsum ein energisches »Pschschscht!!!« Ich kann mir nicht vorstellen, dass sie für irgendetwas, was kein offener Bruch ist, eine Ausnahme machen würden, und ich weiß nicht, wie man »Ich habe mir eventuell das Außenband angerissen« pantomimisch darstellt.

Einem Impuls folgend bleibe ich an einer Schautafel stehen und lese den Text. »Der Laubhaufen ist der ideale Lebensraum. Er bietet zahlreichen Tieren ein Zuhause.« Nach und nach überholen mich die anderen, niemand spricht mich an. Der Laubhaufen ist der ideale Lebensraum. Er bietet zahlreichen Tieren ein Zuhause.

Ich glaube, ich bin feige. Wenn ich Wendy sagen würde, dass ich keine Lust mehr habe, würde sie bestimmt so etwas sagen wie: »Ja, es kann sich eben nicht jeder auf diese Erfahrung einlassen!« und dann müsste ich das entweder so stehen lassen und als Versagerin gelten oder ihr erklären, warum genau das das Bescheuertste ist, was ich seit langer Zeit erlebt habe, und das würde dann vielleicht ein bisschen so wirken, als würde ich ihre Erfahrung abwerten wollen. Der Laubhaufen ist der ideale Lebensraum. Er bietet zahlreichen Tieren ein Zuhause.

Vorsichtig schaue ich mich um, die Gruppe ist verschwunden. Das ging leichter als gedacht! Fast schon enttäuschend, dass mein Fehlen überhaupt nicht bemerkt wird. Ich setze mich auf einen Stein und schreibe eine SMS an Wendy, damit sie nicht auf den Gedanken kommt, mir sei etwas zugestoßen, und sich auf die Suche macht. Ich hätte irgendwie den Anschluss verloren, schreibe ich, falsch abgebogen sei ich und jetzt auch wetter- und kreislaufbedingt zu indisponiert, um die anderen einzuholen, deswegen würde ich mich auf den Heimweg machen.

Nachdem ich die SMS abgeschickt habe, fällt mir die Lücke in meiner Logik auf. Wir sind an einem See. Der Spaziergang geht um den See herum. Alle Wanderwege führen am Seeufer entlang. Es ist ziemlich schwierig, hier jemanden zu verlieren. Es ist so gut wie unmöglich, von hier wegzukommen, ohne von einem anderen Uferabschnitt aus gesehen zu werden.

Kleine Zweige peitschen mir ins Gesicht und meine Schuhe verschwinden bis zum Knöchel im Mulm, als ich mich abseits des Wanderweges in die Büsche schlage. Der Laubhaufen ist der ideale Lebensraum. Er bietet zahlreichen Tieren ein Zuhause. Immer wieder muss ich anhalten und unter dicken Ästen hindurchkriechen, Spinnennetze aus meinem Gesicht wischen, Dinge aus meinen Schuhen pulen. In meinen Haaren hängen Blätter, meine Füße tun weh, und ich bin unfassbar erschöpft. Ich kann echt nicht glauben, was ich hier gerade mache. Ich verstecke mich vor ein paar alten Damen, als wären es Zombies, nur weil ich nicht einmal in der Lage bin, ein klärendes Gespräch zu führen, bevor ich gehe. Bestimmt kommt gleich eine Zecke, die mich beißt, und dann kriege ich Borreliose oder diese andere Krankheit, deren Namen ich vergessen habe, es würde mir recht geschehen.

Als ich die Wohnungstür aufschließe, fühle ich eine eigenartige Traurigkeit in mir aufsteigen. Ich krieche wieder hinein in diese Höhle voller Pfandflaschen und Altpapier, wo niemand etwas sagt oder tut, was mich nervt, wo es niemanden gibt, den ich verurteilen könnte, außer mich selbst. Der Laubhaufen ist der ideale Lebensraum. Er bietet zahlreichen Tieren ein Zuhause.

*

Takashi Amano hat immer Whisky getrunken und dann hatte er eine Idee. Wenn er mit einem Aquarienlayout nicht vorankam und sich nicht sicher war, wo er welchen Stein platzieren sollte, hat er »das eine oder andere Glas Whisky« getrunken, und dann haben die Steine zu ihm gesprochen, und er wusste, was zu tun ist. Ich sollte auch Whisky trinken. Ich sollte rausgehen und etwas erleben und ein bisschen Alkohol trinken, dann bin ich gelöst und mache mir weniger Druck und kann endlich schreiben.

»Klar«, sagt Pony, »warum nicht, lass uns losziehen.« Sie malt sich die Lippen an, kramt ein Paar funkelnde Ohrringe aus ihrer Handtasche und füllt Fruchtsekt in eine leere Flasche, in der mal Apfelschorle war. »Mit einer Sektflasche lassen sie uns nicht in den Bus«, erklärt sie, und ich bin beeindruckt. Das hat jetzt ungefähr zwei Minuten gedauert, und schon ist sie ausgehfertig. Ich überlege seit heute Morgen, wo mein zweiter Hausschuh ist, und bin nicht sicher, ob ich irgendwo noch ein sauberes Shirt habe.

Als wir noch ein bisschen jünger waren, haben Pony und ich uns häufig total aufgebrezelt, um dann Cocktails zu trinken, stundenlang durch die Clubs zu ziehen und uns von Männern ansprechen zu lassen. Heute tragen wir warme Unterhemden, weil es uns sonst nachts zu kalt an den Nieren ist, jammern die ganze Zeit darüber, dass unsere Strumpfhosen rutschen, teilen uns manchmal eine kleine Cola und wenn uns tatsächlich mal jemand anspricht, ist derjenige meist völlig schockiert, zu erfahren, dass wir um die dreißig sind, und tritt überstürzt den Rückzug an, damit niemand mitbekommt, dass er sich fast Gammelfleisch angelacht hätte.

Umso beglückter bin ich, als ich unmittelbar nach Betreten eines Ladens von einem schmächtigen jungen Mann im karierten Hemd am Arm festgehalten werde. Wow, der sieht sogar so aus, als könnte er schon volljährig sein. Mein Herz hüpft vor Freude. Nun werde ich wieder einmal einen interessanten Einblick in das Kommunikations- und Paarungsverhalten der jüngeren Generation erhalten.

»Darf ich dir mal eine ganz unverschämte Frage stellen?«, will der Jüngling wissen. Wie aufregend! Natürlich darf er!

»Antwortest du auch in jedem Fall, egal, wie unverschämt du die Frage findest?«

»Ja!«, sage ich, »Ja, natürlich!« Was mag er nur Unerhörtes von mir wissen wollen? Ich mache mich auf ein erregendes verbales Katz-und-Maus-Spiel gefasst.

»Trägst du die Brille, weil du kurzsichtig bist oder weil du das schöner findest?«

Döt-döt-döt-döööööt. Irgendjemand sollte dem Jungen mal erklären, was Fallhöhe ist. Und wie man eine Frage formuliert, die auch nur ansatzweise interessant ist.

»Ich hab minus zwei Dioptrien!«, sage ich gelangweilt.

»Aber Frauen wie du haben doch mit Absicht diesen Sekretärinnen-Style!«, sagt er.

Das ist schon das dritte Mal, dass mir jemand sagt, ich würde aussehen wie eine Sekretärin, und allmählich befürchte ich, dass an der Sache etwas dran sein könnte. Als ich mich darüber beklage, sagt er: »Na ja, was kann ich denn dafür, du bist halt so eine sexy Sekretärinnenmaus!« Eine sexy Sekretärinnenmaus. Was soll ich denn damit anfangen. Während ich beim Wort »sexy« noch interessiert und paarungsbereit aufhorche, krampft sich meine Gebärmutter bei der Bezeichnung »Sekretärinnenmaus« zu einem freudlosen kleinen Knäuel zusammen. Was zur Hölle ist eine sexy Sekretärinnenmaus? Vor meinem inneren Auge sehe ich eine kleine, graue Maus mit einem niedlichen rosa Schnäuzchen und zitternden grauen Schnurrhaaren, die eine winzige Brille auf ihrer Mäusenase trägt und einen aus erwartungsvoll glänzenden Kulleraugen ansieht, während sie emsig Papiere hin- und herträgt und auf einer kleinen Schreibmaschine Texte über unterschiedliche Käsesorten schreibt. Und dann zieht sich diese Sekretärinnenmaus plötzlich eine kleine Netzstrumpfhose und Lederstiefel an, holt eine klitzekleine Peitsche hervor und sagt mit ihrer Piepsstimme: »Ich bin jetzt sexy!« – Horror.

»Gibt es irgendetwas, was ich tun könnte, um nur noch sexy und keine Sekretärinnenmaus mehr zu sein?«, frage ich.

Er schaut mich etwas zu lange an. »Nein«, sagt er freundlich. »Aber nur noch Maus zu sein, dürfte bei dir relativ einfach gehen.«

Als ich 16 Jahre alt war, habe ich den folgenden Satz in mein Tagebuch geschrieben: »Wenn ich einen Wunsch frei hätte, wäre ich gerne einen Tag lang schön und dann entweder für den Rest meines Lebens blöd oder tot.« Und jetzt bin ich verheiratet und über dreißig, ich bin also aus Sicht meines 16-jährigen Ichs sowohl blöd als auch fast tot. Und ich glaube, ich bin langsam zu alt, um auf die Piste zu gehen.

Neben mir tanzt ein hübsches, junges Mädchen mit einem unglaublich einfältig dreinblickenden, besoffenen Fußballfan. Ich kann seinen biergeschwängerten Odem bis hierhin riechen. Er packt sie, beugt sich mit seiner Sabberschnute über sie und fängt an, ihr Gesicht abzulecken. Ich will gerade dazwischengehen, da sehe ich, dass das Mädchen dies offensichtlich in höchstem Maße genießt. »Morgen wirst du dich wundern!«, rufe ich ihr nach, dann sind die beiden im Gedränge verschwunden. Ein Rudel Männer, offenbar ein Junggesellenabschied, erobert etwas unkoordiniert die Tanzfläche. Der zukünftige Bräutigam trägt ein Shirt mit der Aufschrift: »Ich heirate in einer Woche. Oder kannst du mich davon abbringen?«

Meine Fresse, sei doch froh, dass du überhaupt eine Person auf dieser Welt gefunden hast, die was von dir will! Das ist unwahrscheinlich genug. Wie unwahrscheinlich ist es, dass sich die Anzahl der Leute, die was von dir wollen, plötzlich verdoppelt? Wenn du in die Spielhalle gehst und den Jackpot gewinnst und jemand stellt sich neben dich und sagt: »Doppelt oder nix« – setzt du dann noch mal alles?! Man muss auch wissen, wann man nach Hause gehen sollte!

Neben uns kommt eine junge Frau herangetaumelt und drängt sich tanzenderweise abwechselnd an Pony und mich. Sie ist fast nackt. Alle hier sind fast nackt. Früher fand ich das ganz normal, aber früher bin ich selber auch nur mit etwas Ähnlichem wie einem goldenen Badeanzug bekleidet tanzen gegangen. Heute kämpfe ich ständig gegen den Impuls, den jungen Dingern eine Wolljacke umzuhängen und zu sagen: »Muckelchen, du verkühlst dich noch! Mit einer Nierenbeckenentzündung ist nicht zu spaßen!«

Plötzlich beugt sich die fremde Frau nach vorne, und ein Schwall Flüssigkeit landet zwischen uns auf dem Boden. Befreit tanzt sie weiter. »Vielleicht hatte sie eine Bierflasche in der Tasche, und die ist jetzt ausgelaufen?«, rufe ich Pony hoffnungsvoll zu. Ich kann und will mir einfach nicht vorstellen, dass wir in einer Welt leben, in der mir Menschen vor die Füße kotzen und anschließend weitertanzen, als wäre nichts gewesen. Wir tanzen noch eine Weile motiviert in der kleinen Pfütze herum. Pony sagt: »Du, ich glaub, da sind Bröckchen drin …« Dann machen wir uns auf den Heimweg.

*

Mein Bus hält vor einer kleinen Bar, in der nur wenige Menschen sitzen. Das Licht malt ihnen schöne, einsame Gesichter. Ich muss an ein Gemälde von Edward Hopper denken.

Kurz entschlossen steige ich aus und betrete die Bar.

Es ist eigentlich schon zu spät oder besser gesagt zu früh, aber ich kann diesen Tag noch nicht aufgeben. Zwei Männer, die direkt am Tresen sitzen, schauen in meine Richtung. Die anderen Leute nehmen keine Notiz von mir. Ich gehe zu den beiden Männern, setze mich neben sie und bestelle mir einen Whisky. Einer von den beiden trägt ein Hemd und einen Pullunder und wirkt ein wenig verklemmt. Ich schaue ihn lange und vielsagend an. Das ist genau so ein Mann, den ich gerne verführe, um dann enttäuscht zu sein, dass er genauso spießig ist, wie er aussieht. Der andere Mann sieht nach konventionellen Maßstäben gut aus und scheint das auch zu wissen. Die ganze Zeit lässt er seinen Blick ziellos durch die Gegend schweifen. Übertrieben hübsche Leute kann ich nicht leiden. Das sind genau die Leute, die Sara und mich früher geärgert hätten. Und jetzt, Jahrzehnte später, kommen sie wieder und wollen einen bumsen. Nein danke, nicht mit mir.

Der Mann im Pullunder stellt mir ein paar austauschbare Fragen und wirkt so, als würde er nicht zuhören, als ich antworte. Der Schöne steht auf, stellt sich zwischen mich und den Pullundermann und legt mir eine Hand auf den Oberschenkel.

Ich weiß nie, wie man solche Situationen löst. Wann und wie wird jetzt entschieden, wer mit wem nach Hause geht? Ich präferiere zwar den Pullundermann, aber so wichtig ist es mir auch wieder nicht. Falls der nicht will oder ewig nicht in die Gänge kommt, würde ich natürlich auch den anderen nehmen. Aber wie kommuniziert man das? Ich kann ja jetzt schlecht sagen: »Jungs – mir ist es egal. Ich will auf jeden Fall heute noch Sex haben, und einer von euch beiden kann das übernehmen. Bitte macht das untereinander aus.«

»Kommst du mal kurz mit aufs Klo?«, fragt der Schöne. Hui, das ging schnell. Wir schließen uns zusammen in der Kabine ein, und ich schaue erwartungsvoll zu ihm auf. Im kalten Badezimmerlicht sieht der Mann müde und abgekämpft aus. Er gefällt mir jetzt besser. Menschen müssen immer etwas an sich haben, was sie ein bisschen kaputt aussehen lässt, sonst kann ich mit ihnen nichts anfangen. Wenn alles an jemandem schön ist, dann ist der doch gar kein Mensch. Dann ist der für mich so was wie ein Schuh. Ein Produkt.

Immer wenn jemand irgendwie beschädigt erscheint, bilde ich mir ein, ich müsste mit ihm Sex haben. Ich denke: Der hätte das doch voll verdient, und: Der soll auch mal was Schönes erleben. Um mich geht es dabei überhaupt nicht, sondern um eine absurde Idee von Fairness. Genauso, wie mir immer eingeschärft wurde, ich dürfte Sara nicht alleine stehen lassen, wenn alle tanzten, kommt es mir unfair vor, wenn manche Leute keinen Sex bekommen, weil sie vielleicht nicht so attraktiv auf andere wirken oder einen Knall haben. Ich habe dann das Gefühl, ich müsste das irgendwie ausgleichen, damit ein kosmisches Sex-Gleichgewicht entsteht. Vielleicht ist das auch nur eine Ausrede, weil es mir schwerfällt, mir einzugestehen, dass ich selber Sex haben möchte. Vielleicht muss ich mir deshalb immer einreden, es sei eine gute Tat, mit jemandem zu schlafen. Auf jeden Fall ertappe ich mich manchmal dabei, eine eigentümliche Anziehungskraft zu spüren, wenn mir jemand begegnet, der mir unschön und irgendwie beschädigt erscheint. Was würde der sich freuen, male ich mir dann aus.

Zu meiner Überraschung holt der Mann ein kleines Päckchen hervor. Ich dachte ja, wir fangen jetzt an, rumzumachen. Ich bin ein bisschen enttäuscht, aber es interessiert mich auch. Ich habe mich immer gefragt, wie genau das Koksen auf der Toilette funktioniert. Wo liegt das? Ich hoffe, nicht auf dem Klodeckel. Vielleicht hat er einen Pappteller dabei? Oder Desinfektionstücher? Er legt sein Handy auf den Spülkasten und macht auf dem Handydisplay zwei Lines. Das finde ich ein bisschen unhygienisch. Die ganze Toilette sieht nicht wirklich sauber aus. Ich weiß nicht, ob das so schön ist, mit der Nase da näher ranzugehen.

»Warum nimmst du keinen Pappteller?«, frage ich.

»Hast du einen dabei?!«

»Nee.«

Ich wette, wenn man sich in Bars und Diskotheken vor die Toiletten stellen und Pappteller für einen Euro anbieten würde, könnte man ein Heidengeld verdienen; jedenfalls, wenn die Kokskonsumenten auch nur ein bisschen Hygienebewusstsein haben. Ich schaue ihm genau zu, als er sich das Zeug durch die Nase zieht. Bis jetzt hatte ich noch keine Gelegenheit, so etwas aus der Nähe zu betrachten.

»Die andere ist für dich«, sagt er.

»Ich hab so was noch nie gemacht«, sage ich.

»Mach mal, wird dir guttun. Mal den Kopf freikriegen!«

Meine Mutter hat immer gesagt, ich dürfe nie Drogen nehmen, diese eine Sache würde sie mir nicht verzeihen. Das war bisher ungefähr das einzige Argument dafür. Aber den Kopf freikriegen klingt gut. Ich beuge mich vor und ziehe mir das Zeug durch die Nase.

Ich bin die Beste und die Schönste. Ich weiß nicht, wie ich jemals daran zweifeln konnte. Ich bin die Krasseste. Ich kann alles schaffen, was ich will! Und auch alles, was ich nicht will. Aber das, was ich nicht will, lasse ich einfach weg. Bäm! So nämlich. So wird's gemacht. Der hübsche Mann und ich laufen durch die Nacht und reden und lachen über alles Mögliche. Eigentlich ist das echt ein guter Typ. Klar, er hat mir auch dieses Zeug gegeben, aber das ist nicht der Grund, warum ich ihn mag, er hat wirklich was zu bieten! Echt nett! Ich freue mich richtig, dass ich den kennengelernt habe. Wir gehen zu mir nach Hause, und es ist ein wildes Fest aus Körperteilen und Mündern. Ich bin eine Sexgöttin! Bestimmt hätte er nicht gedacht, dass ich so gut bin.

Das war wirklich ein guter Mann. Er ist auch ganz brav gegangen, als ich ihn darum gebeten habe. Ich mag es nicht, wenn Männer über Nacht bleiben. Mit manchen Menschen ist es doch so, das Beste an ihnen habe ich mir genommen, und dann will ich nicht nachts aufwachen und das, was übrig ist, neben mir liegen sehen wie einen nicht abgewaschenen Teller mit ein paar fettigen abgenagten Hähnchenknochen nach einem abendlichen Fressgelage.

Ich bin immer noch supergut drauf, ich bin stark und selbstbewusst und kreativ, und ich werde jetzt nicht mehr zaudern, sondern ein Buch schreiben! Jawohl! Los geht's. Ich lasse noch kurz meine Knöchel knacken und dann rasen meine Finger über die Tastatur, die Wörter purzeln nur so aus mir heraus, das fühlt sich großartig an! Und ich muss über mich selber lachen, dass ich das so lange hinausgezögert habe. Schreiben ist wie atmen, es passiert ganz natürlich, ich atme ein, ich atme aus und schon wieder ist eine Seite voll. Ich könnte ewig so weitermachen. Vielleicht werde ich ewig so weitermachen! Vielleicht werde ich von nun an jeden Monat ein, zwei Bücher schreiben, es ist ja eigentlich kein großes Ding. Ich freue mich drauf! Ich freue mich auf mein neues Leben, in dem ich ständig gut drauf bin und Bücher schreibe.

*

Alles ist furchtbar. Meine Nase ist trocken und fühlt sich an, als wäre sie voller Popel, und als ich mich mühsam schneuze, brennt es. Im Taschentuch sind kleine Blutstreifen zu sehen. Ich fühle mich ausgelaugt und niedergeschlagen. Mein ganzer Körper tut weh. Nach und nach kehrt die letzte Nacht zurück. Es war alles so gut, solange es gut war. Ich mache die Augen wieder zu.

Im Flur klappert der Briefschlitz, jemand wirft Sachen hindurch, und sie klatschen viel zu laut auf den Boden. Ich öffne meine Augen und mache halbherzig ein paar sehr vorsichtige Bewegungen. Nein, es geht immer noch nicht. Ich schließe die Augen und gleite zurück in die Schwärze.

Hinein und hinaus und wieder hinein. Ich habe einen verrückten Albtraum, in dem ich mitten in einem dunklen Fluss sitze und mein Vater mich mit Hustensaft füttert und immer sagt: »Ich weiß, ich weiß!« Der Hustensaft schmeckt nicht, ich muss würgen, ich glaube, das ist gar kein Hustensaft, das ist dreckiges Wasser aus dem dunklen Fluss, aber mein Vater scheint das nicht zu bemerken, sondern flößt mir weiter einen Löffel nach dem anderen ein. Ich würge noch mehr und versuche ihm zu sagen, dass er aufhören soll, aber es kommen nur unverständliche Laute aus mir raus. »Ich weiß, ich weiß«, sagt mein Vater. Aber er weiß überhaupt nichts. Ich verschlucke mich und wache auf.

Es ist dämmerig im Zimmer. Ich habe keine Lust auf eine neue Runde des großen Spiels »Ist es morgens oder abends« und schaue direkt auf mein Handy. Es ist morgens, aber einen Tag später, als es sein sollte. Wenigstens fühle ich mich jetzt einigermaßen wach.

Was habe ich zuletzt geschrieben? Neugierig wanke ich zu meinem Schreibtisch und klappe den Laptop auf. Das Dokument ist unter dem Dateinamen »Deprwdduibwb« gespeichert.

»Kriegt euch einfach mal wieder ein, alles ist super! Das Leben ist top! Es gibt überhaupt keinen Grund, Depressionen zu haben, können sich das alle mal merken bitte danke.

Wenn die Depression kommt, begrüßen wir sie mit 1 großen Willkommens-Hahaha. Wenn die Depression geht, machen wir Winkewinke. Es ist alles ein Kommen und Gehen, übrigens bin ich vorhin sehr oft gekommen, haha, Drogen & Sex = DAS BESTE!!!

Mein sexy Weg aus der Depression
Schritt 1: Besorg dir Kokain
Schritt 2: Sex
Schritt 3: Siehe Schritt 1.«

Ich klappe den Laptop wieder zu, krieche zurück ins Bett und ziehe mir die Decke über den Kopf.

*

Alles, was ich gerade kann, ist daliegen und das Aquarium anstarren. Es gibt kaum etwas Wohltuenderes als den Anblick eines gelungen eingerichteten Aquariums. Ein Aquarium ist ein Stück lebendige Kunst, das den Geist beruhigt. Studien belegen, dass die Betrachtung von Aquarien den Blutdruck senkt, und das ist natürlich gut für alle, außer vielleicht für die Leute, die eh schon einen zu niedrigen Blutdruck haben.

Takashi Amano hatte immer, wenn er als Kind mit seinen Freunden am Yoroigata-See spielte, die Sehnsucht, einige von den Fischen, die er dort beobachtete, mit nach Hause zu nehmen. Er fing kleine Bitterlinge und Süßwassergrundeln, und weil er kein anderes Gefäß dabeihatte, packte er sie mit etwas Wasser in einen seiner Schuhe und machte sich auf den Heimweg. Aber die Fische litten auf dem langen Marsch in der Sonne, meistens starben sie an Sauerstoffmangel und Überhitzung, bevor er überhaupt zu Hause angekommen war. Erst als er auf die Idee kam, Wasserpflanzen mit in den Schuh zu legen, gelang es ihm, Fische lebendig nach Hause zu bringen. So entdeckte er, welche große Bedeutung Pflanzen für das Leben im Aquarium haben.

Ein Stück Natur ins Haus zu holen ist ein sehr alter

Wunsch des Menschen. Takashi Amano sagt, sogar die Naturvölker im Regenwald holen sich Fische und Pflanzen und Vögel in ihre Hütten, und dabei leben sie doch mitten in der Natur. Vielleicht ist es ein wenig bedenklich, ein Tier in einen Glaskasten zu sperren. Vielleicht will ich Macht über Karl haben, weil ich mich in meinem Leben zu oft machtlos gefühlt habe. Vielleicht geht es aber auch um etwas anderes. In einem Aquarium kann man eine perfekte kleine Welt nachbauen, in der alle Bedürfnisse gedeckt sind. Ein Aquarium ist gewissermaßen die beste Art, zu sagen: Ich bin nicht wie meine Mutter.

Karl hat ein Schaumnest gebaut und schwimmt aufgeregt herum. Er weiß nicht, dass die Wahrscheinlichkeit, ein Weibchen zu treffen, das von diesem Nest beeindruckt sein und mit ihm zusammen ablaichen könnte, in seiner Situation gleich null ist. Ich könnte mir vorstellen, dass Karl sogar ein recht passabler Vater wäre, aber wenn ich ihm ein Weibchen kaufen würde, dann würde er es nach der Paarung immer wieder vertreiben und wahrscheinlich schwer verletzen. Außerdem weiß ich nicht, was ich mit lauter kleinen Kampffischbabys anfangen soll. Sobald sie alt genug wären, um ein Revier zu verteidigen, müsste ich jedes in ein eigenes Aquarium setzen. Karls persönliches Glück muss in diesem Fall hinter pragmatischen Überlegungen zurückstehen, so leid mir das für ihn tut.

Je mehr Brutpflege eine Fischart betreibt, umso weniger Jungtiere kommen pro Wurf auf die Welt. Manche Fischarten geben ihren Laich und die Spermien einfach ins Wasser ab und kümmern sich nicht weiter darum. Die legen dann aber auch um die tausend Eier, sodass mit einer gewissen Wahrscheinlichkeit ein paar Jungtiere groß werden. Fischarten, die wenig Eier produzieren, zeigen dagegen meistens ein spezialisiertes Brutpflegeverhalten und betreiben viel Aufwand, um die Jungtiere zu beschützen. Deutsche Frauen bekommen im Schnitt 1,5 Kinder, und man sollte ja meinen, dass die dann besonders auf jedes einzelne Kind achtgeben würden, aber das klappt anscheinend nicht immer. Meine Mutter hatte nur zwei Kinder und sie hat es nicht geschafft.

Ich erinnere mich, dass ich mit sechs Jahren nachts wach im Bett lag und an meinen Fingern und Zehen die Jahre abzählte, bis ich achtzehn sein würde. Denn die Tochter unserer Nachbarn war mit achtzehn Jahren von zu Hause ausgezogen. Sechs Jahre hatte ich schon geschafft. Aber jetzt noch mal so viel und dann noch mal? Das konnte ich mir nicht vorstellen. Ich hatte das Gefühl, dass ich das auf keinen Fall durchhalten konnte.

*

Ich wälze mich hin und her, beäuge halbherzig die Gardinenstange und denke darüber nach, ob sie mein Gewicht halten würde und ob ich mich das trauen würde. Wenn man versucht, sich zu erhängen, aber dabei nicht stirbt, hat man eventuell einen Gehirnschaden. Also einen *richtigen* Gehirnschaden. Die Vorstellung finde ich gruselig, denn dann ist man wahrscheinlich nicht in der Lage, erneut einen Versuch zu wagen. Auch wenn ich mir manchmal gerne vorstelle, krank zu sein, damit sich Leute um mich kümmern müssen – ich möchte auf keinen Fall so krank sein, dass ich gar keine Möglichkeit mehr habe, mein Leben selbst zu beenden. Sylvia Plath hat geschrieben: »Sterben / Ist eine Kunst, wie alles andere auch. / Ich kann es besonders gut.« Die alte Angeberin.

Ich habe das Gefühl, wenn ich einem Therapeuten erzählen würde, wie oft ich versucht habe, mich umzubringen, müsste ich zuallererst mal beweisen, dass ich nicht dumm bin. Denn es ist ja an sich keine besonders komplizierte Angelegenheit. Wie dumm muss man sein, um das mehrfach nicht richtig auf die Reihe zu kriegen?

Selbstmord ist ansteckend, das ist bewiesen. Es gab mal eine Studie, in der wurde eine Reihe von Selbstmorden untersucht, die zeitlich und räumlich nah beieinander lagen.

Im Rahmen der Interviews wurden eine Menge Menschen befragt, die in der gleichen Gegend wie die Selbstmörder lebten, und es stellte sich heraus, dass die meisten psychische Erkrankungen oder individuelle Belastungen als Ursache ausblendeten und stattdessen Dinge sagten wie: »Der Leistungsdruck heutzutage macht die Leute kaputt«, oder: »Das kommt von dem ganzen Stress«. Und es könnte sein, dass da ein Zusammenhang besteht, denn wenn man sich kollektiv darauf einigt, dass die Lebensumstände schuld sind, und dann feststellt, dass man selber ja mehr oder weniger in denselben Lebensumständen feststeckt, scheint es relativ naheliegend, dieselbe »Lösung« zu wählen wie jemand anderes vor einem.

Ich habe zu wenig Kraft, um zu leben und zu viel Angst, um zu sterben. Wenn es einen Knopf geben würde, mit dem ich meine Existenz ungeschehen machen könnte, würde ich ihn drücken. Als ich klein war, besaß mein Vater Lautsprecherboxen mit gewölbten Membranen. Es reizte mich immer sehr, mit dem Finger hineinzudrücken. »Neiiiin, nicht! Das ist der Kinder-Vernichtungsknopf!«, rief mein Vater einmal im Spaß. Die Vorstellung, es könnte irgendwo tatsächlich einen Kinder-Vernichtungsknopf geben, ließ mich jahrelang nicht los. Wie praktisch wäre das.

Mein Vater machte mir damals auch immer mit dem Daumen ein Kreuz auf meine Stirn, wenn er mich ins Bett brachte. Er war eigentlich nicht gläubig, deswegen erschien mir das seltsam, als ich älter wurde und anfing, darüber nachzudenken. Eine Zeit lang überlegte ich, ob er auf diese Weise sicherstellen wollte, dass ich in den Himmel komme, für den Fall, dass er eines Nachts durchdrehen und die ganze Familie umbringen würde.

*

Schade, dass man keinen ironischen Ratgeber schreiben kann, das wäre viel einfacher.

»Depri für Dummies – so kriegen auch Sie die beste Depression der Welt«

Schritt 1: Nehmen Sie sich etwas vor, was Sie unmöglich schaffen können. Unterschreiben Sie einen Vertrag, der Sie zwingt, genau das zu tun.

Schritt 2: Schieben Sie es viel zu lange auf, mit dieser Sache anzufangen.

Schritt 3: Belügen Sie alle in Ihrer Umgebung über den Stand des Projekts.

Schritt 4: Trinken Sie Alkohol.

Schritt 5: Schlafen Sie mit jemandem, der aussieht wie Ihr Expartner, von dem Sie sich nicht lösen können.

Schritt 6: Schieben Sie notwendige Telefonate auf. Mit der Zeit wird es immer schwieriger, sich zu einem Anruf zu überwinden, und Sie bekommen dann noch mehr Probleme!

Schritt 7: Nehmen Sie an Gruppenaktivitäten teil, mit denen Sie nichts anfangen können, um sich einsam und unfähig zu fühlen.

Schritt 8: Beschäftigen Sie sich übermäßig viel mit Menschen, die tot sind. Wie haben die das gemacht? Vielleicht finden Sie Inspiration.

Schritt 9: Fahren Sie mit Ihrem Ex in den Urlaub!

Schritt 10: Schlafen Sie so wenig wie möglich. Verachten Sie sich selbst für Ihre Müdigkeit.

Schritt 11: Reden Sie sich ein, Ihre Depression wäre noch nicht gut genug. Nicht einmal richtige Depressionen können Sie haben, Sie unfähiges Stück Scheiße. Versuchen Sie, bessere Depressionen zu bekommen!

Schritt 12: Schlafen Sie mit jemandem. Mit irgendjemandem! Wenn es Ihnen währenddessen nicht gefällt, sagen Sie auf keinen Fall etwas, sondern machen Sie die Augen zu und zählen Sie bis 100. Und dann noch mal. Und noch mal.

Schritt 13: Kennen Sie Koks?

Schritt 14: Lange nicht mehr gebumst, oder?

Ach, Scheiße.

In meinem Aquarium wächst ein Tigerlotus, und dieser verdammte Tigerlotus ist tausendmal produktiver als ich. Das darf echt nicht wahr sein. Ich habe nichts anderes geschafft als in unterschiedlichen mehr oder weniger unbequemen Positionen herumzuliegen und einmal zur Tür zu wanken, als der Postbote geklingelt hat, und dieser Kotzbrocken von einer Pflanze ist in der Zwischenzeit zwei Zentimeter gewachsen. Das größte Problem ist ja meistens nicht, dass man nichts leistet, sondern dass man sich mit anderen vergleicht. Besonders, wenn es sich um eine elende Streberpflanze handelt. »Oh, schau mich an, ich bin gewachsen. Denn wenn ICH mir was vornehme, dann schaffe ich das auch!«

Einen nicht unerheblichen Teil der letzten Stunden habe ich damit verbracht, auf dem Handy die Profile mehrerer früherer Klassenkameraden durchzugehen. Und jetzt bin ich überzeugt, ich habe offiziell das schlechteste Leben von allen. Die anderen haben weiße Tischdecken und zusammenpassendes Geschirr, Kerzenhalter aus Kupfer und weichgezeichnete Babys, die schläfrig aus Tragetüchern hervorlugen. Ich bin die Einzige, aus der ganz offensichtlich nichts geworden ist.

Neulich habe ich eine Autowerbung gesehen und da hieß es: »Never quit, and greatness becomes inevitable.«

Das ist so ein großer Unsinn! Wenn man nur nicht aufgeben müsste, dann wären wir doch umgeben von Leuten, die in irgendwas großartig sind. Außerdem blendet dieser dumme Spruch total aus, dass man erst mal anfangen muss, damit man etwas hat, was man dann nicht aufgibt. Und manche Menschen sind für manche Aufgaben vielleicht einfach die falsche Person. Jeder hat doch diesen einen Freund, der immer sagt: »Ich lebe meinen Traum!«, und man denkt sich nur, wow, dafür, dass es dein großer Traum ist, das zu machen, bist du aber ganz schön schlecht. Leider ist es allgemein anerkannt, dass Leute nur an sich und ihren Traum glauben müssen, und dann werden sie irgendwann Erfolg haben. Vielleicht wäre es manchmal besser, jemandem zu sagen, nein, du machst wirklich miserable Fotos, und wenn man bedenkt, wie lange du das schon versuchst, sind sie sogar noch schlechter, und bitte, bitte, bitte, kündige nicht deinen Job und versuch nicht, dich selbstständig zu machen, das ist wirklich eine miserable Idee. Vielleicht bin ich auch die falsche Person, um ein Buch zu schreiben, aber keiner hat mir das gesagt, und jetzt ist es zu spät.

*

Ich habe Konzertkarten, aber ich habe nicht die geringste Lust, aus dem Haus zu gehen. Alles fühlt sich beschwerlich an. Ich erinnere mich ziemlich genau, dass ich die Karten vor ein paar Monaten gekauft habe und dass ich mich darauf gefreut habe. Anscheinend wollte ich da gerne hin. Aber jetzt bin ich überhaupt nicht in der Stimmung dafür. Es ist nicht in Ordnung, dass man alle möglichen Sachen so weit im Voraus entscheiden muss. Woher soll ich denn wissen, was ich in einem halben Jahr will? Niemand weiß das. Ständig soll man Entscheidungen treffen, deren Auswirkungen viel zu weit in die Zukunft reichen. Die meisten Veranstaltungsräume für Hochzeiten muss man mindestens ein Jahr im Voraus buchen und anzahlen! Ein Jahr! Ich wette, ganz viele Leute stehen am Ende da und denken »anscheinend ist es das, was ich vor einem Jahr gewollt habe«.

Es gibt diesen gerechten, tiefen und festen Schlaf, in dem man wie ausgeknipst ist und irgendwann wieder aufwacht und sich frisch fühlt. Und dann gibt es den anderen Schlaf, der wie Sirup auf einen herunterträufelt und einen fast erstickt. Ab und zu kommt man so halb zu sich, aber es reicht gerade nur, um festzustellen, dass dieser Zustand nicht wünschenswert ist und nicht, um das Bett zu verlassen und ihn zu beenden.

Ich wache auf und fühle sofort, wie die Verantwortung, etwas aus diesem Tag zu machen, viel zu schwer auf mir lastet. Es wäre schlau, sich erst mal nur eine kleine Sache vorzunehmen, aber offensichtlich bin ich nicht schlau. Gestern habe ich mir vorgestellt, dass ich heute einen großartigen Plan entwerfen und dann mindestens zwanzig Seiten schreiben würde. Genau das stelle ich mir jetzt wieder vor, während ich im Bett liege und nichts tue. Vielleicht ist das mein neues Hobby: Herumliegen und mir vorstellen, wie ich Dinge tue. Träge beobachte ich den Fliegenfänger über dem Bett, der inzwischen wie eine Weinrebe aussieht.

Es ist auch unverhältnismäßig aufwendig, überhaupt aufzustehen. Man muss zur Toilette gehen, und wenn man dort angekommen ist und sein Anliegen erledigt hat, muss man wieder aufstehen, dabei wäre es so viel einfacher, sitzen zu bleiben. Ich sitze meistens viel zu lange auf dem Klo und rechtfertige das damit, dass es sich nicht lohnt, aufzustehen, weil ich bestimmt bald wieder muss. Mit der Dusche ist es dasselbe. Wenn ich es erst mal geschafft habe, in die Dusche zu gehen, fällt es mir schwer, sie wieder zu verlassen. Und wenn ich mich dann nach dem Duschen hinsetze, um ein Paar frische Socken anzuziehen, ist die Versuchung groß, mich einfach nach hinten fallen zu lassen und liegen zu bleiben. Es kommt mir so vor, als wäre mein ganzer Tag übersät mit Sollbruchstellen. So viele Momente, in denen es leichter wäre, aufzugeben.

Seit ein paar Tagen habe ich nicht geduscht, keine frischen Klamotten angezogen und mir nicht mehr die

Haare gekämmt. Wenn ich mich ein bisschen zu schnell bewege, wogt mein Körpergeruch bis zu meiner Nase herauf. Ich mag meinen eigenen Geruch nicht mehr, aber ich kann mich auch nicht entschließen, etwas dagegen zu tun. Wenn man nicht duscht, dann lohnt es sich auch nicht, frische Kleidung anzuziehen, und wenn man sowieso seit Tagen denselben Schlafanzug trägt, kann man sich das Haarekämmen auch sparen. Außerdem würde das wahrscheinlich wehtun, so struppig und verfilzt, wie meine Haare inzwischen sind.

Erst als es schon fast zu spät ist, gebe ich mir einen Ruck, tausche die Schlafanzughose gegen eine Jeans, ziehe eine Mütze über meine ekligen Haare und verlasse das Haus.

Ich trete aus dem Gang hinaus in die Arena, und mir fällt wieder ein, dass ich Konzerte überhaupt nicht mag. Für mich ist es einfach problematisch, wenn um mich herum Leute wild herumtanzen und den Spaß ihres Lebens haben. Dann beobachte ich sie die ganze Zeit und denke, aha, so muss man also aussehen, wenn man Spaß hat. Und dann versuche ich das irgendwie nachzustellen, aber es gelingt mir nicht. Ziel ist für mich dabei gar nicht unbedingt, dass ich auch Spaß habe, sondern in erster Linie, dass ich so aussehe als ob.

Es ist erst das zweite Konzert in meinem Leben, und ich erinnere mich jetzt, dass ich nach dem ersten eine ähnliche Erkenntnis hatte. Ich fühle mich bevormundet, wenn gerufen wird »Put your hands up in the air!« – nein, denke ich dann, danke für den Vorschlag, aber ich entscheide immer noch selbst, wann ich meine Hände wohin packe! Es riecht nach Bratwurst und Nachos, die Luft steht.

Später, als alle ihre Handytaschenlampen eingeschaltet haben und unzählige Lichter in der Arena tanzen lassen, als die Sängerin in einem Scheinwerferkegel ins Publikum geht und Menschen umarmt, die in Tränen ausbrechen, ertappe ich mich bei einem kurzen Moment der Ergriffenheit. Dann kippt hinter mir jemand einen großen Plastikbecher mit Cola um, und die kalte Flüssigkeit schwappt mir in den Nacken.

Als ich vom oberen Rang heruntersteige, bemerke ich, dass es neben dem Geländer mehrere Meter in die Tiefe geht. Auf einmal bin ich wieder ein kleines Kind und stehe im oberen Stockwerk und weine, und meine Mutter packt mich und hält mich an einem Bein und einem Arm über das Geländer. »Kannst du nicht einmal still sein?«, schreit sie mich an, und ich weine noch lauter. »Ich kann dich auch fallen lassen!«, schreit sie und ich schäme mich dafür, dass ich weine, ich würde furchtbar gerne aufhören zu weinen, aber es geht nicht. Es geht einfach nicht. Ich sehe weit unter mir die beigefarbenen Fliesen mit den unregelmäßigen Kanten und frage mich, warum wir eigentlich im Erdgeschoss keinen Teppichboden hatten. Als ob das irgendeinen Unterschied machen würde, wenn man aus dieser Höhe abstürzt. Heute frage ich mich vor allem, wie hoch das wohl gewesen sein mag. Eine Zeit lang habe ich versucht, in einer Kletterhalle herauszufinden, ab welcher Höhe es sich ungefähr so schlimm anfühlt wie damals, aber das hat nicht geklappt; jede Höhe fühlte sich für mich gleich schlimm an. Ich kann nicht mal auf einen Stuhl steigen, ohne dass jemand meine Hand hält. »Der beste Schutz gegen Absturz ist, sich nicht auf hochgelegene Flächen zu begeben, von denen man abstürzen könnte«, steht im Wikipedia-Artikel zum Schlagwort »Absturz (Unfall)«.

Die Höhe, aus der ein Sturz erfolgt, kann für sich genommen keine Hinweise auf Verletzungsbilder geben. Viele weitere Variablen spielen eine Rolle, zum Beispiel das Alter des Opfers, mögliche Zwischenkontakte während des Falls, welches Körperteil zuerst aufkommt und auch die Oberfläche, auf der das Opfer landet.

Meine Mutter erzählte früher häufig, sie habe mich einmal, als ich noch klein war, auf der oberen Etage auf dem Fußboden abgesetzt. Sie habe in Ruhe im Erdgeschoss duschen wollen und ich sei alt genug gewesen, um mich ein wenig alleine zu beschäftigen. Sie sagte, sie habe mich oben gelassen, weil ich damals gerne auf dem Fußboden gesessen und mit meiner Eisenbahn gespielt hätte und weil im ersten Stock Teppichboden verlegt war. Im Erdgeschoss gab es nur Fliesen. Beigefarbene Fliesen mit unregelmäßigen Kanten. Meine Mutter sagte, sie habe mich oben gelassen, damit ich mich nicht verkühle. Ich sei aber so neugierig darauf gewesen, was sie unten mache, dass ich aus dem Laufstall herausgeklettert und die ganze Treppe heruntergefallen sei. »Als wir ins Krankenhaus gefahren sind, haben die sofort die Polizei gerufen«, erzählte meine Mutter kopfschüttelnd. »Du warst ja so grün und blau, die dachten, wir hätten dich misshandelt!«

Meine Mutter sagte, sie habe mich nie misshandelt. Sie sei immer eine gute Mutter gewesen.

*

Anton will mit mir reden, aber ich will nicht mit Anton reden, ich will mit niemandem reden. Alles strengt mich an, ich habe keine Zeit für zwischenmenschliche Beziehungen, ich muss ein Buch schreiben. Oder mich darauf vorbereiten, ein Buch zu schreiben. Ich sitze in unserer alten Wohnung auf der Toilette und lese Eckhart Tolle. Es war einfacher, zu Anton zu fahren, als mich weiter zu rechtfertigen, warum ich ihn nicht besuche, aber jetzt, wo ich da bin, ist es einfacher, mich im Badezimmer einzuschließen, als mit ihm zu reden.

Anton klopft an die Badezimmertür. »Ist alles in Ordnung? Du bist jetzt gleich seit einer Stunde da drin.«

Eckhart Tolle schreibt, er habe mehrere Jahre auf Parkbänken gesessen und den Moment gefühlt. Das ist natürlich schön und gut für den Eckhart, aber ich wette, der war nicht verheiratet. Mein Mann würde gar nicht zulassen, dass ich einfach mal ein paar Jahre auf Parkbänken sitze und im Jetzt bin.

»Anton, ich habe das Gefühl, wir sind irgendwie aneinander festgewachsen. Und ich muss mich losreißen, auch wenn das wehtut.«

»Aber es ist doch etwas Schönes, wenn man merkt, dass man zusammengehört?«

Ich hoffe, dass die Stelle, an der ich an Anton festgewachsen war und die jetzt offenliegt, irgendwann heilt, aber ich kann nicht hierbleiben und seine Wunde pflegen. Zu groß ist die Gefahr, dass ich wieder anwachse.

»Wir könnten eine Paartherapie machen!«, sagt er. »Ich will nicht so einfach aufgeben.«

Ich weiß nicht, was ich antworten soll. »Kann es sein, dass Sie mich emotional entführt haben?«, möchte ich am liebsten sagen.

Sylvia Plath hat in ihren Tagebüchern geschrieben: »… would marriage sap my creative energy and annihilate my desire for written and pictorial expression?« Sie hat sich Gedanken darüber gemacht, ob das Familienleben sie kaputt machen würde, oder ob es ihren künstlerischen Ausdruck vielleicht sogar verbessern würde, wenn sie Kinder hätte. »Am I strong enough to do both well?«, hat sie geschrieben. Immerhin hat sie darüber nachgedacht. Jeder kann sich mal irren.

»Ich habe jetzt keine Zeit, eine Paartherapie zu machen«, sage ich. »Ich muss ein Buch schreiben. Ich muss diese eine Sache schaffen in meinem Leben.«

»Du kannst doch beides machen«, sagt Anton. »An unserer Ehe arbeiten und ein Buch schreiben.«

»Nein, kann ich nicht.«

Er versteht mich nicht. Kunst braucht Menschenopfer.

*

Was mich am meisten ankotzt an der Sache mit dem Buch: Ich habe nur begrenzt Zeit zur Verfügung und muss irgendwann abgeben, aber sobald es gedruckt ist, haben alle unbegrenzt viel Zeit, um es auseinanderzunehmen. Jeder scheiß Versager, der gelegentlich bei irgendeiner irrelevanten Lokalzeitung arbeitet und seinen Presseausweis hauptsächlich dafür benutzt, mit den Kindern seiner neuen Lebensgefährtin in den Tierpark zu gehen, kann sich ein Rezensionsexemplar bestellen. Jede frustrierte Bloggermutti da draußen, die mit ihren plärrenden Blagen zu Hause sitzt und nichts erreicht hat im Leben, kann sich Seite für Seite mein Buch vornehmen und darüber schreiben, wie scheiße es geworden ist. Ich sehe sie alle vor mir, schon jetzt, mit ihren Textmarkern und Lesebrillen und Post-its, wie sie mein Buch neben Kaffeetassen und Duftkerzen und Schüsseln mit Haferschleim fotografieren und mit irgendwelchen Hashtags versehen, und wenn ich daran denke, habe ich gar keine Lust, überhaupt irgendwas fertig zu machen. Ich hab ja kein Problem mit Kritik, aber sie sollte von den richtigen Leuten kommen und positiv sein.

Ich wäre gerne so wie Kafka. Eigentlich bin ich wie Kafka! Der einzige Unterschied ist, dass ich nicht jeden Morgen um fünf Uhr aufstehe, um mein Buch zu schreiben. Und dass ich nicht bei einer Versicherung arbeite, kein Mann bin und mein Hauptproblem nicht mein Vater ist. Aber ansonsten sind wir uns recht ähnlich.

*

Ich mag es überhaupt nicht, wenn ich mit mehreren Leuten im Café bin und zuerst die Bestellungen von allen anderen am Tisch aufgenommen werden. Mein Mund wird ganz trocken und ich bekomme Herzklopfen, wenn ich daran denke, dass gleich ich an der Reihe bin. Denn für mich ist es eine große Sache, etwas zu bestellen. Nicht nur, weil es mir generell Überwindung abverlangt, zu sagen, was ich will. Hinzu kommt ja auch noch, dass Kellner und Tresenpersonal immer viel zu tun haben. Und selbst wenn sie nicht offensichtlich gestresst oder genervt sind, bilde ich mir immer ein, dass etwas Drängendes in ihrer Körpersprache und in ihrer Stimme liegt. Es stresst mich einfach, wenn jemand sich etwas zu weit zu mir herunterbeugt, mich allzu auffordernd anguckt, aber dann mit den Augen schon wieder von mir wegdriftet, bevor ich meinen Satz zu Ende gesagt habe. Und wenn andere Leute vor einem bestellen, muss man genau den richtigen Moment abpassen, um etwas zu sagen. Für mich fühlt sich das an wie eine extrem stressige Vorstellungsrunde, bei der ich ewig nicht drankomme.

Pony bestellt gerade ihren Kaffee und ich versuche mich schon dafür zu wappnen, im richtigen Moment das Wort an mich zu reißen. Wenn man nur eine Sekunde zu lang wartet, dann kassiert man ein genervtes »und?!?« oder ja???«. Aber wenn ich jetzt zu schnell etwas sage, dann wird sich herausstellen, dass Pony eigentlich noch ein stilles Wasser bestellen oder einen besonderen Wunsch hinsichtlich ihres Apfelkuchens äußern wollte, und schon wirke ich unhöflich und gierig. Ich fange einen Tick zu spät an zu reden, und die Kellnerin legt den Kopf schief. Dann sage ich ihr, was ich haben möchte. Einen großen Karamell-Macchiato mit laktosefreier Milch, ohne Kakaopulver und ohne Keks.

»Klein oder groß?«, fragt die Kellnerin, ohne mich anzugucken.

Ich seufze innerlich. Während ich darauf warte, dass ich meine Bestellung aufgeben darf, lege ich mir ja den perfekten Satz zurecht, der alle Informationen enthält. Wenn ich die Kellnerin wäre, würde ich vielleicht einfach mal zuhören, dann würde sie Zeit sparen und wäre wahrscheinlich weniger gestresst.

»Groß«, sage ich.

»Soll Kakao drauf?«, fragt die Kellnerin.

»NEIN«, sage ich eine Spur zu laut, und sie zieht die Augenbrauen hoch. »Und mit LAKTOSEFREIER Milch«, sage ich sicherheitshalber. Hat sie das jetzt gehört?

Ich hasse solche Situationen. Am liebsten trinke ich bei McDonald's Kaffee. Denn in vielen McDonald's-Filialen kann man einfach an einem Monitor ein paar Tasten drücken, bekommt eine Nummer zugeteilt und kann die Bestellung am Tresen abholen. Kein Stress, keine Missverständnisse, keine Kommunikation mit anderen Menschen. Das ist perfekt für mich.

Pony, ihre Freundin Daniela und ich sitzen in einem Café, und Pony hat uns gerade mitgeteilt, dass in ihrer Gebärmutter ein Mensch heranwachsen würde. Ich habe gar nicht gewusst, dass es mit ihr und Dingens schon so ernst ist, und ich vermute, dass sie und Dingens das eigentlich auch nicht gewusst haben; trotzdem gratuliere ich ihr höflich. Daniela ist auch schwanger, seit einer gefühlten Ewigkeit, wie ich anmerken möchte, und in den letzten Monaten ist kein Treffen vergangen, ohne dass sie ständig das Gespräch auf Babys gelenkt hat. Jetzt quietscht sie freudig herum, wedelt sich mit der Hand Luft zu und bekommt feuchte Augen. Ich frage kurz die technischen Daten der Schwangerschaft ab, um sie dann sofort wieder zu vergessen. Andauernd werden alle schwanger, und ich weiß wirklich nicht, wie ich mir merken soll, wessen Baby wann herausplumpst. Es fällt mir schwer genug, die Geburtstage meiner Freunde nicht zu vergessen. Wie soll ich mir da die vermuteten Geburtstage von Menschen einprägen, die es noch gar nicht gibt?

Weil ich die meiste Zeit über keine Ahnung habe, wie weit Personen in meinem Bekanntenkreis mit ihrem persönlichen Fortpflanzungsprojekt gerade gediehen sind, bin ich mir auch nie sicher, wie ich reagieren soll, wenn mir jemand ein Foto von einem Baby schickt. Einmal habe ich geantwortet: »Oh niedlich, sieht deinem Mann total ähnlich. Ich hoffe, ihr habt alles gut überstanden. Wann kann ich den neuen Erdenbürger begrüßen?« Und meine Bekannte schrieb zurück: »Ich bin im vierten Monat?! Wollte nur wissen, wie du den Strampelanzug findest.«

Das war mir unangenehm, und ich bin seitdem vorsichtig geworden und reagiere auf Babyfotos grundsätzlich erst mal mit einem vorsichtigen »Ist es da?«

Das ist alles nicht optimal, aber ich gebe mir echt Mühe. Ich kaufe niedliche Geschenke. Ich bestelle Sachen im Internet, habe meistens kein Geschenkpapier zu Hause und wickele sie in Alufolie ein. Aber die Geste zählt. Ich habe schon mal für Freunde von Anton auf Kinder aufgepasst, und ich würde das auch wiederholen, aber beim nächsten Mal würde ich nur Kinder nehmen, die entweder so jung oder so alt sind, dass sie noch nicht oder nicht mehr beißen. Regelmäßig höre ich mir Geschichten an, in denen Worte wie Symphysenschmerz und Milcheinschuss vorkommen, und versuche, für alles Verständnis zu zeigen, auch wenn ich bis heute nicht weiß, was eine Symphyse ist, und mich nicht traue, das Wort zu googeln.

»Du bist die Nächste!«, sagt Daniela voll aggressiver Fröhlichkeit.

»Nein«, sage ich.

Pony räuspert sich.

»Aber du bist doch verheiratet«, sagt Daniela. »Wie alt bist du?!«

»Das hat doch damit nichts zu tun.«

»Möchtest du etwa keine Kinder?!«

»Die würden wahrscheinlich auch Depressionen bekommen und sich umbringen wollen, also wozu die ganze Arbeit.«

Sie sieht mich schockiert an und legt die Hände auf ihren Bauch, als ob sie ihrem Kind die Ohren zuhalten will.

»Ich würde ja nicht zu lange warten. Freunde von mir haben zu lange gewartet, und bei denen hat es dann nicht mehr geklappt.«

»Hmm.«

»Wäre es nicht furchtbar, irgendwann zu merken, dass es zu spät ist?!«

»Ich glaube, es gibt Schlimmeres auf der Welt.«

»Findest du Babys gar nicht niedlich?«

»Doch, die sind niedlich.«

»Dann krieg doch auch eins!«

»Nein. Ich finde auch Pinguine niedlich und hab trotzdem keinen.«

»Warum nicht?«

»Weil ich keine Möglichkeit hätte, einen Pinguin artgerecht zu halten. Wo soll der wohnen? In der Badewanne?«

»Nein, warum bekommst du kein Baby?«

Meine Fresse, denke ich, wie kommst du auf die Idee, dass dich das irgendwas angeht? Warum muss ich mich plötzlich vor dieser mir nur oberflächlich bekannten Person dafür rechtfertigen, dass mein Uterus unbewohnt ist? Ist ein leer stehender Unterleib nun etwas Ähnliches wie ein leer stehendes Zimmer in Zeiten von Wohnungsnot? Wird mir, wenn ich nicht freiwillig etwas gegen den Leerstand unternehme, bald zwangsweise ein fremder Mensch zugewiesen, der meinen Bauch bewohnen soll? Ich verstehe diesen Missionsdrang nicht. Ist Daniela so im Hormonrausch, dass sie andere unbedingt an diesem Glück teilhaben lassen will? Oder befürchtet sie heimlich, dass es doch ein Fehler gewesen sein könnte, und will andere mit reinreiten? Mir persönlich ist es ja vollkommen egal, was in den Körpern anderer Menschen vor sich geht. Meinetwegen kann Daniela in ihrem Bauch Urzeitkrebse züchten oder ihre Gebärmutter auf Airbnb vermieten. Aber sie könnte auch ein bisschen Verständnis dafür haben, dass ich im Moment nicht möchte, dass jemand im Inneren meines

Körpers lebt, sich von mir ernährt und ich anschließend achtzehn Jahre lang aufpassen muss, dass derjenige sich nicht versehentlich oder absichtlich umbringt.

Irgendwann kommt Danielas Freund Nico, um sie abzuholen, und setzt sich noch ein bisschen dazu. Die beiden halten verliebt Händchen. »Und das ist die Liebe meines Lebens«, sagt sie und klimpert ihn verliebt an. Ich weiß, dass es sehr unhöflich wäre, jetzt »würg!« zu sagen, aber ich finde das ekelhaft und übergriffig. Es wäre mir weniger unangenehm, wenn Menschen vor meinen Augen Geschlechtsverkehr hätten, als wenn sie in meinem Beisein Liebesbeteuerungen äußern. Wie alt ist sie? Sie kann höchstens fünfundzwanzig sein. Dass Leute einander als die Liebe ihres Lebens bezeichnen, habe ich noch nie mitbekommen. Finde ich auch ganz schön voreilig in dem Alter.

Es kommt mir so vor, als würden sie eine Szene aus einem Film nachspielen. Das können sie ja meinetwegen machen, wenn sie sich das selber abkaufen, aber dann gerne zu Hause. Vielleicht lehne ich sie ab, weil ich mich selber nicht mag und weil ich auch mal Anfang zwanzig war und dachte, so ein Typ wäre meine große Liebe, und dann ein anderer, und dann ein anderer, aber vielleicht bin ich auch einfach nur neidisch auf sie, weil ich so was nie laut gesagt hätte, nicht mal mit 23.

Ich überlege, ob Nico wohl ein schlechtes Selbstwertgefühl hat und deswegen mit ihr zusammen ist. Wenn man sich selber mag, dann denkt man doch: »Ich habe eine tolle Partnerin verdient.« Aber Daniela ist so nervig und anhänglich und scheint, abgesehen von ihrer Schwangerschaft, überhaupt keine Eigenschaften zu haben, die sie interessant machen könnten.

Harry Potters Patronus ist ein Hirsch, der von Peter Pettigrew ist eine Ratte. Wenn andere Leute das sehen, wissen sie gleich Bescheid, was Harry Potter für ein Mensch ist und was Peter Pettigrew für einer ist. Ich glaube, wenn Leute Daniela sehen, wissen sie auch sofort über Nico Bescheid.

Meine Eltern haben immer sehr missgünstig über andere Menschen gesprochen, und vielleicht habe ich das von ihnen, vielleicht habe ich deswegen manchmal so gemeine Gedanken. Vielleicht ist das aber auch nur eine Ausrede. In meiner Kindheit gab es zum Beispiel mal einen kleinen Vorfall mit einer Familie aus der Nachbarschaft. Die Frau hatte einen abfälligen Kommentar über das völlig versumpfte Grundstück und das kleine Haus abgegeben, als sie mit ihrem Hund bei uns vorbeiging. Von diesem Tag an mochten meine Eltern die ganze Familie nicht mehr und ließen sich abfällig über unwichtige Dinge wie ihr Auto, ihre Kleidung und die Schulranzen der Kinder aus. Irgendwann erzählte meine Mutter mit unverhohlener Freude, dass das Paar sich scheiden ließe und der Mann ausgezogen sei. Als bald darauf eine Frau in das Haus zog und man die beiden Frauen öfters händchenhaltend den Hund spazieren führen sah, kannte die Häme meiner Eltern keine Grenzen. »Jetzt hat sie nicht mal mehr einen Mann abgekriegt!«, sagte mein Vater. Ein wenig wunderte mich diese Erklärung und ich überlegte kurz, ob die Nachbarin es wirklich bei allen Männern versucht hatte, bevor sie sich mit einer Frau zufriedengab, aber ich war ein Kind und nahm die Erklärungen meiner Eltern hin. Erst vor einiger Zeit ist mir die Geschichte wieder eingefallen, und ich habe zum ersten Mal verstanden, was meine Eltern nicht gesagt und in ihrer engen Welt vielleicht auch gar nicht in Erwägung gezogen hatten, nämlich, dass die Nachbarin und die andere Frau sehr wahrscheinlich einfach nur ineinander verliebt waren.

*

Seit ich weiß, dass Pony schwanger ist, bin ich irgendwie gehemmt. Was redet man mit einer Schwangeren? Es ist ja jetzt immer jemand dabei. Damit meine ich nicht, dass das Baby uns belauschen würde, so paranoid bin ich nicht, aber es ist trotzdem irgendwie präsent. Ich würde gerne mit ihr darüber reden, wie sie sich fühlt und ob sie Angst hat, aber ich schaffe es nicht. Es ist wie damals, als ich mit meinem sterbenden Großvater in einem Raum saß und ganz genau wusste, dass etwas Großes und Wichtiges passieren wird, und keine Worte dafür fand. Die ganze Zeit denke ich darüber nach, was ich sie fragen könnte, aber ich weiß zu wenig über das Thema, um auch nur eine einfache Frage formulieren zu können. Worüber darf man sprechen und was ist zu persönlich und geht keinen etwas an? Ich habe keine Ahnung. Es ist ein riesengroßer Test, den ich auf keinen Fall bestehen werde.

Meine beste Freundin hat sich in ein fremdes Wesen verwandelt. Ich hoffe, sie wird das Baby wenigstens nicht stillen. In der Theorie ist mir klar, dass das gut und gesund und außerdem ganz natürlich ist und dass alle das Recht haben sollten, immer und überall zu stillen. In der Praxis ekele ich mich jedes Mal, wenn ich so etwas sehe. Einmal, als ich in einem Café eine heiße weiße Schokolade getrunken habe, hat eine Frau am Nebentisch ihre Brust hervorgeholt und ihr Baby gestillt, und als ich sah, wie sich im Mundwinkel des Babys kleine Spuckebläschen mit Muttermilch vermengten, konnte ich keinen weiteren Schluck mehr von meiner weißen Schokolade trinken.

*

»Und was machen Sie beruflich?«, fragt der Arzt, während er mit dem Ultraschallgerät in meiner Vagina herumfuhrwerkt. Das Gespräch mit Pony und Daniela hat mich daran erinnert, dass ich seit ungefähr vier Jahren nicht mehr beim Frauenarzt war. Ich habe mir mal so ein Kupferding einsetzen lassen zur Verhütung, und das soll man eigentlich mindestens einmal im Jahr kontrollieren lassen, aber ich habe es immer weiter verschoben und dann hatte ich irgendwann zu große Angst, dass der Arzt schimpft.

»Im Moment eigentlich nichts«, antworte ich und starre die Decke an.

»Interessant«, sagt er geistesabwesend.

Meine Güte, warum denken Leute immer, sie müssten sich in allen möglichen unpassenden Situationen unterhalten. Er könnte doch auch einfach mal einen Moment ruhig sein, damit ich mich wegbeamen kann. Ich kann mir nämlich einreden, ich wäre in einer Situation gar nicht wirklich dabei. Das ist super. Ich kann mich wegbeamen. Nachdem das mit Sara war, haben meine Eltern mich einmal zu einer Psychologin geschleppt, und die Psychologin hat gesagt, ich müsse üben, mich nicht mehr wegzubeamen und in der Gegenwart zu bleiben. Dabei ist es doch gut, wenn man so etwas kann.

Der Arzt führt mir das Spekulum ein, und es macht dieses seltsame metallische Geräusch, als er es aufspannt. Das ist merkwürdig. Ich wette, wenn wir mit Aliens von einem anderen Planeten reden und denen erzählen würden: »Ja, also die Hälfte der Bevölkerung muss sich regelmäßig auf einen Stuhl legen und die Geschlechtsöffnung mit einem Metallteil aufdehnen lassen, damit ein Arzt hineinschauen kann«, würden die Aliens das für einen gelungenen Scherz halten. Und ich wette, wenn Männer so was machen lassen müssten, dann hätten sie schon längst einen angenehmeren Weg dafür gefunden.

»Und seit wann arbeiten Sie da?«, fragt der Arzt, während er in mir herumschabt.

»Ist Luisa hier?«, frage ich. Er reagiert nicht. Ich drifte in meiner Erinnerung zurück zu dem Tag, an dem mir klar wurde, dass ich meinen Job kündigen musste.

Ich hatte mich sogar auf die Firmenfeier gefreut, aber sie war dann ganz anders, als ich gedacht hatte. Wie Ertrinkende klammerten wir uns grüppchenweise an die Stehtische und versuchten, auf den Wogen austauschbarer Gespräche mitzuschwimmen. Aus den Augenwinkeln hielt jeder unauffällig Ausschau, ob nicht irgendwo ein besseres Stück Treibholz erschien, ein größeres, mit dem man es weiterbringen konnte. Es war wie früher in der Schule, man durfte nicht alleine gesehen werden, musste immer Teil eines Rudels sein.

Ich führte ein paar kurze Gespräche und hatte dabei immer wieder das bizarre Gefühl, als würde mein Gegenüber nicht wirklich mit mir reden, sondern mit einer ganz anderen Person, die zufällig Ähnlichkeit mit mir hatte und die sich am gleichen Ort befand. Und wenn ich dann etwas sagte, kam es mir so vor, als würde die Pause nach meinen Worten eine Spur zu lange dauern und als wäre die Art, wie mein Gesprächspartner kurz die Augen niederschlug, lächelte und antwortete, irgendwie nachsichtig. Der Blick erinnerte mich daran, wie man mit einem Kind spricht, wenn das Kind etwas Falsches sagt, aber man es nicht korrigieren will, weil es noch ein Kind ist und weil es nicht so wichtig ist.

Wir dümpelten voreinander herum und erreichten uns nicht. Es war spürbar, dass jeder nur einen ganz begrenzten Handlungsspielraum hatte, und es war nicht auszudenken, was passieren würde, wenn man etwas machen würde, was nicht hineinpasste.

Leute denken immer, Goldfische würden sich an die Größe des Gefäßes anpassen, in dem sie gehalten werden, aber das stimmt überhaupt nicht. In Wirklichkeit kann der Fisch nicht sein komplettes Wachstum stoppen. Sein Körper bleibt vielleicht ein bisschen kleiner und gedrungener, als er sonst geworden wäre, aber seine inneren Organe wachsen weiter. Das ist nicht gesund für den Fisch. Ob die anderen Menschen sich wohl auch manchmal so fühlen, als wären sie ein Goldfisch, in dem nicht genug Platz ist? Als würden in ihnen Sachen wachsen, die nicht rausdürfen.

Hinterher saß ich im Taxi, und der Taxifahrer fragte: »Schlimm?« und ich sagte ja und er sagte: »Das haben die anderen Leute, die ich hier abholen musste, auch gesagt.« Aber wenn alle die Veranstaltung heimlich schlimm fanden, warum ließ man es dann nicht einfach sein und machte stattdessen ein Picknick?

In den Nächten von Sonntag auf Montag, wenn ich das Wochenende noch nicht gehen lassen wollte und versuchte, möglichst lange aufzubleiben, damit ich nicht schlafen und arbeiten und dann wieder schlafen und wieder arbeiten und immer so weitermachen musste, blieb ich manchmal ganz lange auf und hoffte, dass das Wochenende sich immer weiter ausdehnen würde, um Platz für mich zu machen, und dass es nie Montag werden würde. Manchmal dachte ich dann auch darüber nach, warum mich mein Arbeitsalltag ankotzte und warum es immer so sein musste.

Ich hatte mich durch ein verschultes, schlecht konzipiertes Studium gequält, weil ich eine gute Journalistin werden und die Welt retten wollte. Warum dachte ich damals, dass das möglich wäre? Ich weiß es nicht mehr. Nach dem Studium hangelte ich mich von einem Praktikum zum nächsten und wusste nur, dass ich in Hosenanzügen total heiß aussah und dass man im Prinzip gar nichts können muss, außer möglichst busy mit Zetteln in der Hand durch die Gegend zu rennen und Worte wie »Performance« und »Benchmark« und »USP« in jeden Satz zu packen. Im Endeffekt tötete ich lediglich sehr viele Bäume und saß in stundenlangen Meetings und Telefonkonferenzen. Da sagte ich dann Sachen wie »Ist das denn wirklich die Zielgruppe, die wir ansprechen wollen?« oder »Warum richten wir den Blick nicht mal auf die Zukunft?« und schrieb hin und wieder zufällig ausgewählte Worte auf einen Zettel.

Es ist überhaupt kein Wunder, dass mein Erfahrungshorizont eingeschränkt und mein ganzes Dasein extrem selbstreferenziell ist. Fast alle meine Freunde waren damals Journalisten, die mit anderen Journalisten in Beziehungen und WGs lebten und sich ständig gegenseitig interviewten, um dann schlecht anonymisierte Artikel übereinander auf Bento und Vice zu veröffentlichen. Wenn wir uns trafen, diskutierten wir über Journalisten aus dem weiteren Bekanntenkreis sowie deren Artikel und stellten Vermutungen an, wer die wahren Protagonisten von Artikeln wie »Ja, ich verdiene mein Geld mit dem Verkauf von getragenen Schlüpfern« waren.

Ich habe all diese Leute nicht mehr wiedergesehen. Manchmal kommt mir mein Leben vor wie eine mittelmäßige Fernsehserie. Jemand wird eingeführt, und man denkt, das könnte eine neue Hauptfigur werden, und vielleicht war das sogar auch mal so geplant, und zack, ist diese Person wieder weg und man weiß überhaupt nicht, warum. Ob sie aus dem Drehbuch herausgeschrieben wurde wegen Gagenstreitigkeiten, ob sie krank geworden ist oder ob sie einfach andere Pläne hatte.

Ich könnte wenigstens die Leute, die mir damals am wichtigsten waren, fragen, warum wir jetzt keinen Kontakt mehr haben, aber ich habe Angst vor der Antwort. Und es ist ja auch gar kein Problem, Menschen kommen und Menschen gehen und man reiht irgendwelche Episoden aneinander und versucht, ihnen einen Sinn zu geben, aber hin und wieder klappt das einfach nicht.

Ich vermisse oft den Zusammenhang zwischen meinen Erfahrungen. Das Leben anderer Leute scheint kohärenter abzulaufen als meines. Eine Zeit lang habe ich Tagebuch geschrieben, und das Furchtbare war, dass ich dabei gemerkt habe, wie ich mich ständig in eine neue Person verwandele, die die alten Persönlichkeiten nicht leiden kann. Immer, wenn ich mal ein paar Seiten zurückgeblättert habe, ist mir aufgefallen, wie scheiße und dumm ich war und wie sehr ich mich selber hasse. Am Anfang hegte ich noch die Überzeugung, dass meine jeweilige aktuelle Persönlichkeit eine überlegene Weiterentwicklung sei und ich in Zukunft mit mir selbst zufrieden sein würde. Aber irgendwann begann ich, schon während ich etwas Neues in mein Tagebuch schrieb, mir vorzustellen, wie sehr mein zukünftiges Ich diese Zeilen verurteilen und mein jetziges Ich hassen würde, und mit der Zeit habe ich aufgehört, überhaupt irgendetwas aufzuschreiben.

Wenn man schreibt, hinterlässt man Spuren. Das bedeutet aber auch, dass man in der Zukunft damit leben muss, dass diese Spuren immer noch da sind. Manchmal ist es sicherer, nichts zu schreiben, damit die böse Stimme in meinem Kopf, die alles, was ich tue, verurteilt, nicht noch mehr Nahrung bekommt.

»Und Ihrem Mann geht es gut?«, fragt der Arzt.

»Ich denke schon«, sage ich, »aber wir leben momentan getrennt.«

»Suuuper«, sagt der Arzt, »also, alles tippitoppi bei Ihnen! Sie können aufstehen, wir melden uns, falls der Abstrich noch was ergibt.«

Bei mir ist also alles tippitoppi, das freut mich natürlich. Eine frühere Freundin von mir hat mal erzählt, ihr Frauenarzt hätte ihr gesagt, sie hätte eine ungewöhnlich schöne Scheide. Wir waren uns nicht sicher, ob das einfach nur sehr grenzüberschreitend war oder auch schmeichelhaft, denn immerhin war das jemand, der es wirklich beurteilen kann. Dann haben wir uns zusammen ihre Scheide angeschaut und ihr Arzt hatte recht.

*

Pony wollte mit mir einen Ausflug ins Aquarium machen, aber jetzt sagt sie, sie kann doch nicht. Sie hat einen Geburtsmeditationsworkshop.

»Kann ich mitkommen?«, frage ich, nicht, weil ich wirklich mitwill, sondern weil ich nicht alleine gelassen werden will.

»Ich wollte mit Daniela da hin«, sagt sie.

»Na, dann viel Spaß euch beiden«, sage ich und merke selber, dass ich unsympathisch klinge und das »viel« zu sehr betone. Ich fühle mich ungerecht behandelt. Als hätte ich Bock auf den blöden Kurs gehabt. Trotzdem wäre ich bereit gewesen, mitzugehen, ihr zuliebe. Und jetzt will sie mich nicht? Natürlich kann ich nachvollziehen, dass Daniela besser geeignet ist als ich. Und ich sollte mich für Pony freuen. Ich will ja, dass es ihr so gut wie möglich geht. Aber ich will auch ganz egoistisch, dass sie lieber mit mir Zeit verbringen will. Da ist es wieder, das Gefühl, dass jemand anderes wichtiger ist und dass ich selber überhaupt nicht zähle.

»Was ist?«, fragt Pony.

Ich will mich mit ihr streiten, und ich will sie in Ruhe lassen und ihr zeigen, wie gleichgültig sie mir ist, und ich will mir neue Freunde suchen und mich nie wieder melden. Aber ich muss jetzt nett zu ihr sein, sonst hat sie noch weniger Lust, Zeit mit mir zu verbringen, und wird mich bald ganz alleine lassen.

Daniela holt Pony bei mir ab, und ich versuche, nett zu sein, und stelle ihr ein paar Fragen, aber ich kaufe es mir selber nicht so richtig ab. Es ist wirklich nicht einfach, Daniela zu mögen. Ich versuche es ja, ich versuche ganz stark, sie in mein Herz zu schließen oder mich zumindest an sie zu gewöhnen, aber ich kann meine ablehnende Haltung ihr gegenüber nicht aufgeben. Ohne dass ich genau sagen könnte, was mich an ihrem Verhalten überhaupt stört, macht sich die Feindseligkeit in mir breit. Vielleicht versuche ich es nicht doll genug, oder sie spürt, wie angestrengt das alles von meiner Seite aus ist.

Überhaupt ist es schwierig mit Frauen, immer, wenn Frauen eine ihrer Frauen-Verhaltensweisen auspacken, wenn sie zum Beispiel etwas zu interessiert Fragen stellen oder jemanden demonstrativ loben oder zu viel lächeln oder fürsorglich tun, muss ich an meine Mutter denken und an die Bösartigkeit, die sie dahinter verbarg. Bei den wenigen Gelegenheiten, bei denen ich ein Kind aus meiner Klasse mit nach Hause bringen durfte, saß ich beim Mittagessen angespannt auf der Stuhlkante, während meine Mutter das Kind interviewte. Ich versuchte, ihren Gesichtsausdruck zu deuten und zu erraten, was ihr gefiel und was nicht, aber es war aussichtslos, das Lächeln meiner Mutter war perfekt und undurchschaubar. Was ihr missfiel, erfuhr ich erst am Abend, wenn mein Besuch abgeholt worden war und meine Mutter mir alles aufzählte, was mit dem anderen Kind nicht stimmte, und darauf hinwies, dass das ja kein Wunder sei; jemand, der mit mir Freundschaft schloss, konnte natürlich nicht normal sein. Sie verbot mir nicht direkt, ein Kind noch einmal einzuladen, aber nach einer solchen Unterredung konnte ich gar nicht anders, als mir das nächste gemeinsame Mittagessen vorzustellen, bei dem ich die ganze Zeit wissen würde, welche gemeinen Gedanken hinter den freundlichen Fragen und dem Lächeln meiner Mutter steckten. Meistens machte ich keinen zweiten Versuch. Ich versuchte jedes Mal, mir zu merken, an welchen Dingen sie besonders häufig Anstoß nahm, um das nächste Kind akribisch auf die Unterhaltung mit meiner Mutter vorbereiten zu können und um notfalls auch selbst das Thema zu wechseln, aber ich hatte mehr und mehr den Eindruck, dass es sinnlos war. Ich konnte kein Muster erkennen.

Natürlich habe ich selber auch einen bösen Teil, den ich hinter Frauen-Verhaltensweisen verberge, und leider bilde ich mir ein, dass das bei allen anderen Frauen genauso wäre und dass die auch immerzu böse Sachen denken. Mit Pony hält sich das in Grenzen, weil die meistens sagt, was sie denkt. Das ist zwar nicht immer schön, aber man muss wenigstens nicht herumraten.

*

»Liebe Vera,

ich verstehe, dass es dir schwerfällt, an deinem Buch zu arbeiten, und dass du gerade in einer schwierigen Phase steckst. Deswegen habe ich auch noch einmal eine Woche Aufschub für dich herausgehandelt. Aber wenn du mir nicht bald irgendetwas schickst, womit ich arbeiten kann, bekomme ich hier Schwierigkeiten. Ich weiß nicht, wie ich das noch weiter rechtfertigen soll. Bitte reiß dich ein bisschen zusammen und versuch, mir bis nächste Woche zumindest ein paar Anhaltspunkte zu geben. Es muss ja nicht perfekt sein. Kopf hoch, Vera, das wird schon!

Liebe Grüße

Florian«

Ich habe ein schlechtes Gewissen und es ist mir peinlich, aber irgendwie bin ich auch wütend. Was hat er denn bitte erwartet? Natürlich fällt es mir schwer zu schreiben. Hat er gedacht, »ich gebe der Depressiven immer wieder neue Deadlines und dann wird sie sich einfach doll Mühe geben und das Buch schon rechtzeitig fertig machen«?

In der Theorie sind alle Leute total tolerant gegenüber Menschen mit Depressionen. Das sagen sie auch oft und gerne. Aber das gilt nur genau so lange, bis ihnen aus der

Depression einer anderen Person irgendein Nachteil entsteht. Dann sagen sie auf einmal Sätze, in denen das Wort »zusammenreißen« vorkommt, oder erklären, dass sie ja auch nicht gerne morgens aufstehen und ihre Arbeit machen, aber dass sie es Tag für Tag schaffen, würde zeigen, dass es geht, wenn man nur genug will. Diese Leute verwechseln ihre alltägliche Frustration darüber, dass ihre Lebensumstände suboptimal sind, mit einer Krankheit. Nur weil Florian am Montagmorgen keine Lust auf seinen Kackjob hat, nachdem er wahrscheinlich das ganze Wochenende rotzevoll durch die Gegend marodiert ist, heißt das nicht, dass er sich auch nur annähernd vorstellen kann, wie es ist, depressiv zu sein. Und dass jemand anders irgendwas geschafft hat, war noch nie ein Beweis für irgendetwas. Es gibt einen Typen, der nimmt an Talentshows teil, weil er Kleingeld fressen und eine bestimmte Summe passend hervorwürgen kann. Das zu wissen bringt mir, wenn ich im Supermarkt an der Kasse stehe und in meinem unordentlichen Portemonnaie nach einer Fünfcentmünze kramen muss, überhaupt nichts.

Viele Leute haben gar keine richtige Depression, denen geht es einfach nur schlecht, weil ihr Leben scheiße ist. Das ist natürlich auch doof. Und manche Leute behaupten deswegen, es gäbe in Wirklichkeit gar keine Depressionen, man könnte alles wegoptimieren, indem man die Rahmenbedingungen verbessert. Das halte ich für Unsinn.

Virginia Woolf, Hemingway, Kleist und natürlich Sylvia Plath, die haben sich ja alle umgebracht. Allerdings haben sie alle vorher mehrere Bücher fertiggestellt. Das verstehe ich nicht. Ich glaube, wenn ich wenigstens ein Buch geschrieben hätte, müsste ich mich gar nicht umbringen.

*

»Am Tag, an dem du starbst, ging ich in den Dreck, / In den dunklen Winterschlaf«, schreibt Sylvia Plath. An den Tag, an dem mein altes Leben endete, habe ich nur ungenaue Erinnerungen, und manchmal habe ich deswegen ein schlechtes Gewissen. Es erscheint mir ungehörig, dass gerade ich relativ unbeschadet aus der ganzen Sache herausgekommen bin und dass ich dann auch noch die Fähigkeit besitze, diese Erinnerungen abzuspalten.

Leute denken immer, wenn man sich nicht genau erinnern kann, ist es nicht so schlimm. Früher wurden Säuglinge ohne Narkose operiert, weil man dachte, wer keine Sprache hat, hat kein Bewusstsein. Und schließlich hatte sich kein Baby jemals über diese Vorgehensweise beschwert. In Wirklichkeit ist es das namenlose Grauen, wenn man weiß, da war irgendetwas, aber man weiß nicht genau, was. Oft liege ich nachts wach und sehe Dinge, von denen ich nicht weiß, was sie bedeuten. Und ich sehe Hände, die im Schlamm wühlen, bleiche Haut unter dem Dreck, vielleicht sind es meine Hände.

Anton hat mich angerufen und gesagt, er würde sich Sorgen um mich machen, und ich solle eine Therapie machen. Er hat sogar herumtelefoniert und jemanden gefunden, der mir kurzfristig ein Erstgespräch anbieten könnte. Man müsste das erst mal privat bezahlen, weil es sonst sehr lange Wartezeiten gebe, aber auf lange Sicht könnte man eine Kostenübernahme bei der Krankenkasse beantragen und er würde mir auch was dazugeben, sagt er. Das ist bestimmt lieb gemeint, aber ich habe keinen Bock. Da steckt doch nur die Idee dahinter, dass ich kuriert werden muss, damit ich wieder mit ihm zusammen sein will. Früher hat man Frauen ganz viel Kräuterschnaps gegeben oder sie in irgendwelche Anstalten gesteckt, wenn sie in ihrer Ehe unzufrieden waren, und jetzt soll ich eine Therapie machen. Nein danke. Außerdem war ich ja schon mal bei einer Therapeutin, im Studium, und es hat mir nicht gefallen. Diese Frau hatte ihr eigenes Leben überhaupt nicht im Griff und sah furchtbar aus, und ich dachte ständig, wenn ich auf irgendetwas höre, was sie sagt, dann werde ich am Ende noch so wie sie.

Ich finde es auch ein wenig übergriffig von Anton, so etwas vorzuschlagen. Ich habe schließlich nicht gesagt: »Anton, was denkst du, wie soll ich mein Leben gestalten?« Was denkt er sich denn? Auf keinen Fall gehe ich zur Therapie. So schlecht kann es mir gar nicht gehen, dass ich zur Therapie gehen möchte!

*

Der Therapeut lehnt sich in seinem Sessel zurück, dreht einen Stift in den Händen und fragt: »Und Ihre Familie?«

Die Frage ärgert mich. Über meine Familie gibt es überhaupt nichts zu sagen. Natürlich denke ich die ganze Zeit über meine Familie und die Dinge, die früher passiert sind, nach. Aber das liegt einfach nur daran, dass ich ein sehr gutes Gedächtnis habe und wahnsinnig nachtragend bin. Es heißt wirklich nicht, dass ich dem Therapeuten jetzt irgendetwas zu sagen hätte.

»Alles ganz normal«, sage ich.

Er runzelt die Stirn. »Das, womit man aufgewachsen ist, kommt einem immer normal vor«, sagt er.

Ich bekomme eine Gänsehaut, weil ich daran denken muss, wie ich als Kind immer dachte, alle anderen Familien wären so ähnlich wie meine eigene. Ich wusste, wie freundlich meine Mutter sich anhören konnte, wenn andere dabei waren, und ich nahm automatisch an, die Mütter der anderen Kinder würden sich genauso verstellen. Aber das macht es nicht leichter, darüber zu reden, überhaupt ist es schwierig, plötzlich über etwas zu reden, das so lange verboten gewesen ist. Es fühlt sich gefährlich an. Wenn es eine Sache gibt, die ich kann, dann ist es, Dinge für mich zu behalten und mir meinen Teil zu denken. Diese Fähigkeit hat mich immer gerettet, und ich bin nicht bereit, sie jetzt so mir nichts, dir nichts aufzugeben.

»Lassen Sie sich Zeit«, sagt der Therapeut und streicht über ein Sofakissen, ohne mich anzusehen.

Er erinnert mich an einen Mann, den ich mal im Fernsehen gesehen habe, der den Trick mit den Pferden konnte. Der hat sich immer ein bisschen weggedreht und ganz desinteressiert getan, und dann ist das Pferd irgendwann von alleine angetrottet gekommen, weil es neugierig war. Aber ich bin kein scheiß Pferd.

*

Die Stühle im Wartebereich des Krankenhauses sind unbequem. Neben mir sitzen meine Eltern und starren die Wand an. Wir frieren, alle drei, denn wir haben uns vor unserem überstürzten Aufbruch nur schnell etwas über die Schlafanzüge gezogen. Und jetzt warten wir. Es ist die Nacht nach dem Geburtstag meiner Mutter.

Das Grundstück, das meine Eltern gekauft hatten, war nur aus einem Grund so günstig: Es befand sich die meiste Zeit im Jahr größtenteils unter Wasser. Als sie es besichtigten und den Kaufvertrag unterschrieben, war es Sommer. Das Grundstück wirkte zwar etwas verwildert mit all den jungen Birken und dem hohen, gelblich verfärbten Gras, aber sie konnten es zumindest trockenen Fußes überqueren. Im Herbst wurde deutlich, dass dieser Zustand nicht die Regel, sondern die Ausnahme war. Weil es das niedrigste Grundstück in einem zugebauten ehemaligen Moorgebiet war, sammelte sich bei Regen der Niederschlag der gesamten Siedlung auf dem Gelände. Der Boden nahm nur einen Bruchteil von all dem Wasser auf. Der Rest bildete drei durch Erhebungen im Boden voneinander getrennte flache Seen, die etwas mehr als die Hälfte des Grundstücks einnahmen. Im Spätherbst war der hintere Teil der

Fläche nur mit Gummistiefeln betretbar. Meine Schwester und ich stampften hindurch und wirbelten die glitschigen Blätter auf. Im Winter froren die riesigen Pfützen zu und bildeten spiegelglatte Flächen. Wir hackten mit den Fersen Löcher ins Eis, und sobald es trug, schlidderten wir darauf herum. Im Frühjahr tauten die Eisflächen wieder auf, und das Wasser, vermischt mit abgestorbenen Pflanzen, roch unangenehm. Unzählige Insektenlarven bevölkerten das Wasser. Ich fing sie mit Sandförmchen ein und sortierte sie. Die roten, wurmartigen Mückenlarven kamen in einen Eimer, wo sie sich geschmeidig am Boden aalten. Die schwarzen Mückenlarven setzte ich in eine Schale. Sie hingen mit ihren kleinen Schwänzchen an der Wasseroberfläche und bewegten sich nur gelegentlich zuckend umher. Stundenlang beobachteten wir die Tierchen. Die schwarzen Mückenlarven nannte ich Püsselchen. Den Eimer und die Wasserschale nannte ich unseren Zoo.

Ich weiß bis heute nicht, warum meine Eltern keine der naheliegenden Maßnahmen ergriffen. Sie hätten Mutterboden aufschütten können, wie es alle Nachbarn in den umliegenden Häusern getan haben. Sie hätten einen Entwässerungsgraben anlegen können oder einen kleinen Teil des Gartens opfern und dort eine tiefe Grube ausheben können, in die das Wasser abgeflossen wäre. Stattdessen schaffte mein Vater eine Pumpe an und war fortan ununterbrochen damit beschäftigt, Wasser in den Schacht der Klärgrube zu pumpen. Er kaufte sich eine Wathose, wie sie von Anglern benutzt wird, und dicke Gummihandschuhe. Spätabends watete er im Nieselregen auf dem Grundstück auf und ab, maß mit einem alten Besenstiel den Wasserstand und notierte sich stirnrunzelnd den Wert, überprüfte die Pumpe. Morgens nach dem Aufstehen legte er als Erstes seine Schutzkleidung an und ging durch Wasser und Morast zur Pumpe. Mittags kam er mitunter nach Hause, weil er sich nicht ganz sicher war, ob er die Pumpe richtig platziert hatte. Wenn eine der Pumpen schließlich den Dienst quittierte, stieg er fluchend ins Auto, fuhr sofort zum nächsten Baumarkt und kaufte ein neueres Modell. Die Broschüren mit den Versprechungen des Herstellers trug er tagelang mit sich herum, las sie auf dem Klo und beim Essen immer wieder aufs Neue. Wenn er den Wetterbericht im Fernsehen anschaute, machte er sich Notizen.

Ich kann nur spekulieren, warum er diesen Zustand, in dem das Entwässern des Grundstücks sein ständiger Lebensinhalt war, einer einfacheren Lösung vorzog. Vielleicht aus Starrsinn, um dem Nachbarn, der bereits früh darauf hingewiesen hatte, dass meine Eltern unbedingt Erde aufschütten müssten, nicht recht zu geben. Vielleicht fehlte das Geld – allerdings denke ich, dass mein Vater im Laufe der Jahre auch eine Menge Geld für Pumpen und Regenkleidung ausgegeben haben muss. Vielleicht war es für ihn eine Strafe, die er sich selbst auferlegte, oder eine Ablenkung, um sich nicht mit seinen anderen Problemen beschäftigen zu müssen.

»Wie lange noch«, sagt mein Vater, ohne den Blick von der gegenüberliegenden Wand des Wartebereichs abzuwenden.

»Was«, fragt meine Mutter. »Was hast du gesagt?«

»Wie lange dauert das denn noch«, fragt er. Aber es klingt nicht wie eine Frage. Es klingt, als hätte er sich damit abgefunden, für immer hier sitzen zu bleiben.

Wenn ich heute an meine Kindheit zurückdenke, habe ich immer dasselbe Bild vor Augen: Ein kleines Haus im strömenden Regen, draußen, im Dunkeln, der Vater, der mit seinen hilflosen Verrichtungen nichts an unseren Problemen ändern konnte, und drinnen, im Licht, die Mutter, tief über irgendein löchriges Kleidungsstück gebeugt, das es zu flicken galt. Meine Schwester kommt nicht vor. Nicht, weil sie mir nicht wichtig wäre. Ich denke, man sieht vor allem das vor sich, worüber immer wieder geredet wird. Über meine Schwester haben wir kaum geredet. Über meinen Vater und das Wasser sprachen wir ständig.

Es ist aber nicht so, als hätte ich gar keine Erinnerungen an meine Schwester. Nur sind sie weniger bildhaft. Ich erinnere mich daran, wie sie weinte, als sie einmal aus Ungeschicklichkeit die Wasserschale mit unserem Zoo auskippte und all unsere Püsselchen zuckend in der Sandkiste verendeten. Es war ein wehes, hohes Jammern, als wäre sie selber ein Tier. Ich erinnere mich an ihre klebrigen Hände, die sie verständnislos musterte, als könne sie nicht glauben, dass sie wirklich zu ihrem Körper gehörten. Und an ihren Geruch, der immer eine leichte Note von Maggi enthielt. Nachts kam sie manchmal zu mir ins Bett gekrabbelt, umarmte mich und presste ihr Gesicht an meinen Hals.

Erst viel später begriff ich die etwas plumpe Symbolik, die es hatte, wenn mein Vater mit zusammengezogenen Augenbrauen, aus denen der Regen lief, über das Grundstück watete und gegen die Wassermassen ankämpfte. Denn unserer Familie stand auch in anderer Hinsicht das Wasser bis zum Hals. Unser Vater war der festen Überzeugung, selbstständig sein zu müssen, und setzte im Laufe meiner Kindheit drei Geschäftsideen in den Sand. Meine Mutter nahm Nähaufträge an und wurde zur Tagesmutter für vier Kinder, die sich damals an den Wochentagen bei uns zu Hause herumtrieben, Spielsachen von mir und meiner Schwester stahlen und die ganze Aufmerksamkeit unserer Mutter beanspruchten.

Vielleicht lag es daran, dass sie es zu spät merkte, als meine Schwester unbemerkt das Haus verließ. Vielleicht wäre es über kurz oder lang ohnehin passiert. Unser Nachbar hatte immer gesagt, »das wird schiefgehen, mit dem Wasser, mit den Kindern«, aber der Nachbar sagte auch: »Birken bringen Unglück« und: »zwei Mädchen, doppelte Strafe«. Unsere Eltern reagierten nicht auf solche Sprüche, aber sie regten sich fürchterlich auf, als die örtliche Grundschule meine Schwester, die nicht sprach und Mühe hatte, koordinierte Bewegungen auszuführen, nicht aufnehmen wollte. Sara sei nur etwas schüchtern und langsam, sagten sie. Man müsse ihr auch mal etwas zutrauen. Dass ihr Kind in den kommenden Jahren regelmäßig vor aller Augen von einem weißen Kleinbus abgeholt und in die nächstgrößere Stadt gefahren wurde, empfanden sie als beschämend. So etwas war nur in Ordnung, wenn es andere betraf. In der Familie meines Vaters gab es den Begriff der »Kehrschaufel«, was sowohl ein Synonym für eine Totgeburt als auch für ein behindertes Kind sein konnte. Dieses Wort durfte nicht mehr verwendet werden und war gerade deswegen besonders schwierig zu verbannen. Auf rätselhafte Weise tauchte es auf fast jeder Familienfeier auf, beiläufig eingestreut in eine Geschichte von früher oder in die Charakterisierung einer anderen Frau aus dem Dorf. »Die hat nur eine Kehrschaufel bekommen«, hieß es dann. Meine Mutter schwieg dazu, den Blick fast träumerisch in die Ferne gerichtet.

Es war unklar, wie lange Sara mit dem Gesicht im Wasser gelegen hatte, als unsere Mutter sie fand. Viele Nachbarn fragten sich, warum meine Eltern nach diesem Ereignis immer noch nicht genug von ihrem elenden Moorgrundstück hatten. Auch ich dachte lange über diese Frage nach. Einige Wochen, nachdem ich mein Elternhaus verlassen hatte, ging ich ins Theater und sah dort »Michael Kohlhaas«. Kohlhaas stritt mit dem Junker Wenzel von Tronka, weil der Junker zwei seiner Pferde beschlagnahmt und zur Feldarbeit eingesetzt hatte, wodurch die Tiere abgemagert waren. Er forderte die »Dickfütterung der Rappen«, hatte damit aber vor Gericht keinen Erfolg. Seine Frau starb an den Folgen eines Lanzenstoßes, den sie erlitt, als sie für ihren Mann eine Bittschrift übergeben wollte. Luther fragte Kohlhaas nach dem Tod seiner Frau, ob es das wirklich wert gewesen wäre und ob es nicht besser gewesen wäre, die Forderung fallen zu lassen. Das könne sein oder auch nicht, entgegnete Kohlhaas, »Doch, weil sie mir einmal so teuer zu stehen gekommen sind, so habe es denn, meine ich, seinen Lauf.« Das kam mir bekannt vor. Kohlhaas war nicht in der Lage, zu erkennen, dass er nur neues Leid heraufbeschwor, wenn er das Urteil nicht akzeptierte. Meine Eltern sahen nicht, dass die Beharrlichkeit, mit der sie an dem Grundstück hingen, sich am Ende nicht auszahlen würde.

Wir warten immer noch. Ein Pfleger schiebt einen Wagen über den Flur, sieht uns an, sieht weg, beschleunigt fast unmerklich seine Schritte, als er an uns vorbeigehen muss. An dieses Wegsehen der Menschen habe ich mich längst gewöhnt, aber normalerweise liegt es daran, dass meine Schwester bei mir ist.

Einmal haben unsere Eltern beschlossen, dass wir gemeinsam in eine Tanzgruppe gehen sollten. Was habe ich mich geschämt, wenn sie unter den Blicken der anderen in der Ecke am Tisch saß und der Speichel sanft über ihr Kinn floss. Meistens musste ich mit ihr tanzen. Am Ende forderte sie ein unscheinbarer Junge auf. Er schien Mitleid mit ihr zu haben oder seine Großherzigkeit unter Beweis stellen zu wollen. Mich bat niemand zum Tanz. Ich eignete mich nicht als Objekt einer guten Tat.

Wir warten und warten. Mein Vater steht auf, geht einige Schritte auf und ab, stellt sich wieder vor seinen Stuhl. Einen Moment lang sieht es so aus, als würde er gleich gegen den Stuhl treten, aber dann sinkt er doch wieder in sich zusammen. Wie lange noch, sagt er leise.

Es gibt diese Momente, in denen ich ewig hängen bleibe, und das hier ist einer davon. Ein Teil von mir sitzt bis heute in diesem Wartezimmer.

*

Ich habe mal wieder viel zu lange geschlafen. Als ich hungrig und halb verdurstet aus dem Zimmer taumele, stoße ich mir erst mal den Zeh an den Büchern, die seit Ewigkeiten neben meinem Bett liegen und in denen es darum geht, wie man ein besseres Selbstbild entwickelt. Ich habe diese Bücher neulich gelesen, als ich mich mit dem Thema Selbstachtung beschäftigt habe. Wobei »gelesen« vielleicht ein wenig übertrieben ist. Ich habe reingeschaut und ein paar Sachen überflogen und mir vorgenommen, dass ich die Bücher irgendwann noch mal gründlich lesen werde, und dann habe ich das nicht gemacht, wie ich überhaupt das meiste, was ich mir vornehme, nicht mache.

Wie dem auch sei, der Punkt ist wohl, dass Leute immer denken, sie müssten als Allererstes völlig aus dem Nichts heraus ihre Einstellung verändern, auf irgendeine mysteriöse Weise überzeugter von sich sein, und dann würden sie es schaffen, besser mit sich selbst umzugehen. Und ich hatte auch immer das Gefühl, dass das so ungefähr funktionieren müsste, aber jetzt habe ich mehrere Bücher gelesen oder überflogen von Autoren, die sagen, es sei genau umgekehrt: Man müsste zuerst anfangen, sich selbst gut zu behandeln, und dann würde sich nach und nach die innere Einstellung ändern. »Self respect is something you do«, schreibt Amy Alkon. Weil eine menschliche Überzeugung nämlich ist, dass nichts ohne Grund passiert, und wenn man sich selber etwas Gutes zu essen macht, gibt es da irgendeinen Teil in einem, der denkt: Aha! Anscheinend bin ich ausgesprochen wertvoll, ansonsten würde ich ja nicht so ein leckeres Essen bekommen! Deswegen soll man auch, in diesem Punkt herrscht leider Einigkeit, darauf achten, dass man immer in einer sauberen, aufgeräumten Umgebung lebt. Denn wenn man alles verlottern lässt, signalisiert man sich selbst damit: Du bist nichts wert. Du hast nichts Besseres verdient, als in dieser Müllhalde zu leben. Und das ist keine besonders schöne Botschaft an sich selbst.

Mein Problem ist, dass ich immer denke: Wenn es wirklich so einfach wäre, aufzuräumen, hätte ich es dann nicht schon längst getan? Und: Ich habe leider keinerlei Vertrauen in mein Zukunfts-Ich. Wenn ich jetzt aufräume, macht die Zukunfts-Vera sowieso alles wieder zunichte, und dann ist es schade um die Mühe. Zukunfts-Vera baut nur Scheiße, ich kenne das doch. Ist mir schon oft genug passiert, dass ich mir mit einer Sache Mühe gegeben habe und das die Zukunfts-Vera überhaupt nicht interessiert hat.

Um mich zu motivieren, schaue ich mir die erste Staffel *Marie Kondo* an. Und wow: Es gibt Menschen, die mehrere Kubikmeter Weihnachtsdekoration besitzen. Ich esse gerade von einem Pappteller, damit ich kein Geschirr abwaschen muss, und ich weiß, dass das nicht umweltfreundlich und wirklich nicht in Ordnung ist, aber wenigstens habe ich nicht so viel Zeug. Ich stelle es mir ziemlich belastend vor, so viele Gegenstände zu besitzen. Marie Kondo sagt, man soll alle seine Sachen anschauen und sich fragen: »Does it spark joy?« Lange betrachte ich eine kleine Glasskulptur, die ein Eichhörnchen darstellt. Ich bin mir nicht sicher, ob sie Joy in mir sparkt, ich fühle in mich hinein und da ist nicht viel, da ist nur Dumpfheit. Probeweise nehme ich meinen Teddy in die Hand, den ich seit meiner Geburt habe. Dann eine leere Milchtüte, die auf dem Fußboden gelegen hat. Das Gefühl, von dem Marie Kondo spricht, will sich nicht einstellen.

Als ich die Tür zu der kleinen Abstellkammer öffne, ergießt sich eine Lawine aus Pfandflaschen in den Flur. Stimmt, ja. Da war ja was. Ich hatte eine Tüte mit Pfandflaschen auf der Waschmaschine abgestellt, und dann noch eine, und noch eine, und dann kam irgendwann der Punkt, wo ich die Tür nur einen Spalt breit aufgemacht und die Flaschen reingeworfen habe. Bei einigen Flaschen fehlen die Deckel, es riecht säuerlich nach vergorenem Multivitaminsaft.

Ich falte noch ein paar Socken zusammen und möchte weinen. Gleich ist der Tag rum und ich habe nichts gemacht, außer Marie Kondo zu gucken und Socken zu falten. Ich habe das Altglas und das Altpapier nicht weggebracht, den Müll nicht runtergetragen und die Wäsche nicht gewaschen. Und ich muss doch eigentlich ein Buch schreiben. Wie soll das denn gehen, wenn ich die ganze Zeit nur am Aufräumen bin?

Alleine schaffe ich das nicht, glaube ich. Ich buche mir einen Aufräumcoach – mir fällt auf, ich weiß nicht, wie die weibliche Form des Wortes lautet, aber es ist eine Frau. Ich muss sie unbedingt fragen, wie sie bezeichnet werden will.

»Diskret und zuverlässig«, steht auf ihrer Website. Mich würde mal interessieren, was die seltsamste Sache war, die sie beim Aufräumen bei jemandem zu Hause gefunden hat, aber wenn sie so diskret ist, wird sie mir das wahrscheinlich nicht verraten wollen.

Sie will Kathi genannt werden, sagt sie, und wie die weibliche Form von Coach heißt, weiß sie auch nicht. Kathi gibt sich wirklich größte Mühe, sich ihre Abscheu nicht anmerken zu lassen, aber ihr Atemrhythmus gerät minimal aus dem Takt, wenn sie eine neue Sache entdeckt, die sie stört. Die Hosen auf dem Fußboden, die noch genauso daliegen, wie ich ihnen entstiegen bin; die verschimmelten Blumentöpfe mit den toten Pflanzen, die Fliegenfänger. Als sie mit dem Fuß umständlich einen Müllsack zur Seite schiebt, um in meinen Kleiderschrank schauen zu können, beginne ich zu ahnen, dass Kathi sich für so was hier gar nicht zuständig fühlt. Wahrscheinlich hat sie erwartet, dass ich irgendein Marie-Kondo-Luxusproblem habe; dass meine Stapelboxen nicht dieselbe Farbe haben oder ich nicht weiß, wie ich meine Fotokollektion organisieren soll.

»Hast du schon mal darüber nachgedacht, dir eine Putzfrau zu suchen?«, fragt sie vorsichtig. Ich nicke. Das Problem mit der Putzfrau war, dass es keine besonders gute Putzfrau war. Sie kam zu spät, brachte einfach ihren Freund mit in die Wohnung, ohne das vorher anzukündigen, und verursachte Chaos in meinen Notizzetteln. Aber eine schlechte Putzfrau ist wahrscheinlich immer noch besser als gar keine Putzfrau. Ich habe die Putzfrau entlassen, keine neue gesucht und auch selber nie wieder geputzt, weil ich ja ohnehin vorhabe, mir eine neue Putzfrau zu suchen.

»Dein Zimmer ist ein Abbild deiner selbst«, sagt Kathi noch, bevor sie geht. Ich trete versehentlich in einen halb aufgegessenen Hamburger Royal, der in einer offenen Pappschachtel auf dem Fußboden liegt. An meiner Ferse klebt Senf. Was das wohl bedeuten mag?

Pony will für ein paar Nächte hier schlafen, hat sie gesagt, irgendwas ist mit ihrer Wohnung, da sind Handwerker und machen eine Sache, ich habe nicht genau hingehört, sondern bin nur zur Seite getreten und habe sie an mir vorbeigehen lassen; sie ist dann, ohne ihren Strom aus Worten und Schritten abreißen zu lassen, in die Küche geglitten und hat sich einen Tee gemacht. Es erschien mir in dem Moment einfacher, sie vorbeizulassen und für eine unbestimmte Anzahl von Nächten meine Wohnung zu teilen, aber mir kommen bereits erste Zweifel. Sie wird alles mitkriegen, was ich mache, bzw. auch alles, was ich nicht mache.

Ich denke ständig, dass Pony irgendwelche abschätzigen Hintergedanken mir gegenüber hegt. Dabei ist sie die Letzte, die heimliche Gedanken hat, sie spricht alles aus. Anscheinend bin ich unfähig, mich in Anwesenheit einer anderen Person nicht die ganze Zeit beurteilt zu fühlen. Mein Kopf ist eine ganz vortreffliche Sorgenmach-Maschine, er schafft es ständig, dass ich ein schlechtes Gewissen habe oder mich niedergeschlagen fühle. Das ist gar nicht so einfach. Manchmal laufen Dinge gut. Dann könnte ich einfach eine gute Zeit haben und das Leben genießen. Ich könnte mich auch freuen, dass Pony da ist und ich Gesellschaft habe. Stattdessen überlegt sich mein Kopf eine Möglichkeit, wie ich ihr meine schlechten Gedanken zuschieben kann.

Ich kann nicht schlafen. »Herzlich willkommen zur heutigen Vorführung des beliebten Filmklassikers: Alles, was Vera jemals falsch gemacht hat in ihrem Leben.« Mein Gehirn hat extra für solche Situationen einen Zusammenschnitt vorbereitet, eine Art Worst-of-Vera-Compilation, und die wird nun abgespielt. Manche Erinnerungen tun nur ein bisschen weh, und ich kann sie einfacher wieder wegpacken oder mir selber erzählen, warum das nicht so schlimm ist, wie es sich anfühlt. Das habe ich schon als Kind gemacht: Im Bett liegen und Beweise dafür sammeln, dass eigentlich alles in Ordnung ist. Wenn man Dinge oft genug mit dem Verstand auseinandernimmt, fühlt man am Ende fast gar nichts mehr, nur so ein dumpfes Unwohlsein.

Ich bleibe jedes Mal an etwas anderem hängen. Obwohl ich all diese Erinnerungen schon unzählige Male durchgegangen bin und man meinen sollte, da wäre allmählich kein Schmerz mehr zu holen, sucht sich mein Gehirn immer eine neue Stelle aus, an der ich besonders leide. Vielleicht ist es abhängig von meiner Stimmung oder den Dingen, die ich tagsüber erlebt habe, welche Erinnerungen mich gerade am meisten quälen. Jedes Mal ist da die eine Geschichte, die mehr schmerzt als die anderen, und wenn ich mir die Argumente aufzähle, die sonst immer geholfen haben, überzeugen sie mich nicht.

Und dann ist da diese Unruhe und dieses Ziehen in meinem Inneren und ich möchte allen möglichen Leuten schreiben, dass sie vorbeikommen sollen, vielleicht wäre es gut, jetzt mit jemandem zu bumsen, vielleicht würde das kurz helfen, aber ich weiß auch ganz genau, wenn wer auch immer wieder weg ist, dann würde es mir noch schlechter als vorher gehen. Außerdem habe ich zu wenig Energie.

Ich swipe kurz durch Tinder, aber ich finde auf die Schnelle niemanden, für den es sich lohnen würde, zu duschen. Ich lege das Handy wieder weg und starre in die Dunkelheit.

Heute quäle ich mich ganz besonders mit einer Geschichte, in der ich Sara enttäuscht habe. Es gab sehr viele Gelegenheiten, bei denen ich Sara enttäuscht habe, wobei ich gar nicht weiß, ob es überhaupt richtig ist, zu sagen, ich hätte sie enttäuscht. Tatsächlich hat sie nie so etwas wie Enttäuschung gezeigt. Um enttäuscht zu sein, müsste man die Vorstellung, die man von jemandem hat, revidieren und Konsequenzen daraus ziehen. Man müsste eine Art Entwicklung durchmachen.

Ich habe nie irgendwelche Hinweise darauf bemerkt, dass die Beziehung zwischen Sara und mir sich in eine bestimmte Richtung entwickelt hätte. Vielleicht ist es daher besser, zu sagen, ich habe mich oft so verhalten, dass Sara Anlass gehabt hätte, von mir enttäuscht zu sein. Sie schien nie mehr als eine temporäre Traurigkeit zu verspüren, die sie dann sofort wieder abschüttelte oder vergaß und mir mit der gleichen Offenheit und Bewunderung begegnete wie vorher. Ich war neidisch darauf, dass sie alles so gut vergessen konnte. Es war, als würde man jede Nacht in ihrem Kopf eine Tafel abwischen, und wenn sie morgens aufwachte, war sie wieder unbeschrieben. Und ich muss mir das alles merken und es mir immer wieder von vorne anschauen.

Einmal habe ich sie überredet, mit mir ins Kino zu gehen. Ich guckte damals gerne High School Musical, nach außen hin ironisch und heimlich ein bisschen im Ernst, weil ich es mochte, all diese Leute in schönen Klamotten zu sehen, die keine Probleme hatten. Sara fand es langweilig, Fernsehen und Videos zu gucken. Ich könnte mir vorstellen, dass es sie vielleicht sogar anstrengte, so lange auf einem Fleck zu sitzen. Trotzdem schaute sie mir zuliebe manchmal mit oder lag neben mir auf dem Sofa und war einigermaßen still. Als ein neuer High School Musical-Film im Kino gezeigt wurde, bat ich Sara, mit mir hinzugehen. Ich hatte das Gefühl, schon ein bisschen zu alt für so etwas zu sein, und war mir sicher, dass ich seltsame Blicke ernten würde, wenn ich alleine ginge. Mit Sara an meiner Seite hätte ich das perfekte Alibi. Alle würden denken, ich sei nur meiner zurückgebliebenen Schwester zuliebe da. Sara willigte ein oder hatte zumindest nichts dagegen, ich reservierte Kinokarten. Aber als es so weit war, hatte ich Kopfschmerzen und Schnupfen und fühlte mich schlapp. Im letzten Moment, als wir schon mit unseren Mänteln und Mützen im Flur standen, sagte ich, dass ich eigentlich doch zu krank wäre, um mitzukommen. Unser Vater seufzte und sagte, jetzt wo Sara sich schon so darauf gefreut hatte, könnte man sie nicht zu Hause lassen. Genervt schlug er vor, dass er an meiner Stelle mit ihr ins Kino gehen würde. Ich nickte.

Bis heute sehe ich Saras Gesichtsausdruck vor mir, als er sie zur Tür herausschob und ich im Haus zurückblieb. Sie hatte sich darauf gefreut, ja. Aber nur, weil sie etwas mit mir zusammen machen wollte. Und jetzt musste sie zwei Stunden mit unserem genervten Vater ausharren. Wenn ich an ihren verständnislosen Blick zurückdenke, bricht mir fast das Herz. Eigentlich ist es keine wichtige oder große Sache gewesen, und Sara und ich haben weiß Gott Schlimmeres erlebt. In vielen Nächten hilft es, wenn ich mir das sage. Heute hilft es nicht.

*

Ich nehme jetzt Johanniskraut. Das soll meine Stimmung aufhellen. Wenn man Geld ausgibt für Nahrungsergänzungsmittel oder auf eine andere Art in seinen Körper investiert, ist es das Gegenteil von sich umbringen wollen. Mir käme es jedenfalls wie eine große Verschwendung vor, wenn ich jetzt die ganze Zeit Geld ausgebe und mir einen Wecker stelle, um mich an die Tabletten zu erinnern, und dann bringe ich mich am Ende um. Das ist doch Unsinn.

Vielleicht wirken solche Tabletten bei Leuten wie mir ab einem bestimmten Punkt schon deswegen, weil man stur ist und seine Investition nicht verloren geben will. »Ich kann mich jetzt nicht umbringen, ich habe über 50 Euro in diesen Körper investiert! Das muss doch etwas gebracht haben! Los, fühl dich besser!«

*

Heute ist der erste Tag meiner großen Transformation. Ein neuer Lebensabschnitt beginnt. Ich fühle mich fabelhaft! Es ist nämlich gar nicht so schwierig, sein Leben zu ändern, man muss es nur tun.

In einem gesunden Körper wohnt ein gesunder Geist, es ist also ganz klar, was ich tun muss, das Wichtigste ist die richtige Ernährung, und dann kommt genug Bewegung, und der Rest findet sich von alleine. Wenn man alle Symptome beseitigt, ist man am Ende ein gesunder Mensch. Alles, was ich tun muss, ist, richtig essen und jeden Tag 30 Minuten trainieren. In der Frage, was »richtig essen« bedeutet, scheiden sich die Geister, aber das ist erst mal egal, denn ich habe ohnehin nichts zu essen im Haus. Wer sich nicht ernährt, kann sich auch nicht falsch ernähren. Mit dem Trainieren werde ich trotzdem schon mal anfangen. Ich bin eine Person, die sportlich ist und ihr Leben im Griff hat! Ich sehe es richtig vor mir, wie ich mit meinem neuen, sportlichen Körper alle Herausforderungen meistern werde.

Jetzt. Genau jetzt wäre der Moment, wo etwas passieren müsste, wenn etwas passieren würde. Ich starre meinen Fuß an und versuche, ihn mit schierer Willenskraft dazu zu bringen, vom Boden abzuheben. »You can do this! Push a little bit harder!«, plärrt Fitness-Coach Jillian Michaels aus dem Lautsprecher meines Laptops, während sie tiefe Kniebeugen macht, abwechselnd ihre Fersen vom Boden hebt und gleichzeitig mit ihren gestählten Armen ruckartig ein Theraband auseinanderzieht. Ich habe erst zweieinhalb Minuten dieses Fitness-Videos überstanden und spüre meine Beine nicht mehr. Ich bin auf ewig gefangen in einer tiefen Kniebeuge.

»Now push away your doubts and take this challenge!«, sagt Jillian Michaels und beginnt, rhythmisch auf- und abzuspringen und in die Hände zu klatschen. »Jumping Jack, Jumping Jack, Jumping Jack!«, schreit sie dabei. Ich ringe mir zunächst nur ein müdes Klatschen ab, dann pushe ich meine doubts away und take die challenge. Bewegung ist ja wichtig. Besonders, wenn man wie ich eine »überwiegend sitzende Tätigkeit« ausübt. Sitzen ist Gift, das habe ich im Spiegel und im Stern und im Focus gelesen. Während ich auf meinem Hintern gesessen habe natürlich. Wer zu viel sitzt, stirbt früher und hat vorher auch weniger Spaß, da sind sich die Forscher einig.

Als angehende Autorin habe ich einen sehr gefährlichen Beruf und einen ziemlich platten Hintern. Einmal wollte ich eine Berufsunfähigkeitsversicherung abschließen. Kaum hatte der Berater eingegeben, wie viele Stunden am Tag ich sitze, leuchtete der gesamte Bildschirm orange auf. »Risikogruppe 3 – erweiterte Gesundheitsprüfung erforderlich«, stand da. Offenbar befinde ich mich risikotechnisch auf einer Stufe mit Seiltänzern, Mafiabossen und Krokodil-Chiropraktikern. Aus Sicht der Versicherung bin ich bereits jetzt latent berufsunfähig. Das deckt sich in etwa mit meinem Lebensgefühl; ich bin trotzdem überrascht, dass Außenstehende das genauso sehen.

Jillian Michaels erklärt, dass es wichtig ist, sich auf seinem individuellen Leistungsniveau zu fordern und zu steigern. Wenn wir uns ganz okay fühlen, sollen wir die Übungen genauso machen wie Jillian. Wenn wir glauben, wir könnten mehr schaffen, sollen wir die Fortgeschrittenenversion der Übungen machen, die von einer Helferin namens Brenda gezeigt wird. Und wenn wir a little bit tired sind, sollen wir die einfache Version machen, die uns eine gewisse Anita vorführt. Ich bin nicht nur a little bit tired, sondern sehr, und ich vermisse eine vierte Vorturnerin, die mir zeigt, wie man ohne Notarzt wieder in den aufrechten Stand kommt. Und überhaupt: Wo ist Anita im richtigen Leben, wenn man sie braucht? Wie schön wäre es, wenn der Florian mir statt seiner ewigen Vorwürfe mal sagen würde: Wenn du fit bist, mach uns die Jillian. Wenn du mehr willst, mach es wie Brenda. Und wenn du ein bisschen müde bist, darfst du die Anita sein. Aber so läuft es nicht, ich soll jeden Tag die Jillian sein. Dass man manchmal gerne die Anita wäre, darf man außerhalb von Fitness-Videos nicht sagen und am besten nicht mal denken.

»Your body will change in no time!«, ruft Jillian Michaels in grandioser Verkennung meiner eigentlichen Motivation. Mensch Jillian, ich will doch gar nicht, dass mein Körper sich verändert. Ich will, dass sich die Welt ändert. Ich will in einer Welt leben, in der jeder Körper so sein darf, wie er ist, und in der wir Menschen nicht theoretisch mehrere Körper bräuchten, um zu leisten, was von uns erwartet wird.

»Jillian Michaels, du opportunistische Hure eines kranken Systems!«, schreie ich den Monitor an.

»Ist alles in Ordnung?!«, ruft Pony aus der Küche.

»Jaaaa!«, antworte ich.

»Was machst du denn?«, fragt sie.

»Ich mache Fitness!«, schreie ich.

»Ach so!«, sagt sie.

»You can do this!«, sagt Jillian Michaels. Ich weiß nicht, woher sie diese Zuversicht nimmt. Die kennt mich doch gar nicht. Wobei: Vielleicht ist sie ja gerade deswegen so zuversichtlich.

So geht es nicht weiter. Ich will wirklich was bewegen in dieser Welt, und wenn es erst mal nur mein linker Fuß ist, dann ist das für mich okay. Ich nehme all meine Kraft zusammen. Mein linker Fuß hebt vom Boden ab. Dann der rechte. Mit einem dumpfen Laut kippe ich seitlich auf meine Isomatte, rolle mich in Embryonalstellung zusammen und bleibe liegen.

»Was machst du da?«, fragt Pony erneut.

»Ich mach Fitness«, sage ich. »Weißt du doch.«

Mit letzter Kraft gebe ich dem Video einen Daumen runter auf YouTube und schreibe eine Bewertung. »Jillian Michaels sucks. I need more Anita in my life.«

Heute ist der zweite Tag meiner Transformation. Ich kann so nicht leben. Mein ganzer Körper tut weh, und damit meine ich nicht normalen Muskelkater, damit meine ich, dass es auch wehtut, wenn ich mich nicht bewege.

*

Ich wache auf, und alles ist wieder weg, ich habe keine Struktur im Tag, keine Motivation. Und ich verstehe nicht, wie das sein kann, dass ich immer wieder auf mich selbst reinfalle und immer wieder denke: Dieses Mal wird alles anders. Jetzt habe ich alles verstanden, jetzt ist der Knoten geplatzt, jetzt kann ich alles schaffen. Leute denken immer, dass man sich verändern kann, aber das stimmt überhaupt nicht. Menschen ändern sich nicht. Wenn es so einfach wäre, sein Verhalten zu ändern, dann hätte man das schon längst getan. Wenn es mir möglich wäre, den Ratgeber zu schreiben, dann wäre ich mittlerweile fertig.

Als ich ein Kind war, überkamen meine Mutter regelmäßig Anfälle von Reue. Dann weinte sie, entschuldigte sich unzählige Male dafür, dass sie eine schlechte Mutter war, flehte uns Kinder an, sie weiterhin zu lieben, und versprach, sich zu ändern. Am Anfang habe ich ihr geglaubt. Jedes einzelne Mal. Immer wieder aufs Neue ging ich davon aus, dass jetzt endlich der Moment war, in dem sich alles zum Guten wenden würde. Von nun an würde es keine emotionalen Ausbrüche mehr geben, keine Drohungen und keine Angst. Er war gekommen, der magische Wendepunkt, von dem an mein Leben nur noch gut verlaufen würde.

Erwachsen zu werden bedeutet vielleicht auch, einzusehen, dass dieser Wendepunkt nie kommen wird. Als ich das realisierte, war ich 11 Jahre alt. Unsere Mutter hatte sich wieder einmal entschuldigt, sie hatte sich vor uns auf den Boden geworfen und um Vergebung gebettelt, bis wir ihr beteuerten, dass sie die beste Mutter der Welt sei und dass wir glücklich seien. Dann war sie ins Bett gegangen und hatte mich mit Sara alleine gelassen.

»Mama ist wieder lieb«, sagte Sara und strahlte. Ich sah in ihrem arglosen Gesicht mit dem nass glänzenden Kinn meine eigene Naivität gespiegelt. Ohne nachzudenken, holte ich aus und gab ihr eine Ohrfeige.

»Morgen geht alles wieder von vorne los«, zischte ich. »Immer wieder. Es ist immer wieder das Gleiche.«

Sara weinte. Bis heute sehe ich sie vor mir, wie sie dastand, mit weit aufgerissenem Mund und rotem Kopf, den Körper hin- und herwiegte und weinte.

*

Heute will ich eigentlich ins Buddhistische Zentrum gehen, es gibt eine Einführung in den Diamantwegs-Buddhismus und eine Meditation auf dem 13. Blablabla. Ich weiß nicht, was das ist, aber vielleicht meditiert es sich darauf besser als auf irgendetwas anderem. Es wird schon einen Grund haben, dass die das anbieten. Diamantwegs-Buddhismus klingt auch irgendwie härter als herkömmlicher Buddhismus, ich sollte da unbedingt hingehen.

Das Problem ist, ich sehe mich das noch nicht wirklich tun. Es ist wieder einer dieser Tage, an denen ich mir hundert Mal vorstelle, wie ich mich fertig mache und das Haus verlasse, aber nichts in der Richtung unternehme. Ich habe mich selbst heruntergehandelt auf nicht duschen, aber Haare kämmen und frische Unterwäsche anziehen. Das ist ein guter Kompromiss. So kann ich es schaffen. Die anderen Leute im Buddhistischen Zentrum werden auch nicht komplett duschfrisch sein, vielleicht bin ich da sogar noch die Sauberste.

Langsam packe ich meine Sachen in meinen Beutel. Mein Handy, mein Portemonnaie. Was könnte ich noch gebrauchen im Buddhistischen Zentrum? Vielleicht meine In-Ear-Kopfhörer, falls mir wieder langweilig wird beim Meditieren. Ein aufblasbares Reisekissen! Beim letzten

Mal war es sehr unbequem. Sicherheitshalber packe ich auch noch Kondome und Sprühsahne ein, nur für den Fall, dass ich beim Meditieren jemanden kennenlerne. Dann sitze ich noch ein bisschen herum und schaue in die Luft und allmählich dämmert mir, dass die Zeit nicht mehr reicht, um mich umzuziehen und mir die Haare zu kämmen, wahrscheinlich kann ich nicht mal mehr Zähne putzen, wenn ich pünktlich sein will. Und das ärgert mich.

Ernüchtert betrachte ich mein Gesicht im Spiegel. »Does it spark joy?«, frage ich mich. Nein, nicht im Geringsten. In Büchern schauen Frauen immer ewig in den Spiegel und dann beschreiben sie, was sie für eine Haarfarbe haben und wie ihre Augen aussehen, aber das ist Unsinn. Als würden einem bei einem Blick in den Spiegel die Dinge auffallen, die die ganze Zeit gleich bleiben. Man bemerkt doch nur die Dinge, die anders sind als sonst, die Augenringe, die etwas dunkler sind, den eingetrockneten Sabber im Mundwinkel und die Falten, die das Kopfkissen in die Wange gegraben hat.

Jetzt ist der Punkt, an dem es sich entscheidet. Es gibt immer diesen einen kritischen Moment, in dem es auf der Kippe steht, ob ich überhaupt noch rausgehe oder ob ich aufgebe, weil ich ohnehin zu spät dran bin und nicht umgezogen und nicht geduscht, und weil es kein guter Tag ist.

Gar nicht rauszugehen, nachdem man so lange damit zugebracht hat, sich vorzustellen, wie man das Haus verlässt, fühlt sich besonders scheiße an. Ich ziehe mir irgendwelche Schlappen an, schnappe meinen Beutel, stecke mir einen Kaugummi in den Mund und renne zur Straßenbahn.

Als ich völlig verschwitzt am Buddhistischen Zentrum angeschnauft komme, hängt da ein Zettel an der Tür: »Einführungsvortrag fällt aus«. Es ist nicht zu fassen. Ich weiß, dass es gravierendere Probleme auf der Welt gibt, aber es fühlt sich gerade anders an. Manchmal weine ich wegen unwichtigen Sachen. Ich habe mal geweint, als ich einen Anschlusszug verpasst habe, und einmal, als ein Imbiss mir kurz vor Ende der Öffnungszeiten keine Pommes mehr verkaufen wollte, und einmal habe ich sogar geweint, weil mir ein Stift heruntergefallen ist und ich das Gefühl hatte, es wäre zu viel verlangt, mich zu bücken und ihn aufzuheben. Ich stelle es mir erleichternd vor, jetzt weinen zu können, aber ich fühle mich einfach nur dumpf und leer.

Um das Haus herum stehen kleine Bäume und Hecken, vielleicht ist manches davon Buchsbaum, mit Pflanzen an Land kenne ich mich nicht aus. Ein Mann in einem grünen Einteiler schnibbelt hingebungsvoll an ihnen herum. Er wirkt total zufrieden, und ich bin neidisch. Er stellt sich sicher nicht hundert Mal vor, wie er die Heckenschere hebt und einen Schnitt macht, bevor er es tatsächlich tut. Ich bin sicher, er zieht morgens einen frischen Schlüpfer und seinen Grünmann an und verlässt das Haus. Vielleicht ist mein Neid auch unangebracht, vielleicht hasst er sein Leben. Man neigt ja immer dazu, körperliche Arbeit zu idealisieren, wenn man ihr nur punktuell ausgesetzt ist. Ich habe mal mit ein paar Bloggern und Autoren in einem Literaturcafé gesessen und eine Autorin hat fast schon schwärmerisch die Augen verdreht und gesagt: »Immer nur schreiben, schreiben – nie habe ich etwas anderes gemacht. Ich wünsche mir manchmal, ich könnte einfach kellnern!« Und die Kellnerin, die gerade die Getränke ausgeteilt hat und die Äußerung mitbekam, sah sie mit kaum verhohlenem Spott an, als wollte sie sagen: »Dann werd doch Kellnerin, du dumme Schlampe!«

Der Mann legt die Heckenschere und das Stück, was er zuletzt abgeschnitten hat, behutsam auf seine Schubkarre, zieht seine Handschuhe aus und schlendert zu mir herüber. Ohne mich anzuschauen, bietet er mir eine Zigarette an. Wir rauchen eine Weile schweigend vor uns hin.

»Das tut bestimmt gut, den ganzen Tag lang an der frischen Luft zu sein, oder?«, sage ich schließlich, nur um irgendwas zu sagen.

»Es geht so. Manchmal regnet es auch«, sagt der Mann.

Stimmt, daran habe ich nicht gedacht. Ich bin so viel drinnen, dass das Wetter überhaupt kein relevanter Faktor in meinen Überlegungen ist.

»Ich wünschte, ich wäre auch mehr draußen«, sage ich.

Der Mann runzelt die Stirn. »Dann geh doch einfach mehr raus?«

Ja, super Vorschlag. Darauf wäre ich alleine überhaupt nicht gekommen.

»Das geht nicht, ich muss drinnen sitzen und über meine Probleme nachdenken!«, sage ich.

»Was ist denn dein Problem?«

»Ich hab einen Buchvertrag und einen riesigen Vorschuss bekommen und das meiste davon ausgegeben, und jetzt müsste ich nur noch das Buch schreiben. Aber ich verstehe nicht, warum eine Sache, die ich immer machen wollte, sich auf einmal scheiße anfühlt, obwohl ich sogar dafür bezahlt werde!«

Er lacht. »Das ist kein besonders sympathisches Problem«, sagt er und pult an seinen schwieligen Händen. »Du bist also sowas wie die Caroline Calloway für Arme«, sagt er.

Wir reden ein bisschen. Er heißt Ken und ist ganz nett, glaube ich. Irgendwann will ich nach Hause.

»Umarmen wir uns jetzt?«, frage ich.

Er wirkt erstaunt.

Ohne ritualisierten Körperkontakt am Ende fühlen sich Begegnungen für mich merkwürdig unabgeschlossen an. Es ist, als würde man einen Text schreiben und irgendwo in dem Text steht: Klammer auf, blabla – dann wartet man doch darauf, dass irgendwann Klammer zu kommt! Man wartet und wartet, aber es kommt einfach nicht. Das ist total quälend. Mir ist immer wichtig, allen Menschen zum Abschied höflich meine sekundären Geschlechtsmerkmale gegen den Rumpf zu pressen. Notfalls warte ich auch bis zu 20 Minuten vor einer Klotür, um diese Mission zu erfüllen.

Zu Hause gucke ich nach, wer Caroline Calloway ist, und ärgere mich. Caroline Calloway ist komplett bescheuert. Sie hat die Rechte für ihren Debütroman für 500 000 Dollar verkauft und das Manuskript dann nie abgegeben. Ungefähr ein Drittel der Summe hat sie als Vorschuss bekommen und ausgegeben. Als ihre letzte Abgabefrist näher kam, hat sie einen Countdown auf Instagram gepostet, sodass man sehen konnte, wie lange es noch dauert, bis sie die Deadline verpasst. Im Nachhinein hat sie dann behauptet, sie hätte eine feministische Erleuchtung gehabt und keine Lust mehr, über Boys zu schreiben. Inzwischen hat sich herausgestellt, dass sie eigentlich eine Ghostwriterin hatte, die auch ihre Leseprobe geschrieben hat. Aber mit der hat sie sich zerstritten. Sie hätte sich einfach nur raushalten und die Ghostwriterin ihre Arbeit machen lassen müssen, so wie es geplant war, und alle wären zufrieden gewesen.

Ich finde den Vergleich unfair, ich bin überhaupt nicht wie sie. Ich versuche wenigstens, mein Buch zu schreiben. Das ist ein fundamentaler Unterschied. Und jetzt gehe ich schlafen.

Zur Not kann ich immer noch behaupten, ich hätte eine feministische Erleuchtung gehabt, so wie Caroline Calloway.

*

Ich erwache mit der festen Absicht, mich selbst zu befriedigen. Bringe aber nicht die Energie dafür auf. Das ist wirklich blöd. Ich hätte schon Lust, aber es ist anstrengend, mir etwas auszudenken und mich anzufassen und den notwendigen Druck aufzubauen. So was erfordert Körperspannung. Ich hatte mal ein Gerät, das konnte man einschalten und dann hat es bsss gemacht und dann hatte man einen Orgasmus, viel zu schnell, noch bevor man sich vorstellen konnte, einen zu haben, das war furchtbar, ich kann überhaupt nicht glauben, dass das Leuten Spaß macht. Vielleicht rufe ich einfach jemanden an.

Karsten, der Zauberer, ist der Einzige, der heute Zeit für mich hat. Und das ist wirklich ärgerlich, denn ich hatte ihn gerade erst mühsam bis an den Punkt geghostet, an dem er nicht mehr jedes Wochenende per SMS nachgefragt hatte, ob ich Zeit für ihn hätte.

Ich habe mal einen etwas dümmlichen Instagram-Beitrag gelesen, in dem es darum ging, dass man immer überprüfen soll, ob man wirklich Sex will oder einfach nur eine liebe Umarmung. Das ist Schwachsinn. Warum sollte ich von jemandem wie Karsten eine liebe Umarmung haben wollen? Und was bringt es überhaupt, das zu überprüfen? Es ist ja nicht so, als hätte ich dann eine Lösung zur Hand.

Karsten will sich mit mir treffen, weil er Sex haben will, nicht mehr und nicht weniger. Ich glaube nicht, dass er sich besonders freut, wenn ich jetzt bei ihm ankomme und sage: »Hey Karsten, ich bin mal in mich gegangen – wo du übrigens heute nicht hinkommen wirst – und da habe ich herausgefunden: Ich will eigentlich überhaupt keinen Sex, sondern eine liebe Umarmung!« Außerdem brauche ich keine Umarmung, ich brauche Sex, denn dann kann ich besser einschlafen, und wenn ich gut geschlafen habe und erholt bin, kann ich konzentriert arbeiten.

Karsten ahnt nicht, dass er in meiner persönlichen Wertschätzungsskala nur knapp über einem mittelmäßig gut funktionierenden Sportgerät rangiert. Er strahlt, als er mir die Tür aufmacht.

»Hast mich doch vermisst, was?!«, sagt er.

»Hmm«, sage ich.

Karsten ist schon wieder ganz flüsterig und schiebt sein Kinn so seltsam vor, wenn er mit mir redet. Ich glaube, dass er diese Bewegung aus einem Film hat und sich einbildet, es würde fordernd und verwegen aussehen, wenn er das macht. Er drückt mich etwas zu stark gegen die Flurwand, und ich gebe einen leisen Laut des Erschreckens von mir, als sich der Regler des Heizkörpers in meine Hüfte gräbt.

»Das gefällt dir, ja?«, raunt Karsten mir zu.

Karsten ist so ein Typ, bei dem man echt wie ein Schießhund aufpassen muss, dass man ihn nicht für genau die falschen Sachen belohnt. Einmal an der falschen Stelle gestöhnt, einmal aus Höflichkeit nicht widersprochen, und zack, macht er das immer und immer wieder.

Meine Oma hat immer diese merkwürdigen weichen Kekse mit Orangenglibber gekauft, und ich habe einmal, als sie gefragt hat, wie ich diese Kekse finde, aus Verlegenheit gesagt: »Oh, sehr lecker!« Seitdem musste ich bei jedem Besuch Orangenglibberkekse essen, und wenn ich mal versucht habe, mich den ganzen Nachmittag über an einem Keks festzuhalten, reagierte sie besorgt: »Du isst heute aber schlecht. Das sind doch deine Lieblingskekse?«

Karsten ist der Orangenglibberkeks des Schlafzimmers. Kaum sind wir an seinem Bett angekommen, nachdem er mich noch in ein Schuhregal gedrückt und beinahe mit einem Garderobenhaken aufgespießt hat, da will er schon wieder seine bescheuerte Zauberkiste auspacken.

»Bitte lass das, Karsten!«, sage ich.

»Aber letztes Mal hat uns das doch so viel Spaß gemacht?«, fragt er verunsichert.

»Lass uns einfach mal etwas Neues probieren!«, sage ich.

»Zum Beispiel?«

Zum Beispiel könntest du zur Abwechslung mal die Klappe halten und mich einfach nur gut bumsen, denke ich. Ich habe mal darüber nachgedacht, einen Callboy zu buchen. Als das Geld vom Verlag überwiesen wurde und ich zum ersten Mal in meinem Leben so was wie wohlhabend war. Ein Callboy müsste alles machen, was ich will, das stelle ich mir super vor. Leute behaupten ja immer, heutzutage könnten Frauen sich total ausleben, sie müssten nur sagen, was sie wollen. In Wirklichkeit läuft es doch so: Wenn ich mal sage, was ich will, dann sucht der Mann sich davon die allerlangweiligste Sache aus, und das wird dann gemacht. In Wirklichkeit entscheidet immer der Mann, und die wirklich guten Sachen bleiben übrig.

Karsten schwitzt seit ein paar Minuten auf mir herum.

Pony hat mal gesagt, es wirkt unsympathisch, dass ich mit Männern schlafe, über die ich so schlechte Gedanken habe, und ich soll das lassen. Seitdem versuche ich, wenigstens freundlichere Sachen zu denken, aber es gelingt mir meistens nicht so richtig. Die Alternative wäre, nur noch Sex mit Leuten zu haben, über die ich ausschließlich gute Gedanken habe, aber dann hätte ich sehr selten Sex.

Ich weiß ja nicht, wie anstrengend es ist, wenn man ein Mann ist, aber so doll wie Karsten sollte man meiner Meinung nach nicht schwitzen. Seine Haare sind schon ganz nass. Es ist ein wenig unangenehm, so von Karsten durchtränkt zu werden. Eigentlich bevorzuge ich es, nur ganz punktuell Kontakt zu haben. Aber dann schiebe ich den Gedanken weg und schließe die Augen. Ich habe nämlich diese Fähigkeit. Wenn ich mich erst mal bis zu einem bestimmten Punkt darauf einlasse, kann ich mit allen guten Sex haben, sogar mit Karsten. Das ist genau das Gleiche, wie wenn man wild entschlossen ist, tanzen zu gehen. Wenn man sich drauf gefreut und hübsch gemacht hat, geht man ja auch nicht einfach wieder nach Hause, nur weil einem die Musik nicht passt. Nein, man öffnet sich für eine neue Erfahrung, und auf einmal macht es Spaß. Das einzige Problem ist, dass Karsten jetzt sehr wahrscheinlich denkt, er wäre gut im Bett.

»Hast du ein bisschen Zeit? Wir könnten morgen ausschlafen, ganz entspannt frühstücken und dann unternehmen wir was Schönes. Ich hätte ja Lust auf einen schönen Wohlfühltag in der Therme!«, sagt Karsten und zwinkert schon wieder. Ständig zwinkert dieser Typ, obwohl es überhaupt nichts zu zwinkern gibt.

Sein fast schon aggressiv wirkender Tatendrang stößt

mich ab. Ich habe versucht, es ihm zu erklären, aber er scheint nicht zu verstehen, dass ich meine Zeit am liebsten damit verbringe, im Bett zu liegen und Depressionen zu haben. Warum hat Karsten eigentlich keine Depressionen? Warum sind Leute wie Karsten immer davon überzeugt, dass alles, was sie machen, richtig ist? Es gibt eine Studie, in der Leute irgendwas schätzen sollten. Wie schwer ein Eimer ist, der mit einer bestimmten Menge Wasser oder Sand gefüllt ist. Und es stellte sich heraus, dass man bessere Ergebnisse erzielt, wenn man alle Menschen einzeln schätzen lässt und dann einen Mittelwert nimmt, als wenn die Versuchspersonen sich in Gruppen über ihre Schätzung austauschen und dann auf einen Wert einigen. Denn in jeder Gruppe gibt es ein paar Leute, die sich besonders sicher sind und sehr überzeugend dafür argumentieren können, dass sie recht haben. Und anscheinend liegen diese Leute mit einer größeren Wahrscheinlichkeit falsch als alle anderen. Keine Ahnung von gar nichts haben und sich sicher sein, dass man alles weiß, korreliert anscheinend miteinander.

»Ich muss mich dann mal langsam auf den Weg machen …«, sage ich und lasse den Satz einfach in der Luft hängen, damit Karsten sich selbst eine gute Ausrede für mich ausdenkt.

»Was hast du denn noch vor«, fragt Karsten, begriffsstutzig wie immer.

»Ich hab Sachen zu tun«, sage ich bedeutungsschwanger und klinge wie die eine Frau in der Sendung »Traumfrau gesucht – Auf Brautschau im Ausland«, als sie Walther sagt, sie habe leider keine Zeit, weil sie noch Briefmarken kaufen und Wäsche waschen muss.

»Immer bist du so busy«, sagt Karsten und schmiert mit seiner Hand über meine Wange. »Entspann dich mal!«

»Nein danke, Karsten, ich möchte wirklich nicht bleiben«, sage ich. »Ich habe keinen Bock.«

»Oh«, sagt Karsten. »Ja, okay. Muss ja auch nicht sein.«

Das lief jetzt überraschend unspektakulär. In meinem Kopf hat diese Situation viel dramatischer ausgesehen als in echt, ich habe mir ausgemalt, dass ich erst noch mit Karsten diskutieren müsste, dass wir uns vielleicht sogar streiten müssten, bevor er klein beigibt und mich schweren Herzens ziehen lässt. Aber anscheinend ist es Karsten völlig latte, dass ich gehe. Das bringt mich ins Grübeln. Was ist, wenn es noch viel mehr solcher Situationen gibt, die mein Kopf unnötig dramatisiert, die in Wirklichkeit aber ganz harmlos sind? Was ist, wenn einige Dinge, von denen ich dachte, ich würde sie anderen Menschen zuliebe machen, in Wirklichkeit überhaupt keiner wollte? Diese Überlegung lässt manche Situationen im Nachhinein in einem anderen Licht erscheinen. Irgendwo, in einem Dorfgemeinschaftshaus oder in einer leeren Gesamtschule, sitzt jetzt eine gar nicht mal so kleine Gruppe von Männern in einem Stuhlkreis, isst Haribo Colorado, trinkt Cola aus Pappbechern und führt das folgende Gespräch:

»Mein Name ist Karsten und ich wurde von Vera zum Geschlechtsverkehr verführt.«

»Hallo Karsten!«

»Wie ist es passiert?«

»Ich habe ihr nur ein Getränk ausgegeben, und plötzlich fiel sie mich an!«

»Ich habe ihr geholfen, ein Regal aufzubauen. Ich habe

mir weiter nichts dabei gedacht, aber dann wollte sie Sex!«

Die Stimmen der Männer hallen in den hohen, leeren Räumen wider. Im Neonlicht sehen sie müde und abgekämpft aus, hier und da zuckt ein Mundwinkel.

*

Nach unserem Gespräch vor dem geschlossenen Buddhistischen Zentrum hat Ken mir ein paarmal geschrieben, dass wir gerne zusammen einen Spaziergang machen können. »Du hast doch gesagt, du wärst gerne mehr draußen, und ich soll auch spazieren gehen, der Arzt hat gesagt, ich habe Vitamin-D-Mangel.« Ich kann mir nicht vorstellen, dass jemand, der stundenlang unter freiem Himmel an Buchsbäumen herumschnippelt, Vitamin-D-Mangel hat, aber ich will mich auch nicht in Kens Blutwerte einmischen. »Wenn du verabredet bist, fällt es dir vielleicht leichter, aus dem Haus zu gehen«, hat er geschrieben – er kennt mich eben noch nicht so gut. Ich habe es ein ums andere Mal verschoben, bis ich irgendwann ein schlechtes Gewissen hatte und ihn nicht länger vertrösten wollte, und jetzt sind wir nach seinem Feierabend ewig lang durch die Gegend spaziert und haben geredet. Die Sonne ist unterdessen untergegangen und allmählich ist es nicht mehr glaubhaft, dass wir spazieren gehen, um unsere Vitamin-D-Speicher aufzufüllen. Ich bin es nicht gewohnt, mich so viel zu bewegen, aber es tut irgendwie gut, und der große Vorteil am Spazierengehen ist, dass man sich nicht die ganze Zeit in die Augen schauen muss und dass es deswegen einfacher ist, sich zu unterhalten.

Ken bleibt plötzlich stehen, und ich befürchte schon, dass er gleich sagen wird, er will nach Hause. »Komm«, flüstert er, packt mich am Ärmel und zieht mich zur Rutsche. »Komm!«, ruft er über die Schulter zurück und klettert hinauf.

Ich bin in meinem Leben vielleicht zwei- oder dreimal von einer Rutsche gerutscht, weil es von mir erwartet wurde. Ich habe nicht verstanden, warum. Wieso soll ich mir die Mühe machen, eine Leiter zu erklimmen, wenn da oben gar nichts Besonderes auf mich wartet und ich gleich wieder herunterrutsche? Rutschen ist kein Sport, ich tue damit nichts für meinen Körper; es gibt auch keine Belohnung, wenn man besonders gut gerutscht ist. Einmal bin ich auf den Po gefallen und hatte einen blauen Fleck. Alles, was bei einer Rutschpartie für mich herausspringen kann, ist ein schwer zu kalkulierendes Verletzungsrisiko, also warum sollte irgendjemand rutschen?

Ich habe mal interessehalber in einem Onlineforum nachgefragt, was andere Menschen am Rutschen mögen, und da kamen Antworten wie: »Es macht Spaß«, oder: »Da wird Adrenalin ausgeschüttet«. Aber ich weiß ja wohl selber am besten, ob es mir Spaß macht, und Adrenalin wird bei mir schon genug ausgeschüttet, wenn ich eine fremde Person nach dem Weg fragen oder einen Telefonhörer in die Hand nehmen muss.

Ich steige langsam die schräge Leiter hinauf, die Holzsprossen sind von vielen Kinderhänden blank gescheuert. Auf einigen liegt noch Sand von Kens Schuhen. Umständlich krabbele ich von der Leiter auf die Plattform, richte mich auf und wische meine sandigen Hände an meiner Hose ab. Ken steht im Mondlicht da und grinst mich an.

»Nach Ihnen«, sagt er und macht eine übertrieben feierliche Geste in Richtung der Rutsche.

»Ich rutsche eigentlich nicht so gerne«, sage ich.

»Unsinn! Jeder rutscht gerne. Komm her, das ist gut für dich!«

Ich setze mich oben auf die Rutsche und Ken setzt sich hinter mich und legt seine Beine seitlich über den Rand und hält mich fest und dann rutschen wir in Zeitlupe nach unten.

*

Ken hat gesagt, vielleicht habe ich Depressionen, weil ich als Kind zu wenig Körperkontakt hatte. Ich bin ziemlich sicher, dass das Schwachsinn ist. Trotzdem habe ich mir einen Termin für eine Massage gebucht.

Man konnte wählen, ob man eine halbe oder eine ganze Stunde will, und ich habe eine ganze Stunde gebucht und bin heimlich ein bisschen stolz auf mich. Jetzt werde ich mir mal so richtig was Gutes tun, total entspannend wird das werden!

Ich muss meine Schuhe aus- und Hausschuhe anziehen. Das ist doch eklig, diese Schuhe haben garantiert andere Leute vor mir angehabt; ich kann mir leider nicht vorstellen, dass die drei netten kleinen Frauen, die in dem Massagestudio arbeiten, jedes Mal, wenn ein Kunde gegangen ist, seine Hausschuhe verbrennen und neue kaufen. Ich bin bei solchen Sachen pingelig, weil ich Füße eklig finde, und ich verstehe überhaupt nicht, wozu das mit den Hausschuhen notwendig war, denn ich muss nur ungefähr 1,5 Meter über den Flur in den kleinen Raum gehen, in dem ich massiert werde.

Die Frau, die mich massiert, hat sich nicht vorgestellt. Vielleicht steht ihr Name in der Buchungsbestätigung, die ich per Mail bekommen habe, aber das kann ich nicht mehr nachschauen, denn ich muss mich ausziehen. Es kommt mir seltsam vor, fast nackt auf einer Liege zu liegen und nicht einmal zu wissen, wie die Person, die mich anfasst, heißt. Allgemein ist es merkwürdig, dass wir in einer Zeit leben, in der man Leute dafür bezahlt, dass sie einen anfassen. Was kommt als Nächstes, kann man irgendwann jemanden dafür bezahlen, dass er einen nett anschaut und eine liebe Sache sagt? Berührungen bekommt man normalerweise gratis. Das heißt, man braucht entweder Leute, die einen mögen, oder Geld. Viel Geld. Oder einen Rabattcode. Ich habe 20 Prozent Rabatt auf die Massage bekommen, weil ich über eine Wellness-App gebucht und irgendeinen sinnlosen Newsletter abonniert habe. Ich würde es konsequent finden, wenn die Masseurin jetzt ein Fünftel meines Körpers aussparen würde.

Sie kommt mit einem nassen Lappen und fängt an, meine Füße und meine Beine zu waschen. Ich weiß nicht, ob ich sie darauf hinweisen soll, dass ich geduscht habe, direkt, bevor ich losgegangen bin. Wenn sie auf Nummer sicher gehen will, ist das ja ihr gutes Recht. Dann höre ich, wie sie den Lappen in einer Schüssel oder einem Eimer mit Wasser auswringt und ausspült, und bekomme Gänsehaut. Etwas an diesem Geräusch sorgt dafür, dass ich mir das dazugehörige Wasser nicht sauber vorstelle, sondern etwas trüb und mit Bröckchen drin. Ich sehe den Wischeimer vor mir, mit dem ich das Treppenhaus geputzt habe, und die Staubflocken und Haare, die darin schwebten. Als sie fertig ist mit Waschen, deckt die Frau mich mit einem Tuch ab, steigt auf die Liege und fängt an, auf meinem Rücken herumzumarschieren. Ich bin so verblüfft, dass ich gar nichts dazu sage. So etwas habe ich noch nie erlebt. Anscheinend bin ich für diese Frau so etwas wie ein Bottich voller Weintrauben, die gestampft werden müssen.

Auf der Internetseite stand, man kann die Intensität der Massage selbst bestimmen. Ich frage mich, wie genau das gehen soll, wenn sie mit ihrem kompletten Gewicht auf meinem Rücken spazieren geht. Vielleicht bekommt man, wenn man um eine sanfte Massage bittet, einfach eine noch kleinere Masseurin zugeteilt. Vielleicht sind die Masseurinnen auch wie Matroschkas, und wenn ich diese hier abgelehnt hätte, wäre aus ihrem Inneren eine weitere, kleinere Masseurin gestiegen.

Es tut auf eine Art weh, die ich gerade noch aushalten kann, ohne ein Geräusch von mir zu geben. Ich denke darüber nach, ob ich etwas sagen soll oder ob das so sein muss und ob ich mich nur noch besser entspannen muss, damit es nicht mehr wehtut. Vielleicht bin ich einfach nicht gut darin, mich massieren zu lassen? Nicht mal das kann ich.

Die kleine Frau stapft jetzt noch energischer auf meinem Rücken auf und ab, und ich frage mich, ob sie spürt, dass ich Widerstand leiste, aber wie soll man denn bitte nicht verkrampfen, wenn einem jemand auf die Wirbelsäule tritt? Ich versuche, nur minimale Ausweichbewegungen zu machen und ruhig zu atmen. Sie trampelt jetzt etwas friedlicher als vorher, so kommt es mir jedenfalls vor, oder ich habe mich bereits daran gewöhnt.

Was war ich naiv. Ich hatte eine völlig verkehrte, romantisierte Vorstellung von Massage, die beinhaltete, dass man vor lauter Entspannung friedlich einschläft und nach dem Aufwachen gelöst und glücklich ist. Wie soll ich einschlafen, während jemand auf mir herumläuft? Sie fängt an, mit den Händen in meine Muskeln zu packen und an ihnen zu zerren, und ich muss an den einen Mann denken, der draußen in der Welt so harmlos wirkte und als wir bei ihm zu Hause waren, hat er mir fast das Fleisch von den Knochen gerissen, aber auch da habe ich nichts gesagt, ich sage ja nie etwas, die ganze Zeit stelle ich mir nur vor, wie ich was sagen könnte und was genau, aber dann mache ich es nicht. Ich glaube, es hängt damit zusammen, dass ich Angst habe, jemand könnte sich nicht daran halten, wenn ich nein sage, aber irgendwie ist das ja auch Unsinn, denn wenn ich nichts sage, besteht gar nicht erst die Chance, dass jemand auf mich Rücksicht nimmt.

Im Flur klingelt ein Handy mit einem nervigen Klingelton, die beiden anderen Masseurinnen, die im Empfangsbereich auf Kunden warten, ignorieren es und reden miteinander in irgendeiner Sprache, die ich nicht verstehe, und irgendwann kommt ein Mann herein. Er redet so beiläufig und vertraut mit den Frauen, dass ich vermute, er ist ein regelmäßiger Kunde. Die Masseurinnen machen ihn auf einen neuen Einrichtungsgegenstand aufmerksam, er sagt »Boooooaaaah«, aber ich höre heraus, dass er nicht ganz so beeindruckt ist, wie er gerade tut. Draußen läuten die Kirchturmglocken. Eine halbe Stunde muss ich noch. Jetzt scheint sie auf die Idee gekommen zu sein, mir meine Finger ausreißen zu wollen. Schnick, schnick, schnick. Ich bin wirklich froh, wenn ich hier raus bin und noch alles an mir dran ist.

Ken hat eine Geschichte erzählt über einen Mann, der in Kriegsgefangenschaft gefoltert wurde. Er sagte, der Mann sei in Isolationshaft gehalten und von allen Sinneseindrücken abgeschirmt worden, nur einmal am Tag habe man ihn aus seiner Kammer befreit, zu Boden geworfen und ihm auf den Kopf gepinkelt. Später habe der Mann gesagt, er wisse selbst, wie bizarr sich das anhört, aber angepinkelt zu werden sei immer das Highlight seines Tages gewesen. Die Eintönigkeit war so furchtbar, dass er für alles dankbar war, was sie durchbrach.

Dass ich die Massage scheiße finden kann, deutet für mich darauf hin, dass mein Leben eigentlich ziemlich gut ist. Wenn ich in einem Isolationstank leben müsste, wäre ich bestimmt dankbar für diese Massage.

Am Ende muss ich mich hinsetzen, und sie hockt sich hinter mich, drückt mich an sich und zieht meine Schultern zu sich. »Besser?«, fragt sie.

»Ja«, sage ich.

Tatsächlich geht es mir besser, ich weiß nur nicht, ob das an der Massage liegt oder an der Erleichterung, dass es jetzt endlich vorbei ist.

Als ich mein Geld herauskrame, fällt mir auf, es haben zwar schon öfters Leute auf mir herumgetrampelt, aber das ist das erste Mal, dass ich dafür bezahle.

*

Noch einmal um Aufschub gebeten, noch ein letztes Mal das Geld zusammengekratzt. Ich fliege nach Japan.

Es ist mir schon immer leichtergefallen, eine Fernreise zu machen, als im Supermarkt an der Ecke frisches Brot zu kaufen. Eine Reise ist immer auch eine Verheißung, eine Chance, ein anderer Mensch zu sein. Natürlich wäre es naiv, anzunehmen, man hätte in einem anderen Land gar keine Probleme, aber es sind wenigstens andere Probleme als sonst!

Wenn ich versuche, im Supermarkt einkaufen zu gehen, muss ich mir vorher zigmal den ewig gleichen Supermarkt vorstellen, ich weiß bis ins kleinste Detail, wo welches Produkt liegt und gehe immer wieder im Kopf durch die Gänge, bevor ich es dann wirklich mache. Glücklicherweise habe ich keine Ahnung, wo in Japan das Brot aufbewahrt wird, und so bleibt mir das erspart.

Und ich weiß aus Erfahrung, wenn ich es erst einmal geschafft habe, aus dem Haus zu gehen und zum Flughafen zu fahren, wird alles ein bisschen einfacher. In Hotels ist es für mich nämlich leichter, morgens aufzustehen und das Zimmer zu verlassen, was damit zusammenhängt, dass Zimmermädchen sehr energisch sein können.

In Japan gibt es berühmte Stätten des Zen-Buddhismus

und die haben großzügige Öffnungszeiten, das habe ich vorher im Internet nachgesehen. Da wird es mir nicht wieder passieren, dass ich vor verschlossenen Türen stehe wie im hiesigen Meditationszentrum. Egal, wie lange ich herumtrödele, irgendein Tempel wird immer geöffnet sein. Und in Japan hat Takashi Amano alles zusammengebracht. Wenn ich es in Japan nicht schaffe, dann nirgendwo.

Leute sagen immer: »Ein gutes Pferd nimmt die Hürde knapp«, aber das ist Unsinn. Eigentlich ist das Pferd, das sich am meisten anstrengt, ein gutes Pferd. Und das beste Pferd ist das Pferd, das am höchsten springt. Das ist doch ganz klar. Und so ein Pferd wie ich, das die meiste Zeit nur rumliegt und ab und zu sagt: »Ich werde ganz gewiss sehr formvollendet über diese Hürde springen, aber nicht heute«, das ist das schlechteste Pferd von allen.

Es ist absurd, dass ich mir immer einrede, ich wäre nur etwas wert, wenn ich alles perfekt mache, obwohl ich in so vielen Dingen nur mittelmäßig bin. Andauernd fange ich Sachen erst an, wenn es eigentlich schon zu spät ist, und sage mir dann: »Na, dafür dass ich nur so wenig Zeit hatte, ist das wirklich ganz okay geworden!« Das ist ein ganz billiger Trick. Ich verhindere damit ja nur, dass ich mich jemals an meinen eigenen Maßstäben messen muss.

Ich wollte immer die Beste sein und bin deswegen jetzt nicht mal mittelmäßig. In der Schule war ich immer gut. Das lag nicht daran, dass ich besonders vielseitig interessiert oder intelligent gewesen wäre, sondern eher daran, dass die Schule ein System mit festen Regeln war und ich es genoss, belohnt zu werden, wenn ich die Regeln einhielt. Bei uns zu Hause änderten sich die Regeln ständig; was vor Kurzem noch als wünschenswert hingestellt wurde, war plötzlich verboten, und ich hatte mitunter den Verdacht, dass es nur von der Tagesform unserer Mutter abhängig war, ob sie Bestrafungen vornahm, aber ich hätte nie gewagt, diesen Verdacht auszusprechen.

Aber man muss gar nicht immer die Regeln einhalten oder besonderen Fleiß zeigen, um gut zu sein. Manchmal reicht ein unkonventioneller Gedanke. Als Takashi Amano begann, die Aquaristik zu reformieren, war es üblich, Pflanzenaquarien vor allem mit vielen unterschiedlichen Stängelpflanzen zu bestücken, die in kleinen, nach Arten geordneten Gruppen eingesetzt wurden. So ergab sich ein abwechslungsreiches Bild, das an ein buntes Blumenbeet erinnerte, aber mit dem natürlichen Lebensraum der meisten Fische wenig gemeinsam hatte. Weil Stängelpflanzen schnell wachsen und ihr unterer Bereich dann etwas unansehnlich werden kann, musste man bei solchen Aquarien in kurzen Zeitabständen die zu langen Stängel entfernen, den unteren Teil abschneiden und entsorgen und den oberen wieder einpflanzen. Takashi Amano schreibt in seinen gesammelten Werken, dass er kein Freund häufiger Routinearbeiten war und deswegen nach einer anderen Lösung suchte. Er verwendete darum vor allem langsam wachsende Pflanzen wie Farne und Cryptocorynen, die deutlich seltener ausgedünnt oder zurückgeschnitten werden müssen. Das Ergebnis hatte eine ganz andere optische Wirkung. Takashi Amano war also eventuell ein bisschen faul, aber er hat das Beste daraus gemacht.

Wenn ich Zug fahre oder in einem Flugzeug sitze, bin ich häufig unangenehm berührt davon, dass Menschen neben mir nicht nur die Armlehnen für sich allein beanspruchen, sondern auch noch einen Schritt weitergehen und ihre Ellenbogen in meinen Sitzbereich hineinragen lassen. Das ist nicht in Ordnung. Es gibt genau drei akzeptable Möglichkeiten, die Armlehnensituation zur beiderseitigen Zufriedenheit zu lösen:

1. Keiner von beiden benutzt die Armlehnen.
2. Jeder lässt seinen Ellenbogen auf seiner Seite einer gedachten Linie, die sich ergibt, wenn man die Armlehne der Länge nach halbiert. Bonuspunkte, wenn man dabei noch ein paar Millimeter Abstand lässt, damit sich die Ellenbogen nicht berühren.
3. Einer nutzt den vorderen und einer den hinteren Teil der Armlehne, der Ellenbogen ragt dabei nicht (!!) über die Armlehne hinaus.

Das sind die ehernen Armlehnen-Gesetze. Sie zu beachten ist eine wichtige Säule für ein friedliches Miteinander.

Und jetzt sitze ich in einem gottverdammten Langstreckenflug neben einem Menschen, der von diesen Regeln offenbar noch nie gehört hat. In seiner Welt ist es anscheinend ein akzeptables Verhalten, seinen Ellenbogen nicht nur auf meiner Seite zu deponieren, sondern auch immer wieder gegen meinen Körper zu drücken, als würde er hoffen, ich würde dann entweder meinen Sitz aufgeben oder mit der Zeit an der entsprechenden Stelle eine praktische Aussparung entwickeln. In solchen Momenten fällt mir immer wieder auf, dass ich Menschen überhaupt nicht mag. Und ich mag mich selber nicht, weil ich nicht in der Lage bin, einem Fremden, den ich sehr wahrscheinlich nie wiedersehen muss, zu sagen, dass mir sein Verhalten nicht gefällt.

Am Flughafen sehe ich den niedlichsten kleinen Drogenspürhund der Welt, er ist winzig und trägt Schühchen und ein Mäntelchen und tänzelt motiviert herum. Wenn man von so einem süßen Hund erwischt wird, ist es bestimmt nur halb so schlimm; ein wenig muss man dem Kleinen seinen Erfolg doch gönnen.

Es dauert eine gefühlte Ewigkeit, ein Ticket für die U-Bahn zu kaufen und die richtige Linie zu finden, und ich komme mir vor, als wäre ich in einem dieser verrückten Albträume gelandet, in denen man plötzlich nicht mehr lesen und schreiben kann. Keiner der Wegweiser weist mir den Weg, keine der Werbetafeln ist an mich gerichtet. Wenn ich hier länger bleibe, werde ich bestimmt ganz verwirrt und weiß gar nicht mehr, was ich kaufen soll. In der U-Bahn reihen sich weiße an hellblaue Hemden, alle stellen sich möglichst platzsparend zusammen, docken aneinander an wie zufriedene kleine Maschinchen. Ich bin die einzige westlich aussehende Person weit und breit, erst vor dem Hotel sehe ich eine andere Europäerin, sie trägt ein riesiges Karpador-Stofftier durch die Gegend und redet verrückt vor sich hin.

Auf dem Hotelbett liegt ein weißer Pyjama für mich bereit. Ich wusste nicht, dass das so üblich ist, und es fühlt sich auf eine unlogische Art unhygienisch an. Diesen Schlafanzug haben schon andere Leute getragen, aber er wurde zwischendurch ja auch gewaschen. In den Bettlaken haben auch schon andere Gäste geschlafen. Es ist seltsam, dass Dinge, die man nicht gewohnt ist, einem eklig vorkommen, während man viele andere Sachen gar nicht hinterfragt (die Gläser im Bad haben auch schon andere Menschen benutzt, um ihren Mund auszuspülen!). Trotzdem kann ich mein Unbehagen nicht abschütteln und lege den Pyjama mit spitzen Fingern auf die Kofferablage.

Die Toilette ist beheizt und gibt rauschende Geräusche von sich. Ich habe gelesen, dass das eingeführt wurde, weil japanische Frauen sich für die Geräusche geniert haben, die ein Toilettenbesuch verursacht, und deswegen fortwährend die Klospülung drückten. Um die Wasserverschwendung einzudämmen, wurden Toiletten mit einem Lautsprecher ausgestattet, der das Geräusch einer laufenden Klospülung simuliert. Manchen klingt das aber nicht echt genug, und sie drücken deswegen weiterhin auf die Klospülung. Mir klingt es ein bisschen zu echt, und ich erschrecke jedes Mal, wenn ich mich draufsetze und das Rauschen losgeht.

Ich lasse mich aufs Bett fallen. Aus dem Fenster kann ich ein Stück weit über die Stadt schauen, das Zimmer ist klein und ordentlich. Es ist einfach, sich einzubilden, dass man sein Leben im Griff hat, wenn man in einem Hotelzimmer ist. Meinen ganzen Ballast habe ich zu Hause gelassen, hier ist es aufgeräumt und ich habe nur die wenigen Dinge dabei, die ich vorgestern für mitnehmenswert hielt, und hatte noch nicht genug Zeit, irgendetwas davon zu bereuen. Den Zettel mit der Aufschrift »Ich bin eine Person, die ein Buch schreibt« habe ich nicht mitgenommen. In diesem Moment bin ich einfach nur eine Person, die eine Reise macht.

*

Vor dem Eingang des Schauaquariums werden die in der Sonne wartenden Menschen von einer Maschine, die Wasserdampf ausspuckt, einer Zwangserfrischung unterzogen. Drinnen im Gebäude ist es angenehm temperiert und dunkel. Viele Besucher laufen achtlos durch den ersten Raum hindurch, in dem die Becken von Takashi Amano stehen. Sie wollen zu den Robben und Pinguinen. Ein Baby wird in einer Karre dicht vor eines der Becken geschoben, quäkt anklagend und hebt die Hand empört in Richtung der Fische, als wollte es sagen: »Was soll ich denn damit? Kann ich die bitte essen?« Eltern lassen ihre Kinder an die Scheiben klopfen oder halten sie für ein kurzes Foto davor und ziehen dann weiter. Die meisten verstehen nicht, was das hier bedeutet. Diese Aquarien hat Takashi Amano eingerichtet, als er noch gelebt hat. Als ich Pony davon erzählt habe, hat sie gelacht und gesagt: »Es wäre auch besorgniserregend, wenn er da nicht gelebt hätte!«

Aber das ist es nicht, worauf ich hinauswill. Diese Aquarien sehen heute noch ziemlich genauso aus, wie er sie mal gemeint hat. Das ist etwas Besonderes. Aquarien sind ja lebendig und verändern sich im Laufe der Zeit. Pflanzen wachsen und bilden Ausläufer, sie streben nach dem Licht und versuchen, freie Flächen für sich einzunehmen. Tiere vermehren sich. Algen und Bakterienrasen entstehen. Wenn man will, dass ein Aquarium immer gleich aussieht, dann muss man regelmäßig sehr behutsam eingreifen. Ab und zu bringe ich Karls Aquarium auf Vordermann, dünne die Pflanzen aus und putze die Scheibe, aber hinterher sieht es häufig ein bisschen anders aus als vorher, weil ich versehentlich zu viel gegärtnert habe oder weil ich ungeschickt war und einen Stein oder eine Wurzel umgeworfen habe. Die Becken, die Takashi Amano eingerichtet hat, sind jetzt bald ein Jahrzehnt alt und sehen immer noch so aus wie damals. Über die Jahre hinweg müssen unzählige Menschen Tausende von Arbeitsstunden investiert haben, um ihre Schönheit zu erhalten.

Ich habe mir im Internet die Videos angesehen, in denen er die Becken eingerichtet hat. Viele Male habe ich mir angeschaut, wie er die Dinge angefasst hat, die ich jetzt vor mir sehe. Wurzelholz mit aufgebundenen Anubias barteri, Microsorium windelow auf Gesteinsbrocken. Ich habe gesehen, wie er die Stücke in den Händen gedreht und von allen Seiten gemustert hat, wie er das Aquarium, an dem er gerade gearbeitet hat, betrachtet und die richtige Stelle gesucht hat, um den Stein oder die Wurzel dort ganz vorsichtig abzulegen. Ich habe ihm beim Denken und beim Fühlen zugeschaut. Und jetzt sehe ich seine Werke endlich aus der Nähe.

Eltern kaufen ihren Kindern Zuckerwatte an blinkenden Leuchtstäben, so etwas habe ich in Europa noch nie gesehen. Als wäre es nicht genug, den Nachwuchs in einen unkontrollierten Zuckerrausch zu schicken, nein, die Wolke aus Zucker muss natürlich auch noch hektisch in allen

Farben leuchten, ansonsten wäre das ja nicht überfordernd genug.

Es gibt eine extra Abteilung, in der unterschiedliche Goldfischzuchtformen ausgestellt werden. Manche haben eine verkrümmte Wirbelsäule und schwimmen deswegen etwas unbeholfen, manche haben große Geschwulste auf dem Kopf oder Glubschaugen. Es ist interessant, dass man die absichtlich so gezüchtet hat. Wenn ich gezielt daran arbeiten würde, einen Goldfisch mit bestimmten Eigenschaften zu kreieren, würde ich doch versuchen, einen Goldfisch hinzukriegen, der funktioniert, und nicht einen, der durchs Wasser taumelt und sich ständig mit seinen absurden Augensäcken irgendwo stößt. Aber die Goldfischzüchter haben sich gedacht, nein, wir investieren richtig Arbeit und suchen die Tiere heraus, die am meisten Probleme haben, und mit denen züchten wir dann, damit der Nachwuchs noch mehr Einschränkungen hat. Denn: Das sieht niedlich aus! Och, guck mal diese Geschwüre! So süß!

Mir kommt ein furchtbarer Gedanke. Was ist, wenn Gott existiert und genauso ist wie ein Goldfischzüchter? Leute fragen sich ja immer: Warum lässt Gott dieses und jenes zu. Warum hat Gott erlaubt, dass Menschen leiden. Vielleicht ist das der Grund: Weil es verdammt putzig aussieht. Wenn es Gott gibt, dann sitzt er vielleicht da oben im Himmel und sagt: »Och, wie süß! Was für niedliche Geschwüre der kleine Mensch da unten hat! Oh, und da kommt jemand nicht die Treppe hoch mit seinem einen Bein, wie drollig. Na komm! Versuch es! Ach, was bist du für ein feiner, feiner Menschimensch!«

Sehr wahrscheinlich schaut er auch auf mich und auf

alle anderen Depressiven herunter und denkt sich: »Das ist ja sooo witzig, die geht nicht raus, weil es ihr schlecht geht, und dadurch, dass sie nicht rausgeht, fühlt sie sich dann immer noch schlechter! Hahaha!« Das würde einiges erklären.

Sara durfte alles machen, was sie wollte, und bekam, was sie sich wünschte. Ich musste immer die Vernünftige sein. Schließlich hatten meine Eltern es mit Sara schwer genug. »Mach du uns nicht auch noch Kummer«, bekam ich oft zu hören, oder: »Was sollen wir denn noch alles machen?«

Wenn ich ein Spielzeug haben wollte, was Sara hatte, sagten sie mir, ich würde das bekommen, wenn ich so alt wäre wie sie, oder ich könne es haben, sobald sie das Interesse daran verloren hätte. Aber bis ich alt genug war, hatte Sara das Spielzeug zerstört und meine Eltern hatten ihre Versprechungen vergessen.

Ich war oft neidisch auf Sara. Ich wusste, dass das nicht in Ordnung war, und deswegen konnte ich es mir kaum selber eingestehen, aber heute sehe ich es ganz klar. Dass ich sie so oft im Krankenhaus besucht habe, lag nicht nur daran, dass ich bei ihr sein wollte. Ein bisschen wollte ich auch das Schuldgefühl bekämpfen, das an mir nagte, weil ich mir manchmal heimlich wünschte, sie möge sterben.

Ein einziges Mal habe ich etwas bekommen, was ich mir gewünscht hatte. Nachdem Sara zu Weihnachten einen Goldfisch bekam, den sie kurze Zeit später versehentlich tötete, bat ich immer und immer wieder darum, selbst ein Aquarium zu bekommen. Vielleicht hatte ich das Gefühl, Fischen generell etwas schuldig zu sein, nach dem, was meine Schwester einem von ihnen angetan hatte.

Der Fisch ist in den Ansaugstutzen des Filters geraten, an dem man, wie ich heute weiß, einen Schutzkorb hätte anbringen müssen. Sein Kopf steckte in dem Rohr fest, sein Schwanz zappelte noch hilflos. Womöglich hätte man ihn retten können, wenn man zuerst den Filter ausgeschaltet hätte, ich weiß es nicht. Aber Sara kam nicht auf die Idee, den Filter auszuschalten, sondern griff ins Becken, packte den Fisch an der Schwanzwurzel und zog beherzt. Ich bekomme bis heute eine Gänsehaut, wenn ich mir das vorstelle. Der Fisch wurde vom Sog des Filters förmlich zerrissen und durch das Rohr in den Filter gezogen. Und Sara hielt den hinteren Teil des Fisches in der Hand und fing an zu heulen. Ich kam rein und sah sie vor dem Aquarium stehen.

»Ich hab den Fisch zerrissen«, sagte sie immer wieder, das Gesicht rot und verzerrt vom Weinen. Ich konnte nicht einmal mit ihr schimpfen. Es könnte sein, dass mein Wunsch, ein Aquarium zu besitzen, ein Wunsch nach Wiedergutmachung war. Es könnte aber ebenso gut sein, dass ich einfach nur beweisen wollte, dass ich auch auf diesem Gebiet besser war als meine Schwester.

Im Jahr 2000 hat der dänische Künstler Marco Evaristti für seine Installation »Helena« zehn Standmixer aufgestellt, in denen jeweils ein Goldfisch schwamm. Die Mixer waren an das Stromnetz angeschlossen. Es soll vorgekommen sein, dass Besucher den Knopf gedrückt haben und der Fisch zerhäckselt wurde. Das Trapholt Kunstmuseet sollte eine Geldstrafe bezahlen, weil es die Installation drei Monate lang ausgestellt hatte. Ich habe gegoogelt, wie hoch die Strafe war, und in einem Artikel stand, es wären 530 Mark gewesen. Das ist ganz schön wenig, wenn man bedenkt, wie schlimm es ist, wenn ein Goldfisch stirbt.

2008 hat Evaristti bekannt gegeben, dass er die Leiche eines zum Tode Verurteilten zu Fischfutter verarbeiten und verfüttern wolle. Gene Hathorn, ein Amerikaner, der für den Mord an seinem Vater, seiner Stiefmutter und seinem Stiefbruder verurteilt worden war, wollte seinen Körper nach seiner Hinrichtung zur Verfügung stellen. Marco Evaristti hat natürlich irgendwas gesagt, dass er mit der Aktion die Todesstrafe kritisieren wollte, aber es würde mich nicht wundern, wenn er einfach nur Gerechtigkeit für die Fische wollte.

Dass ich so gerne ein Aquarium haben wollte, kam meinen Eltern sehr gelegen. Ich müsste nur ein Jahr lang darauf achten, dass mein Zimmer immer aufgeräumt sei, nach dem Essen den Tisch abwischen, im Garten Reisig sammeln, die Terrasse fegen, die Toilette putzen, Wäsche auf- und abhängen, regelmäßig staubsaugen und gut auf Sara achtgeben, sagten sie. Dann würde ich zur Belohnung ein Aquarium bekommen.

Anfangs erledigte ich diese Aufgaben mit dem guten Gefühl, auf etwas Schönes hinzuarbeiten. Aber mit der Zeit bekam ich Angst. Was wäre, wenn ich meinen Teil der Abmachung erfüllte und sich dann herausstellte, dass meine Eltern mich übers Ohr gehauen und nie beabsichtigt hatten, mir ein Aquarium zu kaufen? Es wäre nicht das erste Mal, dass sie ein Versprechen nicht einhielten. Ich hatte nicht viel Veranlassung, ihnen in so einer wichtigen Sache zu vertrauen. Aber ich hatte mir auch schon zu viel Mühe gegeben, als dass ich mir hätte vorstellen können, aufzugeben.

Die kleine, misstrauische Stimme in meinem Hinterkopf wurde nach und nach immer lauter und quälender. Meine Angst verfolgte mich bis in den Schlaf. Ich träumte, wie ich ins Wohnzimmer kam und dort ein großes Paket stand, wie ich das Papier abriss und vor Freude völlig aus dem Häuschen geriet, wie ich im Zoogeschäft stand und mir meine ersten Fische aussuchen durfte und so glücklich war, dass ich weinen musste. Und an diesem Punkt schlich sich immer ein Unbehagen in den Traum, ein Misstrauen. »Das ist zu schön«, dachte ich. »Bestimmt ist es wieder nur ein Traum.« Das Erwachen war furchtbar, jedes Mal. Ich fühlte mich schrecklich machtlos. Meinen Teil der Vereinbarung hatte ich erfüllt, und nun war alles, was ich tun konnte, hoffen. In den Nächten vor meinem Geburtstag schlief ich kaum und weinte viel.

Als ich ins Wohnzimmer kam, sah ich sofort, dass kein Aquarium unter den Geschenken war. Keines der Pakete war groß genug. Mühsam unterdrückte ich meine Tränen und tat so, als würde ich mich aufs Auspacken freuen, dabei war ich einfach nur unfassbar enttäuscht. Ich bekam eine Blockflöte und ein Liederbuch. Meine Eltern machten ein Foto, auf dem ich beides hochhalte, das Gesicht zu einem angestrengten Lächeln verzerrt. Wir setzten uns an den Esstisch und aßen etwas Kuchen. »Ist irgendwas?«, fragte mein Vater. »Du bist so still!« Stumm schüttelte ich den Kopf und würgte den trockenen Kuchen herunter. Als wir aufgegessen hatten, rollte meine Mutter auf einem Servierwagen ein großes Paket herein, und jetzt kamen mir die Tränen. Aber es war nicht wie in meinem Traum. Ich war enttäuscht, dass meine Eltern mir nach allem, was ich getan hatte, um mir mein Geschenk zu verdienen, auch noch diese unnötige Prüfung auferlegt hatten.

Mein Großvater hat mir manchmal »Oma, schreit der Frieder« vorgelesen, und da gab es eine Geschichte, in der Frieder sich einen Bagger zum Geburtstag oder zu Weihnachten wünscht. Er kann die Spannung nicht aushalten, beobachtet seine Oma heimlich durchs Schlüsselloch und sieht den Bagger. Wie sich herausstellt, hat seine Oma bemerkt, dass er ihr nachspioniert hat. Zur Strafe schenkt sie ihm zunächst nur ein Paar wollene Strümpfe. Den Bagger bekommt er erst, nachdem er schluchzend sein Vergehen eingestanden hat. In der Frieder-Geschichte verstand ich noch, dass es um die Moral ging. Man schaut schließlich nicht durchs Schlüsselloch.

Aber ich war mir ganz sicher, dass ich überhaupt nichts gemacht hatte.

Ich dachte immer, dass für mich alles gut werden würde, wenn ich nur endlich mein Aquarium hätte, aber das war nicht so.

»Keine Widerworte, so ein Fisch ist schneller im Klo verschwunden, als du denkst«, sagte meine Mutter, oder: »Hör auf zu weinen, sonst kommt das Aquarium wieder weg!«

Was ich so sehr herbeigesehnt hatte, wurde zum Faustpfand in jedem Konflikt, und ich verbrachte die kommenden Jahre in ständiger Angst, es könnte mir wieder weggenommen werden. Ich lernte daraus, dass es sicherer war, so zu tun, als wären einem Dinge egal. Wenn man sich anmerken ließ, dass man an einer Sache hing, machte man sich verletzlich. Wenn man sehr gut darin ist, gleichgültig zu tun, kann man irgendwann selber kaum noch unterscheiden, ob einem etwas wichtig ist oder nicht.

Es hat mir noch nie etwas gebracht, gut zu sein. Wenn ich eine Eins schrieb, interessierte das niemanden, mein Vater sagte höchstens: »Die Schule wird auch immer leichter, früher wäre das eine Drei gewesen!« Er selber hatte zufällig viele Dreien in der Schule gehabt.

Aber wenn Sara eine Bastelarbeit gelang, waren alle ganz aus dem Häuschen.

Vielleicht hatte meine Strebsamkeit in der Schule auch etwas damit zu tun, dass da immer eine Person war, der mehr Bedeutung beigemessen wurde als mir. Natürlich ist es tröstlicher zu denken: »Ich muss mich nur noch mehr anstrengen und ganz erfolgreich werden, dann mögen mich meine Eltern.« Die Alternative wäre, sich einzugestehen, dass man das, wonach man sich sehnt, nicht bekommen wird, und das ist manchmal mehr, als ein Kind verkraften kann.

*

Eigentlich wollte ich zu einem der berühmtesten Tempel reisen, aber mein Zug ist in einem kleinen Küstenort stehen geblieben und nicht weitergefahren, warum, habe ich nicht verstanden. Die Anzeigetafeln an den Bahnsteigen zeigen alle dieselbe Warnung an, die ich nicht lesen kann. Etwas liegt in der Luft. Es ist schwül und gleichzeitig windig, die wenigen Menschen, die auf den Straßen zu sehen sind, ziehen die Schultern hoch und gehen leicht geduckt, als würden sie sich für eine Katastrophe wappnen. Der Besitzer einer Tierhandlung schleppt die Käfige ins Haus. Ein junges Paar schiebt einen Karren mit Sandsäcken heran und türmt sie vor einer Haustür auf. Aus einem Lautsprecher kommen wichtig klingende Durchsagen auf Japanisch.

Es fängt an zu regnen, und es fühlt sich seltsam an, dass ich inzwischen der einzige Mensch weit und breit bin. Ich suche Schutz in einem kleinen Hotel, es macht einen schmuddeligen Eindruck, aber ich frage trotzdem nach einem Zimmer; wer weiß, ob es hier überhaupt andere Hotels gibt, und es sieht gerade nicht so aus, als könnte ich heute noch weiterreisen. In der Hotellobby läuft der Fernseher, wacklige Aufnahmen einer stürmischen Steilküste, ein Wettermoderator zeigt mit einem großen gelben Lolli auf eine Landkarte und runzelt die Stirn. »Tayphoon!«, sagt der Mann an der Rezeption, und ich nicke, als wüsste ich Bescheid.

Im Zimmer schalte ich direkt den Fernseher an, jetzt werden Brücken gezeigt, die von riesigen Flutwellen weggespült werden, einstürzende Häuser und flüchtende Menschen, die von den Wassermassen getroffen werden. Es dauert eine ganze Weile, bis ich verstehe, dass es sich nicht um aktuelle Aufnahmen handelt, sondern um einen Zusammenschnitt, eine Art Best-of-Sturm-Compilation. Zwischendurch werden Menschen eingeblendet, wahrscheinlich japanische Prominente, die den gezeigten Ausschnitt kommentieren, das ist so was wie eine Chartshow, nur mit Katastrophen. Wer macht das beste Reaction Face, wenn eine Gruppe von Menschen von einer Welle weggewischt wird? Ich ertappe mich dabei, die Sendung unterhaltsam zu finden.

Ohne Frage ist dies das kleinste und trostloseste Hotelzimmer, in dem ich bis jetzt war, und es ist nicht absehbar, wie lange ich hier festsitzen werde. Der Zugverkehr ist anscheinend eingestellt worden, Google Translate sagt: »Operationssuspension – wegen des Einflusses des Taifuns Nr. 10 habe ich das Fahren den ganzen Tag verschoben.«

Vielleicht kann ich irgendetwas daraus lernen, dass ich zur Abwechslung mal durch äußere Umstände daran gehindert werde, rauszugehen. Vielleicht kann ich meditieren. Das hier ist meine Schweigezelle, das ist besser als jedes Kloster. Vielleicht ist das aber auch einfach nur wie die Schachnovelle, bloß ohne Schach. Dr. B. wurde in seiner Isolationszelle allmählich wahnsinnig, und wie soll es mir erst ergehen, wenn ich länger hier festsitze? Ich kann nämlich kein Schach.

Über dem Meer, ein kleines Stück südlich der Küste, lauert der Taifun. Das, was draußen durch die Gassen heult, was die Wassertropfen durch mein undichtes Fenster drückt, ist nur sein äußerster Saum. Das Schlimmste kommt erst noch.

Ich lese ein bisschen in Sylvia Plaths Tagebüchern und starre die Wand an. Als ich im Alter von elf Jahren zum ersten Mal gehört habe, dass Sylvia Plath ihren Kopf in den Backofen gesteckt hat, dachte ich: Wow. Was für eine krasse Art, sich umzubringen. Das ist sicherlich total schmerzhaft und dauert ewig, bis man gar ist! Ich wusste damals noch nicht, dass es ein Gasherd war.

Ich finde es bemerkenswert, dass früher alle Menschen eine Vorrichtung zu Hause hatten, mit der sie sich auf einfache Weise umbringen konnten, und dass es trotzdem so wenige gemacht haben. Und dabei hatten die Leute früher ja noch viel mehr Anlässe, sich umzubringen.

Sylvia Plath hat in ihrem Tagebuch geschrieben, man soll nach Zielen streben, die einem zu hoch erscheinen. »Try always, as long as you have breath in your body, to take the hard way, the Spartan way – and work, work, work to build yourself into a rich, continually evolving entity!«, hat sie geschrieben, und dann hat sie ihren Kopf in den Backofen gesteckt. Dass sich das nicht komisch angefühlt hat für sie. Den Kopf in den Backofen zu stecken ist so ziemlich das Gegenteil von ewiger Weiterentwicklung und hohen Zielen, es sei denn, man hatte das Ziel, der beste gebratene Kopf der Welt zu werden.

Jetzt hätte ich ja eigentlich ganz viel Zeit zum Schreiben, aber ich habe das Gefühl, dass es besser wäre, wenn ich erst noch ein bisschen lesen würde. Das ist etwas, was ich schon häufiger an mir beobachtet habe: Die irrationale Überzeugung, dass mein zukünftiges Ich auf magische Weise besser in der Lage sein könnte, eine Aufgabe zu lösen, als die Person, die ich jetzt bin. Wo soll das denn plötzlich herkommen? Ich weiß es selbst nicht so genau. Trotzdem falle ich immer wieder darauf herein, wenn die kleine Stimme in mir sagt: »Morgen wird dir das leichter fallen« und: »Du willst doch, dass es richtig gut wird?« Ich weiß doch eigentlich, dass Zukunfts-Vera es auch nicht draufhat.

Der Taifun hängt immer noch über dem Meer. Ich habe einen Screenshot gemacht, als ich das letzte Mal nachgesehen habe, ich vergleiche die Positionen und sehe keinen Unterschied. Da kann sich jemand nicht aufraffen. Ich kann mir vorstellen, dass auch Taifune prokrastinieren, »ich wollte doch eigentlich Zerstörung über Japan bringen; na ja, mach ich morgen«. Und morgen wird er denken: »Jetzt haben alle so lange auf mich gewartet, jetzt muss ich auch besonders furchteinflößend sein«, und übermorgen: »Ich bin sicher, alle reden schlecht über mich und sagen, dass ich eine einzige Enttäuschung bin«, und dann wird der Taifun aufgeben und in sich zusammensinken, »jetzt ist eh alles egal«, wird er denken.

*

Als es hell wird, ist der Sturm vorbei, die Sandsäcke werden weggetragen und die ersten Züge fahren wieder. Leider gilt das vorerst nur für ganz bestimmte Züge, den berühmten Tempel werde ich wohl heute nicht mehr sehen. Ich kann entweder den Tag in dem kleinen Küstenort verbringen und morgen weiterreisen, oder ich fahre zurück in die Hauptstadt, verbringe die Nacht dort und mache mich morgen oder übermorgen erneut auf den Weg. Nach einem prüfenden Blick über das verschlafene Örtchen entscheide ich mich für die Hauptstadt.

Ich hätte mich eigentlich gerne mit einem Japaner getroffen, wenn ich schon mal in Japan bin, aber alle Leute, die hier auf OkCupid angemeldet sind, sind entweder Europäer oder Prostituierte.

Er sagt, er liebt Norddeutschland. Er liebt Norddeutschland wirklich!

»Schön«, sage ich, und damit ist das Thema für mich erledigt. Für ihn nicht.

»Einmal habe ich einen Ausflug nach *Hamburg* gemacht und dann bin ich durch die *Speicherstadt* gelaufen und hab auf der *Reeperbahn* die *Deerns* angeguckt, nech«, sagt er, und mir fällt auf, dass er immer, wenn er etwas sagt, was er für besonders typisch norddeutsch hält, einen erwartungsvollen, fast schon lauernden Ausdruck hat und eine etwas zu lange Pause macht, als würde er warten, ob ich anbeiße. »Es war ordentliches *Schietwetter*, aber es gibt kein falsches Wetter, es gibt nur falsche Kleidung, so sagt man doch an der *Waterkant*, nech? Einfach einen schönen Tee mit *Kluntje* trinken.«

Wow. Entweder er liebt Norddeutschland wirklich verdammt doll, oder er denkt, dass er mich damit irgendwie für sich einnehmen könnte. Mich interessiert das alles gar nicht. So gut wie jeder kann jederzeit nach Norddeutschland fahren, dazu bedarf es keiner besonderen Fähigkeiten. Es reicht, einmal Geld in einen Fahrkartenautomaten zu werfen oder einen Button in einer App zu drücken oder ein bisschen zu spät von der Autobahn abzufahren und zack, ist man in Norddeutschland. Wahrscheinlich benötigt man eher ein besonderes Talent, um Norddeutschland zu vermeiden.

Ich hasse Lokalkolorit. Leute tun immer so, als wäre es irgendwie relevant, wo etwas passiert, aber es ist egal. Es interessiert mich keinen Meter, wo jemand seine blöde Currywurst gegessen hat und mit welcher Straßenbahn er dann wohin gefahren ist. Die meisten Geschichten, die Leute in meinem Alter sich bei belanglosen Begegnungen wie dieser erzählen, könnten überall spielen, es ist vollkommen egal, in welcher deutschen Großstadt man gerade vor sich hinschimmelt. Ein Zimmer mit Möbeln von einem großen Einrichtungshaus, ein Coffee to go von einem Franchiseladen, ein Großraumbüro, nach Feierabend eine Verabredung auf ein Bier in einer verrauchten Kneipe oder einen Wein in einem kleinen Programmkino, ein One-Night-Stand auf einer Matratze auf dem Fußboden; dieselben Ängste, dieselben Wünsche und trotzdem der Drang, irgendwie einzigartig zu sein. Vielleicht haben letztlich alle die Befürchtung, dass das, was sie erleben, nicht besonders genug ist, und schmücken ihre Erzählungen deswegen mit all diesen überflüssigen Informationen.

Wir gehen zusammen noch einmal in das Aquarium. Da wollte ich sowieso noch mal hin, und dann ist es auch nicht so schwierig, zu entscheiden, worüber wir reden wollen.

»Das hier ist Ludwigia repens«, sage ich. »Das ist Alternanthera reineckii. Das ist Rotala rotundifolia.«

»Du musst mir jetzt nicht jeden einzelnen Fisch hier aufzählen«, sagt er.

»Das sind keine Fische, das sind Pflanzen«, sage ich und denke: Rate mal, wer heute keinen Sex haben wird.

Er legt mir die Hand auf den Rücken, was von dem älteren japanischen Paar neben uns mit irritierten Blicken quittiert wird, und schiebt mich durch die Gegend, aber er weiß gar nicht, wo ich hinwill. Manchmal bin ich das alles so leid. Irgendwie ist es immer dasselbe.

Wenn man wie ich ungern das Haus verlässt, sich immer vergeblich gewünscht hat, dass der eigene Vater einen endlich mal sehen und verstehen würde, und Männer in Anzügen attraktiv findet, landet man unweigerlich beim Online-Dating mit einer bestimmten Alters- und Zielgruppe. Das sind Männer in der zweiten Lebenshälfte, die so tun, als wären sie ungefähr zehn Jahre jünger, als sie eigentlich sind, und als würden sie ständig Sachen machen, die sie in Wirklichkeit noch kein einziges Mal in ihrem Leben gemacht haben.

Sie wollen zum ersten Date meist in eine bestimmte angesagte Bar, weil sie da angeblich häufig rumhängen, aber komischerweise wissen sie nicht, dass man seine Getränke dort am Tresen bezahlen muss und wo die Toiletten sind. Irgendwo im Internet muss es ein Selbsthilfeforum für Männer in der zweiten Lebenshälfte geben, in dem steht, in welche Bars man die jungen Dinger ausführen soll, weil die das angeblich toll finden. Wir trinken eine Cola light und ein alkoholfreies Bier, der Mann stellt mir Fragen nach Wohnort, Alter und Beruf, deren Antworten er sich mühelos selbst geben könnte, wenn er auch nur ein einziges Mal meinen Namen gegoogelt hätte, und ich denke, wie kann man denn bitte so schlecht vorbereitet auf ein Date gehen. Währenddessen versuche ich, auf Basis einer äußerlichen Examination das wahre Alter des Mannes herauszufinden. Man kann schließlich nicht einfach so beim ersten Date seine Hand absägen und die Jahresringe zählen.

Zum Ende eines solchen Dates folgen unbeholfene Witze und ebensolche Berührungen an Knie und Schulter. Anschließend pilgert man gemeinsam zurück zur Bahnstation, bei Regen gemeinsam unterm selben Regenschirm (eingehakt). Das zweite Date findet im Kino statt, aus irgendeinem Grund wollen diese Männer immer in irgendein ranziges kleines Programmkino, ich nehme an, das wird in derselben Online-Selbsthilfegruppe empfohlen. Dort grabbelt man gemeinsam in einer Popcorntüte, lässt irgendeinen langweiligen französischen Film in der Originalversion ohne Untertitel an sich vorbeiziehen und wartet auf den ersten Kuss. Anschließend wird in der vorbildlich aufgeräumten Altbauwohnung das Gemächt ausgepackt und der Mann sagt verschämt: »Huch, ich hab nicht damit gerechnet, dass wir heute schon hier landen, deswegen herrscht hier das totale Chaos!« und zeigt dabei auf das Bügelbrett, das verloren im ansonsten völlig steril wirkenden Raum steht. Das dritte Date verbringt man im Tierpark, um dort lange Gespräche zu führen und festzustellen, dass man nicht zusammengehört. Nie wird einem drastischer vor Augen geführt, worauf es im Leben eigentlich ankommt, als wenn man vor einem Gehege voller kopulierender Paviane sitzt, während plärrende Kinder in ihren Buggies vorbeigefahren werden. Die Frau an der Kasse bei meinem Lieblingstierpark kennt mich bald recht gut und wirft mir verschwörerische Blicke zu, wann immer ich mit einem dritten Date dort auftauche; nur ein einziges Mal bemerkte ich, dass sie nicht mich, sondern den Mann an meiner Seite mit diesem wissenden Blick bedachte. Da wusste ich, dass ich an einen Profi geraten war.

Nach dem dritten Date wissen beide, dass sie sich keine besondere Mühe mehr geben müssen. Das vierte bis zehnte Date verbringt man damit, im Bett Weißwein zu trinken, während im Hintergrund eine sechsteilige Doku über den Yosemite Nationalpark läuft. Beim zehnten Date endet die Affäre, weil es eben leider nur eine sechsteilige Doku über den Yosemite Nationalpark ist. Wahrscheinlich existiert ein Crowdfunding-Projekt, wo Männer zusammenlegen, um weitere Teile dieser beliebten Doku-Reihe drehen zu lassen. Dann geht alles wieder von vorne los. Und wieder. Und wieder. Dating ist harte Arbeit.

»Kommst du noch mit zu mir?«, fragt der Mann.

Und ich überlege, aber ich kann mir alles bis ins kleinste Detail vorstellen. Das ist, als würde man einen alten Film angucken, den man längst auswendig kann.

»Nein«, sage ich.

*

In meinem Reiseführer steht, dass man sich für einen Tag einen echten japanischen Kimono mieten und damit zum Tempel gehen kann. Es gibt dort einen dunklen unterirdischen Gang, durch den man sich hindurchtasten muss, und dann berührt man einen magischen Stein und wünscht sich etwas, und dann geht der Wunsch in Erfüllung. Das klingt super, finde ich.

»Is it cultural appropriation if I wear a Kimono?«, frage ich eine japanische Dame im Kimono-Verleih.

»Is it what?«, fragt sie lächelnd.

»Cultural appropriation. Something frowned upon. A bit disrespectful.«

Sie lächelt durch mich hindurch. »Oh, it is good to wear Kimono. Brings good luck for you, brings money for japanese business. Very good.«

»Arigato«, sage ich.

Als ich das Geschäft wieder verlasse, merke ich: Einen Kimono zu tragen ist vielleicht nicht zwangsläufig cultural appropriation. Es ist trotzdem sehr, sehr dumm. Ich hatte mal ein Date mit einem Mann, der hat ein Stück Kabeljau in Pergamentpapier eingewickelt und es dann in den Backofen geschoben. Dadurch, dass sich die Hitze und die Feuchtigkeit in der Pergamenthülle stauten, wurde das

Fischfilet sehr zart gegart. Und jetzt weiß ich auch, wie sich dieses Fischfilet damals gefühlt haben muss. Ich muss an Sylvia Plath denken und ob sie auch mal ein Fischfilet in den Backofen geschoben hat oder nur ihren Kopf. Ich würde es interessant finden, ein Themenrestaurant zu eröffnen, in dem die einzelnen Gerichte nach den Todesarten von bekannten Persönlichkeiten benannt sind. Also ein Ofengericht hieße dort Sylvia Plath, ein Magerquark Kurt Gödel, Soleier würden als Benjamin Guggenheim oder John Jacob Astor auf der Speisekarte stehen und eine frisch flambierte Crème Brûlée wäre unter dem Namen Jeanne d'Arc erhältlich. Aber ich könnte mir vorstellen, dass das kein besonders beliebtes Restaurant wäre.

In meinem Reiseführer steht auch, die Tour zum Tempel sei ein echter Geheimtipp. Anscheinend haben alle Menschen um mich herum den gleichen Reiseführer gelesen. Es ist kein Geheimtipp mehr, so viel ist sicher. Auf der schmalen Straße nach oben herrscht Chaos, eigentlich muss man hier auf der linken Seite gehen, aber zu viele westliche Touristen bringen Unordnung hinein und resignierte Japaner schlängeln sich durch die Lücken. In den Häusern links und rechts wird allerlei Plunder angeboten, Kimonos, Schuhe, Haarnadeln, bedruckte T-Shirts, kleine Statuen, Kerzen, Süßigkeiten, Pins, Magnete, Essstäbchen und eingelegte Gurken am Stiel. Verkäuferinnen halten Prospekte und Kostproben in die Höhe und schreien über den Lärm hinweg ihre Angebote in die Welt hinaus. Junge Frauen in Kimonos lassen sich lächelnd in Hauseingängen fotografieren. Google Maps sagt, ich muss noch 12 Minuten weiter bergauf laufen.

Zwölf Minuten später bin ich nicht so weit vorangekommen, wie Google Maps mir zugetraut hatte, und ich habe das Gefühl, dass ich allmählich einen Sonnenstich bekomme. Ich kaufe mir an einem Automaten eine Dose Eiskaffee und gehe in eine schattige Seitengasse. Hier kann man für 300 Yen kleine Gottheiten aus Plastik aus einem Automaten ziehen. Nach einem Blick auf die detailreichen Abbildungen entscheide ich mich allerdings gegen den Kauf; diese Götter sehen aus, als hätten sie die Kontrolle über ihr Leben verloren, ich kann mir nicht vorstellen, dass sie mir mit meinem Leben helfen können. Mit dem Rücken zu einer Hauswand lasse ich mich auf den Boden sinken und schließe für einen Moment die Augen. Mir ist schwindelig. Ich kann allmählich verstehen, warum spirituelle Orte so häufig auf Bergen sind. Natürlich hat man hinterher das Gefühl, es geht einem besser, aber das ist mit großer Wahrscheinlichkeit einfach nur der Körper, der erleichtert ist, dass er überlebt hat.

»Are you okay?«, fragt eine Stimme schräg über mir. »Was? Nein. Doch!«, stammele ich, ohne nachzudenken. Ein Mann, vielleicht ein paar Jahre jünger als ich, schaut besorgt auf mich hinab. »Tut mir leid, ich wollte dich nicht erschrecken. Brauchst du Hilfe oder was zu trinken?«

Ich ziehe den Eiskaffee aus meinem Beutel und halte ihn hoch.

»Alles gut, ich muss nur einen Moment klarkommen, Kreislaufprobleme.«

Er nickt und setzt sich neben mich.

»Hast du vielleicht Bock auf eine Gurke am Stiel?«, fragt er. »Ich hab aus Versehen zwei gekauft. Die Gurkenomi hat irgendwas gesagt, und ich habe genickt, und jetzt habe ich zwei. Die eine schmeckt nach Chili und die andere … die andere schmeckt nach Glibber.«

Aus Höflichkeit nehme ich die Glibbergurke an und betrachte sie voller Bitterkeit. »Ich hatte mir das alles anders vorgestellt«, sage ich.

»Wie denn?«

»Ich dachte, ich wäre hier alleine. Und könnte was über mich selber lernen.«

Er lacht. »Du hast so was wie eine spirituelle Erfahrung gesucht? Das ist lustig.«

»Geht so.«

»Ich dachte, jeder weiß, dass das hier eine Mischung aus Oktoberfest und Dom ist. Viele gehen hoch, um Fotos für Instagram zu machen. Ich auch!«

Er zeigt mir seine Fotos, er steht lächelnd vor dem Tempel, sitzt verträumt im Lotussitz auf einer Bank und blinzelt durch eine Astgabel.

»Du hast gar kein Stativ und keinen Fernauslöser dabei, kann das sein?«, fragt er besorgt.

»Nein.«

»Ich kann das kleine Stück noch mal mit dir hochgehen und dich fotografieren?«

Verwirrt beiße ich in die Gurke, die überraschend erfrischend schmeckt.

»Okay?!«, sage ich, nachdem ich demonstrativ gekaut und den Gurkenbrei heruntergeschluckt habe.

Zwei Dinge habe ich jetzt schon über mich selbst gelernt: Ich kann immer noch nicht nein sagen, und ich bin wider Erwarten großer Fan von eingelegter Gurke am Stiel.

Oben am Tempel lese ich die englischen Erklärungen auf einem laminierten Zettel. Man muss seine Schuhe ausziehen, und der Eintritt kostet 100 Yen. Aus meiner Sicht ist das ein absolut konkurrenzfähiger Preis für eine Wiedergeburt. Meine instagramaffine Bekanntschaft Jannis wartet draußen auf mich und passt auf meine Schuhe und meinen Hut auf, er war eben schon am Wunschstein, sagt er, und er befürchtet, zu gierig zu erscheinen, wenn er jetzt noch einen Wunsch äußert. Nach wenigen Schritten umschließt mich die Dunkelheit. Ich spüre nur noch den von vielen Füßen glattgeschmirgelten Boden unter meinen Sohlen und das Geländer aus dicken Holzperlen in meiner Hand. Das Geländer ist meine einzige Orientierung. Wenn ich es loslasse, dann gehe ich hier unten verloren; ich stelle mir vor, dass es sehr leicht wäre, hier verloren zu gehen, einfach loszulassen und mit der Schwärze zu verschmelzen, niemand würde einen suchen. Wie einfach wäre das. Hinter mir kichern und trampeln einige Jugendliche, sie kommen näher und die Vorderste stößt mich an. Und dann taucht er plötzlich vor mir auf, der heilige Stein. Er ist ganz hell erleuchtet, es sieht aus, als wäre er hier hineingephotoshoppt worden, und ich denke an meinen Wunsch, ich will dieses Buch schreiben, ich will es schaffen, und vergesse fast, den Stein zu berühren, von hinten schieben die anderen Besucher und ich strecke schnell meine rechte Hand aus und tippe vorsichtig den Stein an, bevor ich weitergehe.

Draußen kommt mir alles viel heller und klarer vor, das liegt natürlich daran, dass meine Pupillen sich an die Dunkelheit gewöhnt haben, aber trotzdem, ich mag das Gefühl. Andere Leute wünschen sich vielleicht Sachen wie: Ich möchte von meiner Krankheit geheilt werden, oder: Anastasia aus meiner Improgruppe soll mich endlich beachten. Ich habe mir etwas gewünscht, auf das ich selber Einfluss habe, und das ist ja eigentlich super, denn es bedeutet, dass ich mir das selber geben kann und auf keine höhere Macht angewiesen bin. Andererseits bedeutet es auch, ich hätte im Tal bleiben und schreiben können, anstatt in einem geliehenen Kimono diesen Berg heraufzuschwitzen. Egal, ich finde es irgendwie gut, dass ich das gemacht habe, denn sonst hätte ich mich bestimmt gefragt, wie es wohl gewesen wäre.

Ich kaufe mir noch eine eingelegte Gurke und genieße den Ausblick und das sich einstellende Hochgefühl. Es ist erst 13:30 Uhr und ich habe mir schon meine erste spirituelle Erfahrung gekauft! Jannis macht ein Foto von mir, wie ich versonnen an meiner Gurke knabbernd in die Ferne schaue. Wir tauschen Handynummern aus, damit er es mir schicken kann, und laufen zusammen wieder nach unten.

Jannis hat gesagt, ich soll unbedingt noch in eine weitere Stadt fahren und mir dort einen bestimmten Shinto-Schrein angucken. Ich weiß gar nicht, warum. Gibt es nicht auch hier in der Gegend Shinto-Schreine? Warum sollten die Schreine in einer anderen Stadt besser sein? Mir ist die meiste Zeit völlig egal, wo ich mich befinde. Wenn ich in meinem Kopf zurückspule und mir Erinnerungen anschaue, sehe ich kleine Details, wie die abgepulten Stellen der Raufasertapete neben meinem Bett oder einen bestimmten Teppichboden, aber ich sehe nicht, in welcher Stadt sich bestimmte Ereignisse abgespielt haben. Es spielt keine Rolle. Meine Erinnerungen haben kein Lokalkolorit, und das liegt vielleicht daran, dass es keinen Unterschied macht, in welcher Stadt man apathisch im Bett liegt, oder vielleicht auch daran, dass ich mich draußen manchmal fühle, als würde ich mich unter einer Glasglocke bewegen, die mich vom Rest der Menschheit trennt. Die »Atmosphäre« einer Stadt oder die »Mentalität« der Menschen, die da wohnen, all diese kleinen Details, von denen Leute schwärmen, scheinen nicht wirklich zu mir durchzudringen.

Ich finde es überall gleich schwer, aus der Wohnung zu gehen. Der Unterschied zwischen Städten ist, dass die Miete unterschiedlich teuer ist.

*

In der U-Bahn-Station hängt ein riesiges Foto der Brücke, die zum Schrein führt. Wenn man den Namen des Schreins googelt, sieht man viele tausend Male die gleichen Aufnahmen der Brücke. Schon von Weitem sehe ich die Touristen, die sich bemühen, genau das Foto, was es schon unzählige Male gibt, für ihren eigenen Instagram-Account nachzustellen.

Man darf hier nichts essen oder trinken, keine Onlinespiele spielen, keine Drohnen fliegen lassen, nicht herumrennen und nichts oder niemanden füttern, verraten Piktogramme. Ich wüsste nicht, wen ich hier füttern sollte, deswegen fühle ich mich durch dieses Verbot nicht eingeschränkt. Nicht trinken zu dürfen, finde ich allerdings schon hart von den Göttern. Zum Glück stehen hier überall Bäume, in diesem Punkt sind die Shintoisten den Buddhisten wirklich einen Schritt voraus, denke ich, die sorgen wenigstens für Schatten.

Die große Brücke wird von etlichen Amateur-Fotoshootings in Anspruch genommen, deswegen laufe ich ein Stück an dem künstlichen Fluss entlang bis zur nächsten Brücke. Hier ist es schattig und menschenleer. Ein schiefer Baum wird von allen möglichen Pflanzen überwuchert, und wenn ich mir das so anschaue, finde ich es wieder einmal seltsam, dass Takashi Amano der Erste war, der auf die Idee kam, Pflanzen auf Wurzelholz aufzubinden, das liegt doch auf der Hand, wenn man sich mal umguckt.

Ich setze mich auf den Rand der Brücke und lasse den Blick schweifen. Auf einmal gluckst es und ein Köpfchen erscheint aus dem Wasser. Dann noch eines und noch eines. Viele Wasserschildkröten schauen erwartungsvoll zu mir auf. Manche sind schon größer, andere sind noch kleine Babys. Sie recken ihre Köpfe und reißen ihre kleinen Mäuler auf und nicken auffordernd, und jetzt verstehe ich auch das »Nicht füttern«-Piktogramm. Ich habe leider nichts dabei, ich habe ihnen nichts zu bieten, aber ich bleibe noch eine ganze Weile sitzen und schaue ihnen zu. Wasserschildkröten sind ziemlich forsche Tiere, aber das ist nicht weiter verwunderlich; es gehört schon einiges dazu, eine Lunge und Arme und Beine zu besitzen und trotzdem zu sagen: egal. Wir leben jetzt im Wasser!

Der Kies knirscht unter meinen Sandalen, und ich laufe ziellos auf dem Gelände herum und weiß nicht, an welcher Stelle man welche Rituale ausführen soll und was es dabei zu beachten gilt. Ich will nicht das shintoistische Pendant zu einer Person sein, die eine Kirche betritt und erst mal geräuschvoll einen großen Becher Weihwasser trinkt. Alle kennen sich besser aus als ich. Ich sehe nirgends eine Anleitung, aber ich weiß auch nicht, was ich erwartet habe, »die große Shintoismus-Rallye, verbinde die Punkte und beantworte die Fragen und du wirst erleuchtet«.

Hier gibt es heiliges Wasser, ich beobachte den Mann vor mir und tupfe dann selbst ein bisschen von dem Wasser auf meine Haut. An einem der Tore finde ich doch noch eine Broschüre mit Piktogrammen. Zweimal verbeugen, irgendeine Sache machen, die ich nicht deuten kann, am Ende noch einmal verbeugen. Etwas verwirrt laufe ich weiter über das Gelände und stoße schließlich auf ein laminiertes Pappschild. Endlich, das ist es, wonach ich mich die ganze Zeit gesehnt habe: Eine Schritt-für-Schritt-Anleitung. Sie erklärt auf Englisch, was ein Omikuji ist und wie ich eines kaufen und verwenden kann. Bei einem Omikuji handelt es sich anscheinend um ein kleines Orakel, das mir Aufschluss über meine Zukunft geben soll. Ich muss 200 Yen in eine Box werfen und ein Holzstäbchen aus einem Zylinder ziehen. Leider sind die Holzstäbchen mit japanischen Zahlen beschriftet. Auf meinem Stäbchen sind ein Plus und eine Bushaltestelle abgebildet, laut Google entspricht das der Zahl 14. Nun muss ich einen Zettel aus Fach Nummer 14 ziehen. Es gibt ein extra Schränkchen mit englischen Zetteln.

»Unlucky« steht auf meinem Orakelzettel. »Please think everything positively. If not, you will get sick.« Na, schönen Dank auch. »The more positively you think, the happier you can be. Key to happiness: Smile.« Das ist sicher richtig, aber nicht wirklich das, was ich hören will. Einen guten Ratschlag hat das Orakel für mich parat: »You could be more independent of others.« Das amüsiert mich sehr, denn was ist das bitte für ein Orakel, das mir am Ende sagt, ich soll weniger auf die Meinung anderer Leute geben?

Man kann die Zettel entweder mit nach Hause nehmen oder in einer der »designated areas« anknoten, steht auf der laminierten Anleitung. Es steht nicht dabei, ob das einen Unterschied macht, aber ich knote meinen Zettel trotzdem an eines der dicken Seile, an denen schon Hunderte von dünnen Papieren hängen und leise rascheln.

Daneben hängen viele kleine Holzplättchen, auf die Menschen ihre Wünsche geschrieben haben, und klappern im Wind. »We want Warwick's foot to get better«, steht auf einem. Ein anderes Holzplättchen trägt die Aufschrift: »I want to be black«, dieser nicht sehr realistische Wunsch lässt mich kurz stutzen, »panther« steht noch darunter, okay, das lässt sich wahrscheinlich eher einrichten. So ein Holzplättchen auszufüllen kostet ungefähr acht Euro, und man muss dafür lange anstehen und mit den Verkäuferinnen reden. Ich glaube, der Zettel reicht.

*

»Wie war's? Bist du jetzt erleuchtet?«, fragt Pony.

»Mir geht's tatsächlich besser! Aber ich weiß gar nicht, ob es so sehr darum geht, was genau ich gemacht habe, sondern eher, *dass* ich was gemacht habe. Vielleicht kann ich darüber schreiben. ›Sachen machen und endlich wieder lachen‹ oder so ähnlich.«

»Also einfach mal rausgehen und was unternehmen? Das ist dein Rat?«

»Schon irgendwie.«

»Was hättest du gemacht, wenn ich dir diesen Rat vor zwei Jahren gegeben hätte?«

Ich rolle mit den Augen. »Dir aufs Maul gehauen.«

Ich habe geduscht und einen frischen Schlüpfer angezogen, sitze am Schreibtisch und schreibe eine Seite nach der anderen. Das könnte endlich was werden, das spüre ich. Das ist ein neuer Ansatz. Ich habe so viele Eindrücke gesammelt auf der Reise. Das *muss* gut für meine Psyche gewesen sein. »Navigieren Sie sich aus der Depression heraus. Ein Reiseführer für jedermann«, schreibe ich. Alternativ könnte ich mir auch noch den Titel vorstellen: »Depressionen davonreisen – entdecken Sie die Route zu innerer Zufriedenheit«. Endlich passiert wieder etwas, endlich komme ich voran. Ich schreibe 17 Seiten. 17 Seiten, das ist doch der Hammer! Wenn ich jeden Tag so viele Seiten schaffe, dann bin ich ja bis Ende des Monats fertig mit der Sache. Ich schicke alles an Florian.

*

Die Freude hat nicht lange angehalten, ich fühle mich furchtbar. Ich habe allmählich den Eindruck, immer wenn ich ein bisschen was geschafft habe, gibt es danach einen Rückschlag. Und ich weiß nicht, wie das zusammenhängt; ob ich dann wirklich so angestrengt bin, dass ich nicht mehr kann, oder ob ich mir nur einbilde, dass es mir nicht gut gehen darf.

In der Grundschule habe ich einmal in einem Schultheaterstück mitgespielt und glaube, dass ich das gar nicht schlecht gemacht habe. Ich spielte einen Lehrer, es war die größte Sprechrolle im Stück, und ich sagte meinen Text fehlerfrei und bekam hinterher viel Lob von den anwesenden Lehrern und den Eltern der anderen Schüler. Mir wurde richtig warm im Bauch. Das hatte ich ganz alleine geschafft; Abend für Abend war ich immer wieder den Text durchgegangen und hatte jedes Mal, wenn ich einen Fehler machte, wieder von vorne angefangen. Und es hatte sich gelohnt. Aber dann saßen wir im Auto und meine Mutter sagte: »Rate mal, wen ich am besten fand!«, und ich wusste gleich, dass jetzt nicht Gutes passieren würde. Trotzdem musste ich fragen »Wen denn?« und meiner Stimme dabei einen interessierten, unbekümmerten Klang geben, denn wenn ich nicht gefragt hätte, wäre sie wütend geworden, so viel war sicher. Wie ich befürchtet hatte, begann sie sofort mit einem ausschweifenden Vortrag darüber, dass Laura es viel besser gemacht hatte als ich und dass Kathrin zwar nicht ganz so überragend wie Laura, aber immer noch deutlich besser gewesen war als ich, und Henning hatte seine Rolle auch ziemlich gut gespielt, auf jeden Fall besser als ich. Wie sich nach und nach herausstellte, hatte jedes einzelne Kind, das an der Aufführung teilgenommen hatte, seine Sache besser gemacht als ich. Sogar Claudia, dabei hatte die einen Baum gespielt. Meine Mutter hatte sich für mich geschämt, sagte sie. Wie ich allein schon da stand, wie ich die Worte betonte, wie übertrieben kokett ich den Kopf drehte, wenn ich eines der anderen Kinder ansprach, und wie ich beim Schlussapplaus mit offenem Mund gelacht und übermütig ins Publikum gewinkt hatte, all das missfiel ihr zutiefst, und sie breitete ihr Unbehagen in aller Ausführlichkeit vor mir aus. Auch als wir zu Hause angekommen waren, hörte sie nicht auf, und ich stand unbehaglich im Flur und wusste nicht, wie ich mich verhalten sollte – ob es akzeptabel gewesen wäre, nebenbei den Geschirrspüler auszuräumen, oder ob ich mich hinsetzen und das Ende ihrer Ausführungen abwarten musste. Aber in mein Zimmer durfte ich nicht gehen, nicht, bevor sie mit mir fertig war, das spürte ich.

Später, vor dem Schlafengehen, weinte ich, aber nur ganz leise. Und ich dachte, dass es besser wäre, sich keinen Stolz zu erlauben und sich nicht zu sehr zu freuen, wenn man etwas erreicht hat, dann ist es nicht so schlimm, wenn einem das wieder weggenommen wird.

Das Telefon klingelt. Es ist Florian. Jetzt wird er mich loben und sagen, wie sehr es ihn freut, dass es endlich vorangeht, und das wird mich aufheitern.

»Vera, du sollst aber keinen verdammten Reiseführer schreiben, das ist dir klar, ja?!«, sagt Florian. Ich schweige. Es ist nicht gut, dass Florian meine Idee zurückgewiesen hat. Jetzt habe ich überhaupt keine Lust, das Buch für ihn fertig zu schreiben. Das Problem ist nämlich, ich kann so was nur für andere machen, nicht für mich selber. Ich war früher in der Schule auch nur gut in einem Fach, wenn ich den Lehrer mochte. In Englisch war ich schlecht und in Biologie gut, dabei fand ich Biologie gar nicht unbedingt interessanter als Englisch, es war mir beides egal, ich war nur heimlich in den Biologielehrer verliebt, und ich dachte immer, dass der sich bestimmt freut, wenn ich gut bin. Ich habe damals gelernt wie eine Verrückte und manchmal, wenn er uns die Klausuren zurückgab, glaubte ich, ein geheimnisvolles Lächeln seine Lippen umspielen zu sehen.

Ich wusste, dass er verheiratet war und Kinder hatte, aber das machte mir nichts aus, ich war bereit zu teilen. Mein einziges Problem mit der Situation war, dass er sehr viel rauchte und ich befürchtete, sein vorzeitiges Ableben könnte unserem Glück ein Ende bereiten. Ich steigerte mich so sehr in die antizipierte Trauer über sein frühes Ende hinein, dass ich mich manchmal abends in den Schlaf weinte.

Vor einiger Zeit habe ich ihn auf dem Weihnachtsbasar meiner Schule wiedergesehen und war überrascht, dass er immer noch lebte. Völlig umsonst hatte ich mir jahrelang so viele Sorgen um ihn gemacht! Das war empörend. Es ging wohl nicht mit rechten Dingen zu, wie konnte jemand so viele Zigaretten rauchen und immer noch leben? Wir unterhielten uns kurz, und ich wusste nicht, was ich ihn fragen sollte. In meinem Leben hatte sich in der Zwischenzeit viel verändert, in seinem offensichtlich nichts von Bedeutung, sonst wäre er ja nicht da gewesen, sondern hätte irgendwo eine Surfschule aufgemacht oder einen veganen Pancakeladen. Es war ganz merkwürdig, der Hauch des Abenteuers, der ihn immer umweht hatte, war fort. Er war jetzt einfach nur ein Lehrer, der seit Jahrzehnten an derselben Schule arbeitete und stark nach Rauch roch.

*

Das Telefon klingelt, und ich gehe nicht ran, weil ich fast nie rangehe, wenn eine unbekannte Nummer anruft. Ich warte einfach ab, und meistens versuchen die Leute es nur zwei bis drei Mal und schicken dann eine SMS oder eine Mail mit ihrem Anliegen, oder sie hören einfach auf, sich zu melden, und ich gehe davon aus, dass es sich erledigt hat.

Aber diese unbekannte Nummer hört nicht auf, mich anzurufen. Mein Handy ist auf lautlos, und ich sehe aus dem Augenwinkel, wie der Bildschirm aufleuchtet, wieder und wieder. Es leuchtet, während ich mir einen Kaffee mache, es leuchtet, als ich mich ins Badezimmer quäle, um zu duschen, es leuchtet, als ich mich anziehe, und schließlich gehe ich dran. Einen kurzen Moment ist es still in der Leitung, eine Sekunde lang hoffe ich, dass jemand sich verwählt hat und seinen Irrtum nun bemerkt, dann höre ich die Person am anderen Ende resigniert schnaufen.

»Vera, endlich!«

Es dauert einen Augenblick, bis ich die Stimme einordnen kann und wieder in der Gegenwart angekommen bin.

»Was ist?«, frage ich.

»Sie liegt im Krankenhaus, du musst herkommen!«

Zuerst denke ich an Sara, weil ich immer zuerst an Sara

denke, wenn jemand ein Krankenhaus erwähnt, auch wenn das keinen Sinn ergibt. Dann begreife ich, dass es dieses Mal um meine Mutter geht.

»Warum musst du da hin?«, fragt Pony, als ich ihr von dem Anruf erzähle. »Weil man das so macht?«

Ich weiß nicht, ob ich irgendwas muss, aber ich habe es überhaupt nicht infrage gestellt, dass ich meine Mutter besuchen muss, und das sage ich Pony auch. Sie seufzt.

»Wie lange habt ihr nicht miteinander geredet?«

Wenn man nicht miteinander redet, vergeht die Zeit erst sehr langsam und dann plötzlich sehr schnell. In meinem Kopf sieht meine Mutter immer noch so aus wie damals, und sie sagt auch genau die gleichen Sachen. In meinem Kopf ist immer diese Stimme, die mir sagt, dass ich nicht genug bin, und sie klingt wie meine Mutter. Manchmal schaffe ich es, sie zu ignorieren. Manchmal denke ich, dass sie recht hat. Und manchmal will ich es ihr beweisen. In meinem Kopf sind all die schlimmen Sachen gespeichert, die meine Mutter jemals gesagt hat, und sie werden bei Bedarf abgespielt. Bei Bedarf, das bedeutet: Wenn ich mir mal wieder nicht ganz sicher bin, ob ich es mir wirklich herausnehmen darf, nicht mehr mit ihr zu reden. Das Problem ist, meine Mutter war nicht immer nur gemein zu mir. Manchmal hat sie sich auch Mühe gegeben. Sie hat mit mir gebastelt und mir Geschenke gemacht und mich umarmt. Interessanterweise sind das die Erinnerungen, die ich am schwersten aushalten kann. Genau diese Erinnerungen werden jetzt abgespielt, als es um die Frage geht, ob ich ihr einen Besuch schulde oder nicht.

In der Regionalbahn sitzen betrunkene Hausfrauen mit Plastik-Sektgläsern und singen ein Lied. Jedes Mal, wenn der Zug anfährt, kullert ein heruntergefallenes pinkfarbenes Sektglas auf dem Boden herum. Draußen ziehen Ortsnamen vorbei, die ich zu Recht vergessen hatte. Im Schaufenster des Fotografen am Bahnhof werden die braven Träume der Menschen ausgestellt: Männer legen im sanften Gegenlicht ihre Köpfe an Babybäuche, Paare halten sich an den Händen und springen in die Luft, Kinder halten Schultüten oder Geschwister auf dem Schoß, alle sind barfuß.

Mein Vater sitzt im Auto und raucht, er lässt sofort den Motor an, als ich einsteige. Wir fahren eine Weile schweigend über die Landstraße.

»Was macht die Arbeit?«, fragt er irgendwann.

»Gut«, sage ich. Ich habe keine Ahnung, was überhaupt sein Kenntnisstand ist und auf welchen Job er sich mit seiner Frage bezieht, aber es spielt auch keine Rolle.

»Was ist mit Oma?«, frage ich und halte die Luft an.

»Oma geht's okay, ein paar kleine Wehwehchen, aber das ist ja normal in dem Alter«, sagt mein Vater.

»Aber ich hab schon ewig nichts mehr von ihr gehört?«, frage ich.

Mein Vater runzelt die Stirn. »Deine Mutter ist immer noch ihre Tochter, was erwartest du.«

Natürlich. Es ist so einfach. Ich weiß nicht, wie ich das die ganze Zeit übersehen konnte. Man muss nicht krank oder tot sein, um sich nicht zu melden. Es reicht, wenn man einfach nicht möchte. Was genau meine Mutter ihr erzählt hat, weiß ich nicht, aber ich kann es mir ungefähr vorstellen. Wahrscheinlich bin ich die verrückte, undankbare Tochter, die ihre arme Mutter im Stich gelassen hat.

Es ist kein Wunder, dass meine Oma nichts mehr mit mir zu tun haben will.

Ich bin enttäuscht und erleichtert zugleich. Wenigstens habe ich dann nicht mehr Schrödingers Großmutter, denke ich, und: Jetzt habe ich gar keine Oma mehr, aber immerhin lebt sie noch.

Menschen haben das Recht, sich für eine Seite zu entscheiden. Meine Großmutter hat meine Mutter neun Monate lang in ihrem Körper getragen, sie hat sie umsorgt und geliebt. Ich kann verstehen, dass sie nicht sehen kann oder will, was für ein Mensch ihr Kind geworden ist. Trotzdem tut es weh.

Ich weiß noch, wie meine Oma und ich immer zusammen zum Markt gegangen sind und Gemüse gekauft haben, und wie ich auf der Fensterbank sitzen und mit den Beinen baumeln durfte, während sie die Karotten und Kartoffeln geschält und die Schale in einen kleinen Eimer geworfen hat. Wenn sie damit fertig war, hat sie mich aus dem Fenster gehoben und mir das Eimerchen in die Hand gedrückt, und ich bin dann zum Komposthaufen gelaufen und habe die Schalen weggeschmissen. Ich mochte es, mich hinterher wieder ans Küchenfenster zu stellen und die Arme auszustrecken und von ihr emporgehoben zu werden.

Erst als mein Vater blinkt und abbiegt, merke ich, dass wir nicht dort sind, wo ich dachte. Sie sind umgezogen. Es macht mich wütend, dass sie das all die Jahre nicht konnten, und jetzt, wo es egal ist, ziehen sie in dieses adrette Haus mit dem trockenen gepflasterten Hof. Ich stapfe zur Tür und zerre meinen Rollkoffer hinter mir her, es macht ein Mordsgeräusch auf den geriffelten Pflastersteinen, aber das ist mir egal.

Drinnen sitzen die Schwestern meiner Mutter mit neuen Männern, deren Gesichter und Namen mir nichts sagen. Niemand hat Lust, sich zu unterhalten, ich am wenigsten. Mein Vater wendet uns den Rücken zu und bereitet umständlich eine Kanne Tee zu.

»Wie geht es ihr?«, frage ich, und Tante Gitti gibt einen einzelnen Schnalzlaut von sich und sieht mich durchdringend an, als wäre das etwas, was ich automatisch wissen müsste.

»Gestern war sie nicht ansprechbar.«

Ich nicke. Nicht ansprechbar ist mir meine Mutter am liebsten. Wenn ich es für sinnvoll gehalten hätte, mit ihr zu sprechen, dann hätte ich das in den letzten Jahren getan. Sie hat einige Male versucht, mit mir Kontakt aufzunehmen, und ich weiß nicht, ob sie mir da sagen wollte, dass sie Krebs hat, aber ich weiß auch nicht, ob das überhaupt eine Rolle spielt.

»Es dürfen nur zwei Leute gleichzeitig rein.«

Die Tanten schauen mich an, und ich habe das Gefühl, dass es ihnen gar nicht recht ist, dass ich gekommen bin. Ich nehme ihnen den Platz am Krankenhausbett meiner Mutter weg. Vielleicht war es ein Fehler, herzukommen. Eigentlich gibt es keinen Ort, an dem ich mich weniger gern aufhalte als in einem Krankenzimmer.

»Ich muss auch nicht unbedingt heute mitkommen, wenn ihr zuerst wollt …«, fange ich an, aber mein Vater schneidet mir das Wort ab.

»Es geht nicht immer nur um dich, Vera. Sie möchte dich sehen.«

Ich bin sprachlos vor Wut. Wie kann er sagen, es ginge nicht immer nur um mich? In dieser Familie ging es nie um mich. Erst ging es die ganze Zeit um Sara und dann plötzlich überhaupt nicht mehr, und wie es mir damit ging, hat niemanden interessiert. Und wie kommt er überhaupt dazu, zu sagen, meine Mutter wolle mich sehen? Ich denke, sie ist nicht ansprechbar. Sie wird ihm wohl kaum auf magische Art mitgeteilt haben, was ihr Wunsch ist.

Tante Gitti und ihr neuer Mann, dessen Namen ich schon wieder vergessen habe, fahren mit meinem Vater und mir. Inge und ihr neuer Mann wollen später nachkommen. Ich bin immer noch wütend, aber ich habe auch Angst. Wenn man jemanden sehr lange gemieden hat, kann man irgendwann nicht mehr unterscheiden zwischen der alten Angst im Kopf und der Angst vor der echten Person in der Gegenwart. Ich hoffe, dass meine Mutter nicht aufwacht, während ich da bin.

»Hoffentlich bekommt sie mit, dass du da bist«, sagt mein Vater. Klar hofft er das. Bestimmt stellt er sich eine rührselige Szene im Krankenhaus vor. Ich komme ans Krankenbett geeilt und greife beherzt nach der Hand meiner Mutter, sie atmet unruhig und schlägt schließlich die Augen auf, wir sehen uns in die Augen und sprechen beide gleichzeitig die Worte: »Es tut mir so leid!«, und dann liegen sich alle glücklich in den Armen.

»Wie geht's Anton«, fragt Tante Gitti.

»Wir wohnen nicht mehr zusammen«, sage ich.

Sie nickt, als hätte sie nichts anderes erwartet. Mir fällt auf, dass es das erste Mal ist, dass ich nicht sage: »Wir wohnen *im Moment* nicht zusammen.« Ich habe nicht nachgedacht, als ich das gesagt habe, aber tatsächlich stimmt es. Es fühlt sich endgültig an.

»Vera will unbedingt im Hotel schlafen«, sagt mein Vater. »Sie besteht darauf. Das ist doch Geldverschwendung.«

»Ich glaube nicht, dass es etwas bringt, darüber zu diskutieren«, sagt Gitti spitz.

Wir müssen uns anmelden, »die Tochter«, sagt Gitti stirnrunzelnd, »Sie konnte erst jetzt kommen wegen Arbeit«, nuschelt mein Vater, als wären wir der Krankenschwester irgendeine Erklärung schuldig. Wie Krankenhausflure riechen ist schon zur Genüge beschrieben worden in allen möglichen Büchern, die ich gelesen habe. Seltsamerweise finde ich den Geruch gar nicht schlimm. Er ist angenehm sauber und klar. Schlimm finde ich das Licht und die Gefühle. Die Lichter im Krankenhaus spiegeln in meinen Augen und gehen ganz tief hinein in meinen Kopf, dahin, wo nichts sein sollte, dahin, wo ich es eigentlich dunkel haben will. Ich muss nur einen Fuß in ein Krankenhaus setzen und bekomme sofort Kopfschmerzen und Herzrasen. Und es zerrt an mir. All die Gefühle springen mich an und sind zu schwer für mich, ich möchte taumeln und mich zu Boden fallen lassen, aber das darf man nicht. Hinter all diesen Türen sind Menschen, die leiden. Wenn ich im Krankenhaus bin, muss ich mich da so sehr hineinversetzen, dass ich am ganzen Körper Schmerzen fühle und mich kaum bewegen kann. Ich weiß, dass das nur eingebildet ist, aber ich muss mich jedes Mal überwinden, um überhaupt einen Fuß vor den anderen zu setzen.

Als ich jünger war, wusste ich nicht, dass der Schmerz nur in meinem Kopf ist. Als wir im Krankenhaus waren wegen Sara, bekam ich so starke Schmerzen, dass ich weinte und schrie, und meine Eltern gingen direkt mit mir in die Notaufnahme. Aber egal, was die Ärzte untersuchten, sie konnten einfach keine körperliche Ursache feststellen. Später hörte ich, wie meine Mutter sagte: »Vera will nur Aufmerksamkeit«, und mein Vater erwiderte: »Aber sie ist noch ein Kind!«

»Das geht trotzdem nicht«, sagte meine Mutter. »Sie muss sich zusammenreißen!« Die Schmerzen waren nicht ausgedacht, sie waren da, aber mit der Zeit lernte ich, darüber zu schweigen.

Es geht alles viel zu schnell, in meiner Vorstellung hätten wir noch einen Moment vor der Tür gestanden und ein kompetent aussehender Arzt hätte ein paar vorbereitende Worte gesprochen und ich hätte gewusst: Hinter dieser Tür liegt meine Mutter. Ich hätte erforscht, wie sich das anfühlt.

In Wirklichkeit gehen wir über den Flur, und die Krankenschwester reißt scheinbar beliebig irgendeine Tür auf. Ich gehe hinein und bin ein wenig überrascht, dass sich dahinter tatsächlich meine Mutter befindet. Aber in diesem Moment ist sie nicht meine Mutter. Sie ist ein schlafender Berg. Sie hat zugenommen und ihre Haut hat einen gräulichen Unterton. Einer ihrer Arme ragt seitlich über die Bettkante, und es sieht so aus, als würde ihr weiches Armfleisch am Knochen herunterhängen. Dunkel zeichnen sich die Adern unter der Haut ab.

Der Körper meiner Mutter war mir immer suspekt. Ich bin nicht ganz sicher, woher das kommt; ob da das Kind aus mir spricht, das zu oft eine trostspendende Umarmung vorenthalten bekommen hat und deswegen irgendwann nicht mehr die Nähe der Mutter gesucht hat. Oder ob es daran liegt, wie sehr sie mir manchmal, wenn sie selbst emotional bedürftig war, ihre Nähe aufgedrängt hat, egal, ob ich wollte oder nicht. Feststeht, ich kann mich nicht erinnern, die Details ihres Körpers jemals ohne einen leisen Ekel betrachtet zu haben. Ihre Achselhaare, die aus kurzärmeligen Blusen hervorquollen. Ihre hervortretenden Muttermale. Wahrscheinlich würde jeder Mensch eklig erscheinen, wenn man ihn mit viel zu hoher Auflösung betrachtet. Einmal habe ich ein Gedicht von Charles Baudelaire gelesen, in dem jemand »den zerquälten Busen einer abgelebten Metze / küsst und isst« und ich musste würgen, weil ich an den Busen meiner Mutter denken musste. Wie sie sich ständig vor unseren Augen umzog und dabei unter ihren Busen griff, um ihn im BH zu verstauen. Ihre Brüste hängen jetzt seitlich von ihrem Oberkörper herunter und ihre Brust hebt und senkt sich, aber nur ein ganz bisschen. Wenn man die Augen zusammenkneift, sieht man es kaum.

Mein Vater schaut ein wenig enttäuscht auf meine Mutter herunter, als hätte er erwartet, gleich noch eine angeregte Konversation mit ihr führen zu können. Ich bin unschlüssig, was ich jetzt tun soll. Wie lange muss dieser Besuch dauern? Sie kriegt doch sowieso nicht mit, dass ich da bin. Warum genau muss ich jetzt noch hier stehen? Ein Teil von mir wollte sich einfach nur ihres Zustands vergewissern. Das habe ich nun getan. Sie liegt wirklich hier, das ist kein falscher Alarm. Ich bin nur unschlüssig, was ich mit dieser Information anzufangen habe.

»Ich gehe rauchen«, sage ich und will gehen. Eigentlich rauche ich nicht mehr, aber das muss mein Vater ja nicht wissen.

»Bleib noch ein bisschen«, sagt er. »Vera. Bitte!«

Um die Zeit zu überbrücken, zähle ich alle möglichen Dinge im Raum und versuche abwechselnd, im gleichen Rhythmus und genau entgegengesetzt zu atmen wie meine Mutter. Mein Vater geht unruhig hin und her und wirft ab und zu einen strafenden Blick auf mich oder auf meine Mutter. Irgendwann klopft Tante Gitti an und fragt, wann sie reinkommen kann. Ich war noch nie so erleichtert, sie zu sehen.

Mein Vater hat mir das Auto überlassen, »aber vorsichtig«, sagt er, als hätten diese Worte jemals verhindert, dass irgendetwas passiert. Ich gebe die Adresse ein und fahre über kleine Straßen bis zur Landstraße, hier kommt mir allmählich alles bekannter vor. Auf einem Parkplatz steht immer noch ein Wohnmobil mit einem Herz im Fenster, ich erinnere mich daran, wie ich als Kind danach gefragt habe. Und daran, wie ich irgendwann, als ich ich schon älter war und wusste, was eine Prostituierte ist, beobachtet habe, dass ein Mann das Wohnmobil verließ, sich noch einmal umdrehte und freundlich winkte. Das fand ich irgendwie rührend. Dann biege ich in die Straße ein, die viel kürzer ist, als ich sie in Erinnerung habe. Als ich klein war, war diese Straße unfassbar lang. Ganz am Ende liegt das kleine Haus auf dem sumpfigen Grundstück.

Manchmal habe ich nachts davon geträumt, zurückzukehren. Wenn ich hier war in den Nächten, dann war ich wieder ein Kind und hatte Angst. Und heute, bevor ich mich auf den Weg gemacht habe, hatte ich Angst, dass es so wird wie in den Träumen. Dass ich in die Vergangenheit zurückfalle. Aber ich bin immer noch erwachsen und schaue mir ein Haus an, das kleiner ist, als es mir damals vorkam.

Die weißen Stämme der Birken leuchten schwach durch die Dämmerung. Das Haus könnte mal einen neuen Anstrich vertragen und wirkt trostlos, aber nicht bedrohlich. Ich kann ganz normal davorstehen und atmen wie ein Mensch. Als die Tür aufgeht, bekomme ich einen kleinen Schreck. Eine Person kommt heraus und nimmt die Wäsche ab, die auf der Wäschespinne hängt. Irgendetwas sieht merkwürdig aus. Erst nach einer Weile bemerke ich, was mich an dem Bild stört. Die Frau hat keine Gummistiefel an.

Ich gehe näher an die Grundstücksgrenze heran und sage Guten Abend. Etwas zögerlich kommt die fremde Frau auf mich zu.

»Entschuldigung, ich habe früher mal hier gewohnt«, sage ich. »Wäre es in Ordnung, wenn ich einmal kurz durch den Garten gehe?« Die Frau nickt und macht eine einladende Geste. Aus dem Augenwinkel sehe ich, dass sie mir nachblickt. Bestimmt hat sie die Geschichte gehört. Unsere Sandkiste ist nicht mehr da und manche Bäume auch nicht, aber wenn ich zum Haus schaue und ein bisschen die Augen zusammenkneife, sehe ich es alles wie früher. Es wäre ein Leichtes, mir jetzt Sara vorzustellen, wie sie von der Terrasse aus auf mich zugestolpert kommt, die Arme weit ausgebreitet, ein entrücktes Grinsen im Gesicht.

Einmal habe ich Sara eingeredet, man könnte fliegen, wenn man nur schnell genug herumläuft und dabei die Arme ausbreitet. Man müsse sich nur trauen, genau im richtigen Moment die Beine anzuziehen, dann würde man abheben. Sara traute sich, flog der Länge nach hin und schlug sich das Kinn an einem Terrassenkantstein auf. Ich habe mich entschuldigt und eingeräumt, dass ich sie angelogen hatte, aber Sara hat nur mit den Schultern gezuckt und freundlich gesagt: »Vielleicht war es nicht genau der richtige Moment.«

Der Boden fühlt sich fest und vertrauenerweckend an, keine Spur mehr von der Übelkeit erregenden Art, wie der Schlamm früher die Fußknöchel umschlungen hat, oder dem Glucksen und Schmatzen, wenn man einen Schuh daraus hervorzog.

»War es schwierig, hier alles trockenzulegen?«, frage ich die Frau.

»Nein, überhaupt nicht«, sagt sie. »Wir haben einfach aufschütten lassen, das war in ein paar Stunden erledigt, keine Ahnung, warum das nicht längst gemacht wurde.«

Ich nicke.

Ich schaue wieder einmal zu, wie sich der Brustkorb meiner Mutter hebt und senkt, und bin plötzlich nicht mehr so sicher, ob ich wirklich sehen will, wie es ausgeht. Langfristig gesehen ist ja klar, worauf es hinausläuft. Aber muss ich mir das anschauen? Wenn ich bleibe, fühle ich mich die ganze Zeit mies, und wenn ich gehe, bin ich ein schlechter Mensch.

Wir sitzen in der Küche und trinken Tee, die Tanten, die Männer, mein Vater und ich.

»Warum warst du so lange nicht hier?«, fragt Tante Gitti. Mir wird heiß. Eigentlich bin ich ihr überhaupt keine Erklärung schuldig. Sie sollte sich wirklich um ihren eigenen Scheiß kümmern, zum Beispiel um diesen frustrierten Mann, der – das merke ich ihm deutlich an – an der Grenze seiner Duldungsfähigkeit angekommen ist. Immer, wenn er etwas sagt, korrigiert und maßregelt sie ihn, und es ist nur eine Frage der Zeit, bis er entweder durchdreht und sie anschreit oder sich still und heimlich vom Acker macht.

Ich mag es nicht, wenn ich mich rechtfertigen muss. Ich kann immer noch nichts über meine Mutter sagen, jedenfalls nicht vor der Familie. Sie hat es mir immer verboten, und dieses Verbot lähmt mich bis heute. Ich bin dazu erzogen worden, notfalls zu lügen, um meine Mutter zu beschützen, und die Schuld für alles, was passiert, auf mich zu nehmen.

»Mir ging es nicht gut«, sage ich. »Ich habe mich sehr zurückgezogen.«

»Und, ist es jetzt so schlimm, hier zu sein?«, fragt sie gierig. Aus dem Augenwinkel sehe ich, dass mein Vater aufblickt, und etwas an der Art, wie er seine abgeknickten Schultern dabei etwas strafft, rührt mich genug, um ein »Nö« zu murmeln anstatt zu sagen »JA! Ja, es ist ganz furchtbar!«

»Ich weiß ja, dass deine Mutter und ich nicht immer alles richtig gemacht haben«, sagt mein Vater. Die Selbstverständlichkeit, mit der er diesen Satz jetzt sagt, nach all den Jahren, ärgert mich. Wenn er das »ja weiß«, warum hat er sich nicht früher dazu geäußert, als ich es gebraucht hätte?

»Das ist nicht das Problem, sondern dass wir nie darüber reden konnten«, sage ich. Zum ersten Mal, seit ich hier bin, habe ich das Gefühl, dass vielleicht doch noch eine Verständigung möglich sein könnte zwischen meinem Vater und mir. Aber Tante Gitti lässt uns das nicht durchgehen.

»Wie man's macht, macht man's verkehrt«, sagt sie.

»Ist man zu streng, ist das falsch, aber zu viel durchgehen lassen ist auch falsch. Natürlich, es sind immer die Eltern schuld. Eine ganze Generation wächst da heran, die komplett lebensuntüchtig ist und sich einbildet, nichts dafür zu können. Andere Leute haben auch Eltern und aus denen ist trotzdem was geworden, wie erklärst du dir das?«

»Es geht hier nicht um irgendwelche Erziehungsgrundsätze«, sage ich. »Es geht um … Sachen, die passiert sind, die richtig schlimm waren. Es kann sein, dass ich so was wie ein Trauma habe.«

»Früher waren wir alle traumatisiert, und es hat uns nicht geschadet!«, sagt Tante Gitti.

Es mag sein, dass der erste Teil des Satzes stimmt, aber den zweiten Teil kaufe ich ihr nicht ab. Ich muss sie doch nur ansehen, wie sie dasitzt, völlig verbittert, und sich, ohne auch nur eine Sekunde zu zögern, auf die Seite meiner Mutter schlägt.

Als ich jünger war, hatte ich oft Angst, dass ich diejenige bin, die verrückt ist, und dass mit meiner Mutter alles in Ordnung ist. Leute mochten sie.

Meine Mutter wabert ungesund vor sich hin. Ich muss manchmal daran denken, dass ich mal mit ihr verbunden war, zumindest physisch. In einem Tattooforum, in dem ich vor Jahren Fotos angeschaut und Beiträge gelesen habe, um die Zeit totzuschlagen, gab es eine Frau, die sich den Bauchnabel entfernen ließ, um mehr Platz für Tattoos zu haben. Alle haben sich darüber aufgeregt, aber ich fand das vollkommen in Ordnung. Wenn man keinen Bauchnabel mehr hat, dann ist damit auch die letzte Verbindungsstelle zur Mutter gekappt.

Unsere beiden Körper könnten kaum unterschiedlicher sein. Ich war immer mager, eine Zeit lang so sehr, dass es mir Schmerzen verursachte, auf hartem Untergrund zu sitzen, weil meine spitzen Knochen nicht von einem schützenden Fettpolster umschlossen wurden. Ich hatte das Gefühl, dass meine Umwelt feindselig war und ich ihr nur ausweichen konnte, indem ich immer schmaler wurde. Und während ich so wenig Platz wie möglich einnehmen wollte, wurde meine Mutter immer dicker. In dem gleichen Maße, wie ihr Verhalten immer ausschweifender wurde und sie sich immer mehr herausnahm, breitete sie sich auch körperlich weiter aus. Dass ihr niemand Widerstand leistete, schien ihr als Bestätigung zu reichen.

Takashi Amano schreibt in seiner Biografie immer wieder darüber, dass Steine im Wasser mit der Zeit ihre Form verändern. Die Strömung rundet an einer Stelle alle Kanten ab, auf einer anderen Seite ist der Stein der Strömung vielleicht weniger ausgesetzt und bleibt deswegen eckiger. Und irgendwann entsteht ein Stein mit einer charakteristischen Form, der an genau dieser Position, an der er liegt, Sinn ergibt.

In einem Iwagumi-Aquarium stehen Steine im Mittelpunkt. Sie werden so arrangiert, dass ein angenehmes Bild entsteht, und sind von niedrig wachsenden Pflanzen umgeben. Wenn man ein Iwagumi-Becken einrichtet, muss man darauf achten, wie ein bestimmter Stein eigentlich mal gemeint war und wie er in der Natur wahrscheinlich gelegen hätte. Und auch die richtige Kombination der Steine ist wichtig. Es wirkt unharmonisch, wenn ein runder Stein direkt neben einem sehr scharfkantigen liegt. Der runde Stein ist von ganz anderen Bedingungen geformt worden als der spitze. Man sieht sofort, dass die nicht zusammengehören.

»Du kannst mich nicht einfach wieder mit allem alleinlassen«, sagt mein Vater und klingt dabei wie Anton, oder Anton klingt wie er, das weiß ich nicht. Ich habe allmählich die Schnauze voll davon, dass Leute mir erzählen, was ich machen kann oder nicht machen kann. Es gibt so viele Dinge, die ich sagen könnte, und sie gehen mir im Kopf herum, während ich mir mit meinem Handy den nächsten Bus zum Bahnhof raussuche. Dass ich immer noch enttäuscht von ihm bin. Dass er mich nie richtig als Menschen gesehen hat. Entweder war ich jemand, der Probleme machte, die man gerade nicht gebrauchen konnte und den es deswegen ruhigzustellen galt. Oder wenn ich gerade gut funktionierte, war ich jemand, dem man die eine oder andere Verpflichtung aufdrücken konnte. Dazwischen gab es nichts.

Ich könnte ihm auch sagen, wie traurig ich bin, dass er mich nie beschützt hat und nie für mich Partei ergriffen hat. Einmal hat er in einem sehr abschließenden Tonfall gesagt: »Warum ihr keinen Kontakt mehr habt, geht mich ja nichts an, aber ich finde es schade.« Und ich denke, es wäre ihn irgendwie schon etwas angegangen; wen, wenn nicht ihn?

Aber ich habe noch eine andere Sache im Kopf, und deswegen nehme ich meine Jacke vom Haken und sage nur Tschüss.

Selbst wenn ich ihm all das sagen würde, und selbst wenn er es jetzt plötzlich einsehen würde, es würde nichts mehr ändern.

*

»Ein Laptop, eine ranzige Matratze / wie peinlich / wahrscheinlich / weint ihr manchmal heimlich«, höre ich über meine Kopfhörer. Natürlich weine ich heimlich. Alle weinen heimlich. Offiziell weinen können heutzutage nur die Menschen, von denen alle wissen, dass sie bloß so tun. Im Fernsehen darf man weinen, oder zu Hause, im Dunkeln, aber nicht auf der Straße. Auf keinen Fall draußen auf der Straße.

Der Zug fährt über die Brücke, die Brückenpfeiler zerhacken das Sonnenlicht in Fetzen. Schmerzhaft schön und nagelneu liegt die Stadt da, dies ist ein Anfang. Eine ältere Frau auf der anderen Seite des Gangs kramt hektisch in ihrer Tasche, während sie aus dem Fenster guckt. Schließlich holt sie eine Digitalkamera hervor, hebt sie mehrmals suchend in Richtung Fenster, mustert das Display und lässt die Kamera jedes Mal wieder sinken. Irgendwie scheint sie ihre Wahrnehmung der Bilder, die draußen an ihr vorbeiprasseln, nicht mit dem körnigen Abbild auf der alten Digitalkamera in Einklang bringen zu können. Sie wollte etwas aus diesem Moment mitnehmen, aber es funktioniert nicht.

Was habe ich aus den letzten Tagen mitgenommen? Im Krankenhaus stand auf einer Schachtel mit Kosmetiktüchern »Sie werden wiederkommen«, und ich weiß noch, dass mich die plumpe Suggestivität dieser Aussage abstieß. Ansonsten sehe ich gerade nur Bilder von melancholischer Schönheit vor mir, die Felder, die Bushaltestellen. Alles wirkt irgendwie weichgezeichnet, wenn man es zum letzten Mal sieht.

Wir dürfen unsere Erinnerungen nicht verklären, hat meine Oma immer gesagt, und ich dachte damals, dass dieser Satz wohl aus offensichtlichen Gründen nur für ihre Generation gelten müsse. Aber vielleicht hatte sie recht. Wann immer ich mir vornehme, eine Erinnerung zu bewahren, schiebt sich bereits in dem Moment, in dem etwas geschieht, eine fremde Folie vor meine Wahrnehmung. »So könnte Ihre Erinnerung aussehen.« »Sie werden wiederkommen.« Ich werde nicht wiederkommen.

*

Ich hasse Geburtstage. Geburtstag ist der Tag, an dem man viel zu viel Zeit damit verbringt, Leuten, von denen man nur einmal im Jahr hört, »Danke« und »das ist lieb von dir« zu antworten. Leute denken immer, es wäre höflich, jemandem zum Geburtstag zu gratulieren, und wenn man das nicht täte, würde das ein schlechtes Licht auf die Beziehung zueinander werfen. Tatsächlich ist doch das Netteste, was man tun kann, jemanden an seinem Geburtstag in Ruhe zu lassen. Ich wünschte, mehr Menschen würden das so sehen wie ich.

Andauernd sehe ich den Bildschirm meines Handys aufleuchten und irgendeinen Namen auf dem Display erscheinen, und ich weiß, am anderen Ende ist jetzt irgendeine wohlmeinende Person, die genau die vorgegebenen Worte sagen wird. Und warum wünschen alle einem immer Glück und Gesundheit? Die Leute wissen doch gar nicht, ob es einem recht ist, gesund zu sein. Zufällig hätte ich genau jetzt überhaupt nichts gegen eine anständige Krankheit einzuwenden. Das Telefon zeigt schon wieder einen Anruf an, und diesmal ist es Gitti. Ich nehme den Anruf an; nicht, weil ich Lust hätte, mit ihr zu sprechen, sondern weil ich denke, es könnte Neuigkeiten von meiner Mutter geben.

»Haaaappyyyy Börsdaaaaaay tooooo youuuuu …«,

singt Gitti, und dann singt sie das ganze Lied, sehr langsam und gewissenhaft und am Ende zieht sie die Töne in die Länge, als würde sie irrtümlich annehmen, sie sei Marilyn Monroe, Marilyn Monroe aus dem Sauerland.

Ich seufze. Es würde reichen, die ersten Wörter zu singen, gerade, wenn man nicht besonders gut singen kann. Dann wüsste man, aha, sie singt, ich hab's verstanden, aber müsste sich nicht durch das ganze Lied hindurchquälen, das man ohnehin schon kennt, und zwar in einer deutlich besseren Version.

Bis jetzt dachte ich, mit Gitti zu reden wäre das Unangenehmste, was einem mit ihr passieren kann. Nun weiß ich, das stimmt gar nicht. Nach dieser Darbietung werde ich über ein Gespräch mit ihr dankbar und erleichtert sein.

»… und Gesundheit, und viel Erfolg, und dass du in deinem neuen Lebensjahr endlich mal einen Job findest und deine Eltern stolz machst«, sagt sie.

Wow, vielleicht habe ich mich doch geirrt. »Ich arbeite«, sage ich etwas gepresst. »Ich arbeite an einem Buch!«

»Ach Verachen. Es gibt doch schon so viele Bücher! Das sind doch alles Hirngespinste. Du brauchst einen anständigen Beruf, wo du auch mal aus dem Haus kommst. Dann geht's dir besser! Früher hatte man keine Depressionen. Für so etwas hatten wir überhaupt keine Zeit!«

»Bis man eines Tages tot vom Dachbalken baumelte, dann hatte man auf einmal alle Zeit der Welt«, murmele ich.

»Wie bitte?!«, fragt Gitti.

»Kannst du vielleicht aufhören, dich in mein Leben einzumischen?«, frage ich. »Bitte? Wäre das möglich? Dass du dich raushältst? Das wäre hilfreich.«

»Ich will doch nur, dass es dir gut geht!«, sagt Gitti beleidigt.

Das auch noch!!! Jetzt soll es mir auch noch gut gehen! Ich hab schon genug zu tun, ohne dass es mir gut geht! Ich hasse es, wenn Leute »helfen« wollen. Das ist so egoistisch. Als würde ich mich nicht so schon furchtbar genug fühlen, bin ich jetzt auch noch verantwortlich für die Gefühle anderer Menschen, die sicher enttäuscht sind, wenn ihre »Hilfe« nicht den gewünschten Erfolg zeigt.

Pony und ich stehen in der Küche und schälen Karotten. Es ist gut, dass sie da ist, denn alleine würde ich ganz bestimmt keine Karotten schälen, unter anderem auch deswegen, weil gar keine Karotten da wären, die man schälen könnte. Ich finde es anstrengend, Lebensmittel einzukaufen und Essen zuzubereiten, aber ich kann auch nicht ständig was vom Lieferservice bestellen, dann bin ich nämlich noch schneller pleite, als ich sowieso schon pleite bin.

Eine Zeit lang hatte ich den Tick, bei jedem Einkauf auszurechnen, wie viele Kalorien man pro Kilogramm Gewicht bekommt und nur Sachen zu kaufen, die diesen Wert möglichst in die Höhe treiben. Denn wenn ich das schon alles nach Hause tragen muss, dann soll es sich wenigstens lohnen. Wenn man nach dieser Methode einkauft, dann nimmt man am Ende sehr viel Nutella und sehr wenig Gemüse mit nach Hause.

Gitti hat mir so ein übergriffiges Buch geschickt, in dem erklärt wird, wie man Depressionen und andere psychische Erkrankungen »loswerden« kann.

»Stell dir vor, man soll abwechselnd für ein paar Wochen auf bestimmte Lebensmittel verzichten, um herauszufinden, was man gut und was man weniger gut verträgt«, erzähle ich.

»Okay?!«, sagt Pony.

»Das ist doch überhaupt nicht realistisch!«, sage ich. »Es ist schwierig genug, sich überhaupt regelmäßig was zu essen zu machen. Denkst du, ich bin in der Lage, sechs Wochen lang aufzupassen, ob irgendwo Sellerie drin ist? Und denk mal an die Leute, denen es noch schlechter geht. Wie sollen die das schaffen?«

»Na ja«, sagt Pony. »Wenn ich das richtig verstehe, behauptet der Autor ja nicht, dass das machbar wäre. Er sagt nur, wenn man das schafft, würde es wahrscheinlich funktionieren!«

»Irgendwas daran stößt mich ab. Diese verzweifelte Suche nach einer körperlichen Ursache. Kann man nicht einfach Depressionen haben, weil man Depressionen hat?«

»Klar kann man das«, sagt Pony. »Aber wenn es Leuten besser geht, wenn sie es schaffen, auf ihre Ernährung zu achten, dann ist das doch was Gutes?«

Ich werfe die Möhrenschale in einen Eimer.

»Was ist gute Ernährung? Das ändert sich doch ständig. Eine Zeit lang hat man immer gesagt: ›Hier, nimm, gute Butter!‹ Dann war Butter wieder schlecht und man sollte Margarine nehmen und möglichst wenig Tierprodukte. Letztens hab ich gelesen, Margarine soll voll ungesund sein! Was denn nun?«

Pony grinst. »Das mag alles sein. Aber zum Frühstück Chips und Schokolade und Weingummi zu essen, das war noch nie gesund, da bin ich mir relativ sicher.«

In dem Buch steht auch drin, was die zehn häufigsten Ursachen von Depressionen sein sollen. Ich habe nur bis

Ursache 2 gelesen, dann hatte ich keine Energie mehr. Ich weiß nicht, wie man es schaffen soll, sich alle zehn Unterkapitel reinzuziehen. In dem zweiten Unterkapitel, das ich ungefähr bis zur Hälfte gelesen habe, geht es um irgendwelche Proteine. Ich habe es nicht auf Anhieb verstanden, und dann habe ich mir vorgenommen, den Abschnitt noch mal zu lesen, aber habe es nicht geschafft. Wenn ich in der Lage wäre, zu verstehen, was es mit diesen Proteinen auf sich hat, dann hätte ich wahrscheinlich keine Depressionen. Aber weil ich Depressionen habe, bin ich damit überfordert. Wenn ich endlich mein Buch schreibe, soll es nicht so viele Seiten haben. Das ist dann für die Leute einfacher zu lesen (und für mich einfacher zu schreiben). Ich könnte auch einige Bilder integrieren. Oh, und ein paar Seiten könnten frei bleiben! »Raum für Notizen …«

*

Ich kann nicht schlafen. Sylvia Plath konnte auch oft nicht schlafen, und dann hat sie aufgeschrieben, sie wäre wie ein Aal und die Dunkelheit würde sie einhüllen wie ein toter See. Überhaupt hat Sylvia Plath hin und wieder Fische erwähnt. »Der Geist der Schwärze ist in uns, er ist in den Fischen«, hat sie geschrieben. Ob Sylvia Plath selber auch einen Fisch besessen hat, weiß ich nicht, das steht nirgends.

Ich stehe wieder auf und mache das Licht in Karls Aquarium an. Er liegt auf seinem Schlafblatt und bewegt sich kaum, nur seine Kiemendeckel wackeln ein bisschen. Nach einer Weile wacht er auf und schwimmt taumelnd nach vorne. »Vielleicht ist jetzt gerade der Moment, in dem meine Mutter stirbt, Karl«, sage ich. »Es könnte jeder Moment sein.« Karl scheint das nicht zu kümmern. Er schwimmt an der Scheibe auf und ab und hofft auf Futter. Ich gebe ihm zwei Pellets.

Fische sind immer ganz aufgeregt, wenn es Fressi gibt, und dann fressen sie so viel sie können. Die leben total im Moment und kennen keine Bedenken. Es hat noch nie ein Fisch gesagt: »Oh, diese Futterflocke spare ich mir jetzt lieber, das könnte ein bisschen viel werden!« Nein, Fische fressen, bis sie fast platzen. Hinterher schwimmen sie mit kugeligen Bäuchen in der Gegend herum und sehen aus wie Weintrauben mit Flossen, und dann machen sie ganz viel Dreck und man muss den Dreck wegmachen und dann machen sie neuen Dreck, es geht immer wieder von vorne los. Ich sauge ein wenig Mulm vom Bodengrund mit einem Schlauch an und lasse das schmutzige Wasser in einen Eimer laufen. Durch den Schlauch hindurch sehe ich, wie kleine abgestorbene Pflanzenteile, Mulm und Karls Kacke in den Eimer fließen. Irgendwie macht mich das ruhiger. Vielleicht ist das das Einzige, was ich wirklich gut kann.

Wenn ich verzweifelt bin, stelle ich mir manchmal vor, wie ich ein Aquarium einrichte. Wie ich ganz behutsam den Kies glatt streiche und eine Landschaft forme, wie ich einen einzelnen Trieb von einer Wasserpflanze mit der Pinzette greife und im Bodengrund platziere und dann noch einen und noch einen, bis alles bepflanzt ist. Wenn man das Wasser einfüllt, muss man vorsichtig sein, damit der Kies nicht zu sehr aufgewirbelt wird, sonst trübt sich das Wasser und die Wasserpflanzen werden fortgerissen und schwimmen nach oben und man muss sie noch einmal einpflanzen, dieses Mal, während einem das kalte Wasser bis in die Ellenbeuge schwappt. Man muss sich ein bisschen konzentrieren. Man muss seinen Blick auf bestimmte Punkte richten und seine Hände mit Bedacht bewegen. Es macht mich zufrieden, zu sehen, wie alles seinen Platz hat, wenn ich alles richtig gemacht habe.

Es ist eigentlich merkwürdig, dass ich es im Kleinen so extrem befriedigend finde, eine bestimmte Ordnung herzustellen, und im Großen, in meinem Zimmer, in meiner Wohnung, in meinem Leben, gelingt es mir nicht, Klarheit zu schaffen.

*

Alle Bücher, die geschrieben wurden, sind so, wie sie sind, weil irgendwann irgendjemand ganz dringend fertig werden und abgeben musste. Ich weiß überhaupt nicht, woher er kommt, dieser Glaube, dass es morgen einfacher werden könnte. Ich habe so viele Gedanken in meinem Kopf und alles läuft durcheinander, und es gibt keinerlei Anhaltspunkte dafür, dass sich das auf magische Art auflösen könnte, aber trotzdem denke ich immer wieder: Na ja, morgen. Morgen werde ich besser zurechtkommen. Morgen bekomme ich einen Überblick. Und dann ist er irgendwann da. Der Moment, in dem man sich nicht länger davor drücken kann, etwas Permanentes zu schaffen. Der Moment, in dem man etwas gehen lassen muss und sagen muss: Das ist jetzt so. Es ist das Beste, was ich an diesem Punkt in meinem Leben schaffen konnte. Es ist genug. Ich kann jetzt nichts mehr daran ändern. Und das ist eine furchtbare Situation. Es ist das Einfachste auf der Welt, irgendeinen Shit ins Internet zu schreiben, den man jederzeit überarbeiten oder löschen kann und den die Leute sowieso nur kurz lesen und dann wieder vergessen. Es ist so viel schwieriger, ein Buch zu schreiben, denn man muss ja anschließend damit leben, dass es das gibt.

Pony und ich haben zusammen den Film »Bohemian Rhapsody« angeschaut. »Das ist großartig! Das ist das Beste, was wir jemals geschrieben haben!«, sagt irgendwer in dem Film, und Pony und ich sagten genau gleichzeitig: »Das hat kein Künstler jemals gesagt.«

Denn es ist normal, dass man sich die ganze Zeit vorstellt, alles besser zu machen. Die ganze Zivilisation hat ihren Ursprung in Unzufriedenheit. Leuten war kalt, deshalb gibt es Kleider. Leute hatten es satt, an jeder kleinen Wunde zu sterben, deshalb gibt es Antibiotika. Leute hatten Hunger, deshalb gibt es Massentierhaltung. Ja, vielleicht kann man es mit der Unzufriedenheit auch übertreiben.

»Du musst ja überhaupt kein gutes Buch schreiben«, sagt Pony. »Ich glaube, es reicht voll, wenn du erst mal irgendein Buch schreibst. Die wollen eh nur deinen Namen.«

»Ich weiß«, sage ich.

»Die wären positiv überrascht, wenn sich herausstellen sollte, dass es ein gutes Buch ist. Aber das ist kein Muss.«

Ich weiß überhaupt nicht mehr, was ich mir wünschen soll. Dass es ein erfolgreiches Buch wird, oder dass es niemand liest.

»Ich habe solche Angst«, flüstere ich.

»Wann hast du denn zuletzt ein ganzes Buch gelesen?«, fragt Pony. »Ganz viele Bücher werden gekauft und verschenkt, und dann stellt man sich das ins Regal, aber liest es nie. Und genau so ein Buch könntest du schreiben!«

Ich habe einmal eine Bewerbungsfrist versäumt und ich habe einmal einen Studienplatz nicht angenommen und ich habe einmal einen Text ins Internet geschrieben und all das hatte einen großen Einfluss auf mein Leben. Wenn ich die Bewerbungsfrist nicht versäumt hätte, dann hätte ich jetzt vielleicht so etwas wie eine Karriere vorzuweisen. Die Wahrscheinlichkeit ist gering, aber es wäre theoretisch möglich, dass das passiert wäre. Ich hätte einen Beruf und einen regelmäßigen Tagesablauf, und ich würde in einer anderen Stadt leben und andere Leute treffen. Wenn ich den Studienplatz nicht abgelehnt hätte, dann hätte ich Anton nicht kennengelernt. Wir haben manchmal darüber geredet. Eine Zeit lang war ich ganz fixiert auf den Gedanken, dass es noch eine andere Möglichkeit gegeben haben müsste, ihn zu treffen. Wir haben Freunde und Städte und Aktivitäten verglichen und sind schließlich darauf gekommen, dass es keine anderen Berührungspunkte gegeben hätte. Wenn ich woanders studiert hätte, dann wären wir uns nicht begegnet. Und wenn ich den Blogartikel nicht geschrieben hätte, dann würden jetzt nicht zig Leute darauf warten, dass ich ein verdammtes Buch schreibe.

Wenn ich solche Ereignisse isoliert betrachte, fällt es mir schwer, nicht bei jeder Entscheidung in Panik zu verfallen. Man weiß ja einfach nicht, welche Sache, die man macht, die eine Sache ist, die alles verändert. Auf den ersten Blick erscheint es dann am sichersten, überhaupt nichts zu machen, aber auch Nichtstun verändert auf Dauer etwas. Wenn ich das Buch nicht abgebe, dann wird der Verlag irgendwann eine letzte Frist setzen, und dann werden sie den Vorschuss zurückfordern und ich werde das nicht bezahlen können, und dann werden sie mich verklagen und es wird einen ewig langen Rechtsstreit geben, in dem ich noch mal lang und breit erzählen muss, warum genau ich zu blöd und unfähig bin, ein Buch zu schreiben, und alle werden mich hassen.

Manchmal wünsche ich mir, dass Zombies kommen und alle fressen. Dann wäre es endlich zu Ende, und es würde niemanden mehr interessieren, ob ich es geschafft habe, das Buch zu schreiben, oder nicht. Florian würde aufhören, so penetrant nachzufragen, wann endlich irgendjemand seinen Kopf essen würde.

Ich kann nicht schlafen, weil ich mich morgen bei Florian melden soll. Wenn das so weitergeht, bin ich morgen so müde, dass ich gar nicht in der Lage bin, mit ihm zu telefonieren.

Ich lese mir den Wikipedia-Artikel über Kognitive Dissonanz durch. Und da steht alles erklärt, und ich erkenne mich wieder. Ich bin überzeugt, dass ich ein Buch schreiben muss, aber ich mache es nicht, und dadurch entsteht eine Dissonanz, die ich unterbewusst versuche zu mindern. Dass ich nicht schlafe, ist Self-Handicapping. Ich suche damit einfach nur eine Ausrede, warum ich mich anders verhalte, als es meiner Einstellung entspricht. Das klingt alles logisch, aber davon kann ich trotzdem noch nicht einschlafen.

Menschen versuchen immer, ihre kognitive Dissonanz zu mindern. Wenn man jemandem einen Gefallen getan hat, dann will man glauben, dass die Person das verdient hatte. Ich kann nur hoffen, dass alle im Verlag eine 25 000 Euro starke kognitive Dissonanz haben, die sie daran hindert, gegen mich vorzugehen.

*

Florian sagt, es wird Zeit. Das sind keine neuen Infos für mich, aber es stresst mich trotzdem, das zu hören. Ich lasse seine Sprachnachricht laufen und krame dabei in meinem Gedächtnis, wann ich zuletzt mit ihm geredet habe und was die letzte Ausrede war, die ich ihm präsentiert habe.

Das Fenster steht einen Spalt offen, um Luft hereinzulassen, auch wenn es eigentlich zwecklos ist, denn hier weht seit Tagen kein Wind. Auf der Straße schreit sich ein Paar an. Was ist nur los mit dieser Stadt, dass sich die Leute immerzu anschreien müssen.

Ich habe mal wieder nachgerechnet, wie viel Geld vom Vorschuss ich inzwischen verbraucht habe, und wie viel ich anscheinend pro Tag ausgebe, und wie lange es reichen wird, wenn ich so weitermache, und heute beunruhigt mich das Ergebnis. Geld ist in meiner Welt entweder zu wenig oder zu viel, und das scheint weniger mit der Summe zu tun zu haben als mit meiner Stimmung. Manchmal habe ich Panik und denke, dass ich bald pleite sein werde. An anderen Tagen macht es mir Angst, dass ich überhaupt so viel Geld bekommen habe, und ich habe das eigenartige Gefühl, dass ich das auf keinen Fall verdient haben kann und schnell ausgeben sollte, denn was man ausgegeben hat, kann einem niemand mehr wegnehmen.

Ich weiß auch gar nicht so genau, wo das Geld immer hingeht. Klar, ab und zu kaufe ich Stifte und Textmarker und Notizbücher und Post-its und Flipchart-Folie und bilde mir ein, dass mir das irgendwie weiterhelfen könnte und ich dann produktiver wäre. Und ich habe natürlich auch Geld für all diese komischen Kurse ausgegeben und um zu verreisen. Und manchmal, wenn ich das Gefühl habe, ich müsste mich irgendwie belohnen, oder wenn ich mich leer fühle oder langweile, dann bestelle ich irgendwelche Sachen im Internet. Ich mag es, auf etwas zu warten. In dem Moment, in dem ich eine Bestellung abgeschickt und bezahlt habe, ist mein Teil getan und ich kann mir vorstellen, wie es sein wird, wenn die Lieferung kommt, ich sehe es vor mir, wie ich all die Dinge auspacken und mich freuen werde. Jeden Tag schaue ich den Lieferstatus meines Paketes nach und lasse mir im Routenplaner anzeigen, wie weit es jetzt noch von mir entfernt ist. Das gibt mir etwas zu tun. Deswegen bestelle ich. Kleidung und Schuhe, die ich dann doch nicht auspacke, und Bücher, die ich nicht lese, und einen Staubsaugroboter, der immer noch in der Verpackung ist und im Weg steht, wenn ich mich mal aufraffe, mit meinem alten Staubsauger zu saugen. Und ein paar Bilder von Dorothea Tanning, die ich nicht aufgehängt habe. Auf einem davon ist ein kleines schwarzes Tier, das mich vorwurfsvoll anschaut. Und ich habe mir Nagellack in ganz vielen Farben gekauft, aber ich bin zu faul, um mir die Fingernägel zu lackieren. Und mehr Fischfutter, als Karl jemals fressen wird. Aber davon mal abgesehen, habe ich keine Ahnung, was mit dem ganzen Geld passiert ist.

»Letzte Änderung vor 15 Tagen«, steht in meinem Manuskript. Es hat so viel Kraft gekostet, es überhaupt zu öffnen. Es wäre so viel einfacher, es weiter wegzuschieben und sich diese Baustelle nicht anzugucken. Ich frage mich, warum ich mich selbst so blockiere. Dieser ganze Konflikt ist nur in meinem Inneren. Es gibt überhaupt keinen äußeren Antagonisten, der mir Steine in den Weg legen würde. Es gibt nur mich selber.

Es wäre schon irgendwie unsympathisch, wenn Esoterik am Ende die Lösung wäre. Trotzdem habe ich heute um 15 Uhr einen Termin bei einer Schamanin.

Ich kann mir ziemlich genau vorstellen, wie das ablaufen wird. Eine stickige Butze im Dachgeschoss, von den Balken werden getrocknete Dinge hängen, die man lieber nicht genauer betrachtet, ich werde meine Schuhe ausziehen und im Schneidersitz auf dem Boden sitzen müssen, während irgendeine schmuddelige Person dubiose Rituale mit mir durchführt. Ich kann nicht im Schneidersitz sitzen. Etwas in meinem Becken sträubt sich massiv gegen diese Haltung, obwohl ich normalerweise keine Probleme habe, die Beine zu spreizen, ganz im Gegenteil, aber der spezielle Winkel, der für den Schneidersitz erforderlich ist, scheint mir Schwierigkeiten zu machen. Außerdem komme ich nicht damit zurecht, wie meine Sitzbeinhöcker in den Boden drücken.

Pony hat ein bisschen gekichert, als ich von dem Termin bei der Schamanin erzählt habe, und dann hat sie erzählt, dass ihre Mutter früher immer eine Schamanin beauftragt hat.

»Weißt du, was das Beste war an unserer Schamanin?«, hat Pony gefragt, und ich habe gesagt, dass ich das natürlich nicht weiß. »Man musste da nicht mal hingehen. Die brauchte im Prinzip nur das Geld. Und ein Foto. Und dann hat die für einen getrommelt. Das hat dann aber das Doppelte gekostet. Weil es …« – und an dieser Stelle hätte Pony sich fast verschluckt vor Lachen – »weil es schwieriger ist, die Energie auf die Entfernung zu schicken!«

»Ich frag mich, ob die dann auch wirklich für euch getrommelt hat«, habe ich gesagt.

»Wieso sollte sie, wenn es keiner kontrolliert?!«

»Na, vielleicht, damit sie selbst sich besser damit fühlt …«

Ich bin skeptisch. Ich nehme gern Tabletten. Ich bin für Behandlungsmethoden, deren Wirksamkeit wissenschaftlich bewiesen ist. Wenn man dann auch noch direkt etwas sieht und spürt, umso besser.

Unter Zierfischen tritt häufig die sogenannte Weißpünktchenkrankheit auf, das ist eine Krankheit, die durch den Parasiten Ichtyophtirius multifilis verursacht wird. Dieser Parasit durchläuft mehrere Stadien, und nur im Schwärmerstadium kann man ihn mit Medikamenten abtöten. Wenn ein Fisch an der Weißpünktchenkrankheit leidet, kann man Kaliumpermanganat ins Wasser geben, und dann färbt sich das Wasser grünlich-bläulich und die Schwärmer werden abgetötet. Ein paar Tage später muss man die Behandlung wiederholen, damit auch die verkapselten Erreger getroffen werden. Der Fisch bleibt in der Regel unbehelligt. Wenn es so etwas gegen Depressionen geben würde, wäre ich sofort dabei. Ich wäre sogar bereit, ein paar Tage lang grünlich-bläulich durch die Gegend zu laufen, wenn ich wüsste: Danach ist alles mit Stumpf und

Stiel ausgerottet, und es ist nur noch das von mir übrig, was ich behalten will. Leider gibt es so etwas nicht, jedenfalls nicht für mich. Man kann sich nicht aussuchen, welche Eigenschaften man behalten möchte und welche nicht. Damals, als ich Antidepressiva genommen habe, hab ich irgendwann gemerkt, dass mein Leben super war – für alle anderen, aber nicht für mich. Ich habe total gut funktioniert, aber ich hatte nichts davon. Die Tabletten haben allem die Schärfe genommen, sie haben den Schmerz abgeschwächt, aber auch jede positive Empfindung. Alles war tot. Ich konnte nicht mal mehr einen Orgasmus bekommen. Und es gibt bestimmt viele Leute, die ohne Orgasmus wunderbar über die Runden kommen, aber ich gehöre ganz sicher nicht dazu.

Außerdem habe ich mir damals ständig Sorgen gemacht, dass ich es nicht rechtzeitig schaffe, zum Arzt zu gehen, um mir ein neues Rezept zu holen, und dass dann meine Packung Fluoxetin zu Ende geht und ich zu Hause liege und immer antriebsloser werde und es noch schwieriger wird, zum Arzt zu gehen, und dass ich irgendwann ganz langsam eingehe und es niemanden interessiert. Und genau das ist dann auch irgendwann passiert, nur dass ich nicht gestorben bin. Aber der Hauptgrund, warum ich keine Antidepressiva mehr nehme, ist, dass ich es nicht mehr geschafft habe, neue zu besorgen, und sie somit aus Versehen abgesetzt habe. Interessant fand ich, dass niemand nachgefragt hat. Man kann einfach so aufhören, seine Tabletten zu nehmen, von der Bildfläche verschwinden, und es interessiert tatsächlich niemanden. Es ist total einfach, Medikamente gegen alles zu bekommen, und total schwierig, mit jemandem darüber zu reden.

All das hat dazu geführt, dass ich das mit den Tabletten aufgegeben habe und irgendwie auch dazu, dass ich jetzt in der gottverdammten Straßenbahn sitze und nervös bin und zu einer Schamanin fahre, obwohl ich nicht daran glaube. Sie wird mir sowieso sagen, dass mein Fall kompliziert ist und nicht in einer Sitzung behandelt werden kann; dass ich wöchentlich vorbeikommen, Kristalle kaufen und meinen Uterus von den Anhaftungen früherer Partner reinigen muss.

»Du kannst auch einfach mir 200 € geben und dann sag ich dir das, es läuft aufs selbe hinaus«, hat Pony gesagt, und ich weiß, dass sie recht hat, aber trotzdem gibt es einen kleinen Teil in mir, der sagt: Einen Versuch ist es wert. Noch schlimmer kann es wohl kaum werden. Schaden wird es nicht.

Als ich ein Kind war, habe ich als Letzte in meiner Klasse noch an den Weihnachtsmann geglaubt. Und das gar nicht mal, weil ich überzeugt gewesen wäre, dass es den Weihnachtsmann gibt. Im Gegenteil, ich hatte begründete Zweifel an seiner Existenz. Aber gleichzeitig dachte ich mir: Sicher ist sicher. *Falls* es den Weihnachtsmann gibt – wie sehr wird er mich dann belohnen, wenn ich die Einzige bin, die noch an ihn glaubt?

Ich bin 15 Minuten zu früh und muss vor dem Haus warten. Denn wenn ich jetzt schon klingel, würde sie mir sicher nicht glauben, dass ich richtige Depressionen habe. Wer richtige Depressionen hat, kommt zu spät. Zu früh kommen nur Leute, die irgendwas anderes haben, irgendeine Zwangsstörung vielleicht oder Probleme mit Aggressionen. Es hat was sehr Aggressives, zu früh zu kommen, finde ich. Hallo, hier bin ich. Ich weiß, ich sollte eigentlich erst später kommen, aber ich dringe schon jetzt in deine Welt ein. Tadaaah, beschäftige dich mit mir!

Das Schaufenster der Bäckerei neben dem Hauseingang ist dreckig. Drinnen stehen Styroportorten und Plastikorchideen, eine Puppe in einer verblichenen Tracht hält eine alte Laugenbrezel in der Hand. Über der Theke hängen drei rote Erdbeeren aus Pappe und sehen aus, als wären sie in das Szenario hineingephotoshopt worden. Ich würde so was gerne festhalten und anderen Leuten zeigen, aber ich weiß nicht, wie ich das anstellen müsste und wen das interessieren soll. Es ist doch bemerkenswert, dass fast alles, was wir täglich sehen, von Menschen gestaltet wurde. Irgendwo da draußen lebt jemand, dessen ästhetischen Ansprüchen dieses Schaufenster entspricht. Es gibt einen Menschen, der ganz vorsichtig ein Loch in die Papperdbeeren gebohrt, sie an einen Nylonfaden gebunden und an die Decke gehängt hat. Ich versuche mit meinem Handy ein Foto von dem Arrangement zu machen, fange aber nur meine eigene Spiegelung ein.

Es ist 14:56 Uhr, und ich starre auf mein Display, um den Moment nicht zu verpassen, wenn die Uhrzeit umspringt auf 14:57 Uhr. Drei Minuten zu früh kommen ist vollkommen akzeptabel, außerdem bin ich jetzt zu aufgeregt, um länger zu warten. Ich werde gleich da reingehen und mit einer fremden Frau über meine Probleme reden. Das allein ist ja schon eine ziemlich große Sache. Aber ich habe auch noch keine Ahnung, was sie dann mit mir anstellen wird. Was ist, wenn ich Tierfüße essen muss?

Die Klingel gibt kein Geräusch von sich, und ich hasse so was. Jetzt weiß ich nicht, ob das Signal innen angekommen ist oder ob ich vielleicht nicht doll genug gedrückt habe. Wenn ich jetzt noch mal klingele, kann es sein, dass die Person, die mir aufmachen müsste, denkt: Herrschaftszeiten! Wie oft denn noch? Ich hab es schon beim ersten Mal gehört! Wenn ich nicht noch mal klingele, kann es sein, dass beim ersten Mal gar nichts passiert ist und ich hier morgen noch stehe. Und überhaupt, das ist doch eine Schamanin! Warum weiß sie nicht längst, dass ich vor der Tür stehe? Bevor ich ein zweites Mal klingeln kann, macht es ungnädig »Brrrrrrrrrr«, und ich drücke die Tür auf.

Die Frau sieht aus wie ein Mensch und hat eine Bluse an, die gut und gerne aus dem Land's End Katalog stammen könnte. Sie führt mich in einen Raum, der aussieht wie das Behandlungszimmer in einer beliebigen Arztpraxis. Ich bin nicht sicher, ob ich erleichtert oder enttäuscht bin. Ein bisschen mehr Hokuspokus hatte ich schon erwartet. Aber offensichtlich legt sie Wert darauf, eine seriöse Quacksalberin zu sein.

Sie lässt sich hinter ihrem Schreibtisch nieder und gibt mir mit einer Geste zu verstehen, dass ich mich ihr gegenüber hinsetzen soll. Ihr Lidschatten passt zu ihrer Bluse und die Bluse passt zu dem Bild hinter ihr an der Wand, und ich frage mich, ob sie jeden Tag so eine Bluse trägt oder ob dort jeden Tag ein anderes Bild hängt und ob irgendjemand über solche Dinge nachdenkt außer mir. Was sie für mich tun kann, möchte sie wissen. Ich weiß zuerst nicht, was ich sagen soll. Ist es nicht ihre Aufgabe, das herauszufinden? Ich kann ihr ja schlecht sagen: »Bitte wedeln Sie mit irgendwas herum und hauen Sie auf eine Trommel, und ein kleines Stück von einem getrockneten Tierfuß dürfen Sie mir auch anbieten, wenn es unbedingt nötig ist!«

»Ich muss ein Buch schreiben«, sage ich. »Also, ich will ein Buch schreiben. Über Depressionen. Und ich krieg das nicht hin. Weil ich Depressionen habe. Ironischerweise.«

Ich erkläre ihr, dass ich noch nie in meinem Leben etwas so sehr wollte wie dieses Buch zu schreiben und dass ich wütend auf mich selbst bin, weil ich jetzt endlich die Chance habe, es zu tun, und es trotzdem nicht schaffe. Dann schaue ich auf die Uhr. Das hat inzwischen schon ungefähr zehn Euro gekostet und bis jetzt hat sie nur genickt.

»Das Hindernis ist nie außen«, sagt sie. »Wenn unsere innere Ordnung gestört ist, dann sorgen wir dafür, dass wir außen Menschen und Situationen begegnen, die diese Unordnung widerspiegeln, so lange, bis wir etwas lernen und die innere Ordnung wiederhergestellt ist.« Sie erzählt von Strukturen, die wir in uns tragen, von Menschen, die sich mit ihrer Frau und mit ihrer Bäckereifachverkäuferin und mit ihrem Arbeitskollegen streiten und dass man entweder versuchen kann, die einzelnen Konflikte zu lösen, oder aber auf der Metaebene an den Strukturen arbeiten kann, die dafür sorgen, dass diese Streitigkeiten entstehen.

Das klingt total logisch, aber ich verstehe nicht, wie mir das helfen kann, die Depression loszuwerden und mein Buch zu schreiben, und außerdem muss ich mich daran aufhalten, dass sie das Wort Bäckereifachverkäuferin verwendet hat, und darüber nachdenken, ob die Bäckereifachverkäuferin in dem Laden nebenan wohl auch jemanden hat, der sich mit ihr streitet, und ob sie traurig war, als sie die Erdbeeren aufgehängt hat. Ich bin erschöpft.

»Ich habe das Gefühl, es geht wieder los, und ich hatte zwischendurch vergessen, wie das ist, aber jetzt fällt es mir wieder ein, alles, wie es sich angefühlt hat, wie es anfing und wie schlimm es dann geworden ist und ich hab einfach Angst!« Ich habe Tränen in den Augen. Ich hasse es, vor fremden Leuten zu weinen. »Es fühlt sich an, als würde die Depression sagen: ›Hallo, da bin ich wieder. Das wollen wir doch mal sehen, ob du dieses Buch schreibst!‹«

Die Frau schließt ihre Augen und öffnet ihre Augen und öffnet den Mund und dann ist sie die Depression. »HALLO, ICH BIN ES«, sagt sie und ihre Stimme klingt tief und rau. Sie sieht mich unverwandt an. »ICH BIN ZURÜCKGEKOMMEN. ICH WOLLTE FRAGEN: KENNST DU MICH AUCH GUT GENUG, UM ÜBER MICH ZU SCHREIBEN? WENN DU FRAGEN HAST, KANNST DU SIE GERNE STELLEN. WAS MÖCHTEST DU WISSEN?« Ich kriege kein Wort raus. Das ist wirklich, wirklich creepy.

»WENN DU EIN BUCH ÜBER MICH SCHREIBST, FREUT MICH DAS SEHR. WARUM WILLST DU MICH WEGSCHICKEN. HÖR DOCH LIEBER HIN, WAS ICH DIR ZU SAGEN HABE.« Dann wechselt sie wieder zu ihrer normalen Stimme und ihre Augen wandern durch den Raum und sie sagt, dass eine Depression dann entsteht, wenn etwas sich nicht anders ausdrücken kann, und dass es gut wäre, der Depression und dem, was sie verursacht, einen Ausdruck zu geben.

Ich bin noch nicht darüber hinweg, was gerade passiert ist. Es gab da so einen ganz kleinen Moment, in dem ich jemand oder etwas anderes in ihr gesehen habe. Wie hat sie das gemacht? Oder habe ich das gemacht? Und falls sie das absichtlich getan hat und anderen Leuten so einfach etwas suggerieren kann – wie groß muss die Versuchung sein, einfach mittendrin zu sagen: »HALLO, ICH BIN GOTT. GIB DER FRAU ALL DEIN GELD UND LASS DIR DEN UTERUS REINIGEN. DU SCHMUTZIGES MÄDCHEN.« Aber egal, was es ist, was sie da gerade gemacht hat: Es ist natürlich eine bessere Vorstellung, dass die Depression mich nicht an der Arbeit hindern will, sondern nach Ausdruck verlangt. Ich bin von klein auf vermindert im Ausdruck, was kein Wunder ist, wenn man bedenkt, wie behutsam man in meinem Elternhaus um Worte herumtänzeln musste, wie leicht es war, danebenzugreifen, und wie ich schon früh lernen musste, zwischen innen und außen zu unterscheiden und jeden meiner Gedanken sorgfältig zu überprüfen, ob er gefahrlos gesagt werden konnte. Und noch heute ziehe ich den Abbruch von Beziehungen einer offenen Auseinandersetzung vor, weil sich jeder Konflikt für mich bedrohlich anfühlt. Bestimmt hat sie recht, dass in mir ganz viel Ungesagtes ist. Aber davon kriegt man doch keine Depressionen?

Die Schamanin schreibt etwas auf einen Zettel, und ich wundere mich über den schlechten Geschmack, den sie bei der Auswahl ihrer Schreibwaren bewiesen hat. Wenn ich Schamanin wäre, hätte ich mir ja eine Schatulle aus Knochen besorgt und darin ein paar Pergamentstücke, eine edle Feder und grüne oder rote Tinte aufbewahrt. Sie hingegen benutzt eine hässliche gelbe Pappschachtel, in der ein Stapel Post-its und ein Werbegeschenk-Kugelschreiber liegen. Das sieht alles ziemlich unspektakulär aus, war aber sicher preiswert.

Dann soll ich mich auf den Zettel stellen und sagen, was ich fühle. Ich hoffe, mir fällt etwas ein, was ich sagen kann. Vielleicht kann ich behaupten, ich würde mich irgendwie ängstlich fühlen. Ich trete auf den Zettel und mir wird sofort schwindelig. Vielleicht bin ich zu schnell aufgestanden, oder es liegt daran, dass ich heute noch nicht genug gegessen und getrunken habe, ich weiß es nicht. Aber der ganze Raum schwankt und es fühlt sich an, als würde ich in den Boden hineingezogen. Es fühlt sich an, als wäre es unangenehm, auf dem Zettel zu stehen. Mir ist vollkommen klar, dass das alles ein großer Unsinn ist, wahrscheinlich bin ich einfach sehr suggestibel und bilde mir das nur ein. Trotzdem bin ich etwas überrascht, ich hatte nicht erwartet, überhaupt etwas zu fühlen.

Wir reden noch ein bisschen darüber, dass ich Schwierigkeiten habe, mich auf Dinge einzulassen, die man nicht mit dem Verstand erklären kann, und dass mein Verstand immer mein wichtigster Schutzwall war gegen alles, was emotional und überfordernd ist. Dann fängt sie an, ein Feuerritual durchzuführen. Sie klebt einen Zettel auf meine rechte Schulter und fuchtelt mit einem Streichholz darüber herum, um alles wegzuschicken, was alt ist und nicht mehr zu mir gehört. Ich finde, dass das als Metapher total Sinn ergibt, bin allerdings trotzdem etwas besorgt um meine Haare und meinen Pullover. Aber sie versichert mir, es sei noch nie jemand bei einem ihrer Feuerrituale zu Schaden gekommen. Danach setzt sie sich wieder auf ihren Stuhl und starrt einen Punkt in der Luft an, der ein Stückchen über meiner Schulter liegt. »Es arbeitet noch«, sagt sie. »Wir können das nächste erst anzünden, wenn dieses hier fertig ist.« Ein wenig albern komme ich mir vor, wie ich so dasitze und warte und nicht genau weiß, auf was. Ich frage mich, ob die Schamanin sich auch manchmal langweilt beim Warten und ob sie dann wohl salbungsvoll verkündet »Es hat jetzt fertig gearbeitet«, oder ob sie sich zwingt, trotzdem eine bestimmte Zeit abzuwarten.

Insgesamt muss sie auf jeder Schulter drei Zettel anzünden. Also sechs Zettel. Das Ritual zieht sich ein wenig zu lange hin für meinen Geschmack, aber ich sehe ein, dass das so sein muss, denn drei ist ja eine Zahl, die gerne mit Bedeutung aufgeladen wird, und Menschen haben nun mal zwei Schultern.

Und dann passiert plötzlich etwas. Ein Flackern im Raum, ein Kribbeln im Nacken, eine Träne auf meiner Wange, und dann lasse ich den alten Schmerz los und es ist ein bisschen traurig, weil er mich so lange begleitet hat. Meine Eltern, meine Schwester, das kleine Haus mitten im Wasser, es ist egal, was früher war. Wenn man lange Zeit in einem bestimmten Schmerz gelebt hat, denkt man irgendwann: Das bin ich. Und sich von diesem Schmerz verabschieden fühlt sich ein bisschen an, als müsste man sterben. Aber auf einmal weiß ich, dass da etwas hinter dem Schmerz ist.

Ein Zettel, ein Knistern, und auf einmal spüre ich den neuen Schmerz. Anton. In diesem einen Moment kann ich fühlen, was wir geteilt haben und wie wichtig das war und wie traurig es ist, dass es vorbei ist und nicht wiederkommen wird. Und ich weiß, wenn man traurig ist, dass etwas endet, bedeutet das auch, dass es gut ist, dass es überhaupt passiert ist, und ich weiß, dass ich etwas daraus gelernt habe, aber es wird noch etwas dauern, bis es weniger wehtut und die Erinnerung kein Schmerz mehr ist, sondern reines Wissen. Irgendwann muss ich mir selbst vergeben, denke ich, und kann plötzlich wieder freier durchatmen. Ganz genüsslich und ohne Angst nehme ich die Luft auf, geradezu köstlich kommt es mir vor, atmen zu können, was für ein Vergnügen! Ich könnte den ganzen Tag zu Hause sitzen und atmen!

»Und wie lange hält das jetzt?«, frage ich und bin gespannt, welchen Behandlungsrhythmus sie mir wohl für die Zukunft vorschlagen wird.

»Na, für immer, hoffe ich doch!«, Sagt sie und lächelt nachsichtig.

»Muss man das nicht irgendwann noch mal wiederholen? Oder was anderes machen?«

»Nein, wir sind jetzt fertig. Sie können jetzt Ihr Buch schreiben.«

»Und wenn ich irgendwann wieder Probleme bekomme?«

»Das glaube ich eigentlich nicht«, sagt sie freundlich. »Wir haben die innere Ordnung geklärt, und wenn die innere Ordnung im Gleichgewicht ist, dann können gar keine neuen Probleme auftreten.«

»Aber …«

»Wir haben das Alte gehen lassen und das Neue willkommen geheißen und damit ist alles erledigt. Ich wünsche Ihnen ein gutes Ankommen in Ihrem neuen Sein!«

Draußen auf der Straße ertappe ich mich dabei, wie ich eine Weile die Erdbeeren im Schaufenster anstarre und nichts dabei denke. Dann atme ich tief durch und mache mich auf den Weg nach Hause. Eventuell muss ich jetzt wirklich dieses Buch schreiben.

*

Pony sagt, es gehört zu ihrer Entwicklung, ein Kind zu kriegen.

»Das hat Sylvia Plath auch gedacht«, murmele ich.

»Wie bitte?«

»Nichts. Aber hast du dir das auch gut überlegt?«

Pony seufzt. »Das mit dem Überlegen ist dein Hobby, nicht meins. Es gibt Sachen, die überlegt man nicht. Die fühlt man einfach.«

Ich fasse es nicht, wie gelassen sie wirkt. Da steht sie, meine beste Freundin, die einzige Person auf der Welt, die ich um mich haben kann, wenn es mir schlecht geht, und jetzt wächst ein Mensch in ihr und wird sich eines Tages gewaltsam seinen Weg nach außen bahnen und ihr ganzes Leben an sich reißen. Wie kann sie da nicht in Panik verfallen? Ich bin ja schon kurz vor einer Panikattacke, wenn ich mich ein bisschen zu sehr in sie hineinversetze. Ich will noch etwas sagen, will ihr erklären, wie ängstlich und wütend mich das macht, wenn Leute Kinder kriegen, als wäre es nichts, aber Pony drückt mich und tätschelt meinen Kopf.

»Ich bin nicht wie deine Mutter«, sagt sie.

Wir sitzen auf dem Fußboden, mit dem Rücken an mein altes Sofa gelehnt, knabbern Nüsse und reden und es ist fast wie früher, nur dass Pony jetzt keine Weinschorle mehr trinkt.

»Witzig wär's ja, wenn ich mir neun Monate lang Mühe gebe und keinen Alkohol trinke und kein Sushi esse und das ganze Zeug, und dann kommt das Kind raus und ist voll das Monster.«

»Na ja, geht so«, brumme ich. »Gibt witzigere Dinge.«

Ich denke an meine Mutter und ihre Klagen, neun Monate lang auf alles verzichtet, neun Monate diese Last getragen, die schlimmsten Schmerzen ihres Lebens und dann das, ein weinerliches, empfindliches Kind, eine einzige Enttäuschung.

»Wenn das so wäre, würde ich das Kind aber trotzdem lieben«, sagt Pony.

Ich seufze. »Wegen der Hormone?«

Pony lacht. »Nein, wegen kognitiver Dissonanz!«

Es ist doch Wahnsinn, wie sehr ein Frauenleben auch heutzutage noch von Kindern bestimmt wird. Von Kindern, die man bekommt, und von Kindern, die man nicht bekommt. Früher war das für die meisten eine klare Sache, wenn man verheiratet war, dann bekam man Kinder, das war ganz selbstverständlich, und wenn man nicht zeitgerecht ablieferte, konnte man davon ausgehen, dass im Supermarkt getratscht wurde und einem hier und da verschwörerisch: »Wie lange versucht ihr es denn schon?« zugeflüstert wurde.

Die Häuser in den Neubaugebieten entstanden alle in ähnlichem Tempo, wurden bezogen, man richtete sich häuslich ein, und dann kamen die Kinder, erst das eine und dann in einem Abstand von ungefähr zwei Jahren das zweite. Die älteren Kinder bildeten Banden, fuhren mit ihren Fahrrädern herum, kletterten auf die Altpapiercontainer und kokelten das Bushäuschen an. Die jüngeren Geschwisterkinder malten mit Kreide auf der Straße, spielten Gummitwist und sangen Abzählreime. »Wir sagen no, no, no, wir sagen si, si, si, wir sagen no, wir sagen si, wir sagen em-pom-pi.« Dazu klatschten sie rhythmisch in die Hände ihres Gegenübers.

Sara und ich fielen aus diesem Muster heraus. Nicht einmal vom Alter her passten wir zu den Nachbarskindern. Unsere Mutter erzählte manchmal, dass sie versucht hätte, schwanger zu werden, und der Arzt ihr schon gesagt hätte, sie sei unfruchtbar. Sie sei sehr traurig gewesen, hätte sich aber letztlich damit abgefunden und geplant, mit unserem Vater eine schöne Reise zu machen, denn schließlich würden sie ja Geld sparen, wenn sie kinderlos blieben.

»Und dann wurde ich schwanger«, sagte sie finster und vorwurfsvoll. »*Nachdem* alles gebucht war.«

Ich erzähle Pony davon. »Oh Mann«, sagt sie. »Immer, wenn du was aus deiner Kindheit erzählst, ist es was Furchtbares. Normalerweise sagen Mütter, dass sie sich gefreut haben, schwanger zu werden? Alles andere ergibt doch überhaupt keinen Sinn.«

»Na ja, das ergibt schon Sinn«, sage ich. »Also das erklärt ja viel. Wir sind die Kinder, die erst nicht kamen und dann all ihre Pläne durchkreuzt haben. Wir waren sozusagen zur falschen Zeit am falschen Ort. Natürlich hatten wir einen schlechten Start miteinander.«

Pony schüttelt den Kopf. »Deine Mutter ist einfach total gestört«, sagt sie. »Das ist keine Frage des Timings. Ein paar Jahre früher wäre die auch gestört gewesen.«

Wahrscheinlich hat sie damit recht, aber ich finde es trotzdem einfacher, mir vorzustellen, dass der Zeitpunkt schlecht war, als einzusehen, dass ich nie eine Chance hatte.

Ich überlege, ob ich Pony erzählen soll, wie ich unzählige Male versucht habe, Sara einen Abzählreim und den dazugehörigen Klatschrhythmus beizubringen, weil man das nur machen kann, wenn man mindestens zu zweit ist. »Wir sagen no, no, no, wir sagen si, si, si, wir sagen no, wir sagen si, wir sagen em-pom-pi.« Nachdem man die Arme vor der Brust verschränkt hatte, musste man sich einmal abklatschen, die linke Hand zeigte dabei nach unten, die rechte nach oben; danach schlug man sich gegenseitig in die erhobenen Handflächen und dann klatschte man einmal selbst in die Hände. »Em-pom-pi Kolonie Kolonastik, em-pom-pi, Kolonie, Akademi Safari, Akademi puffpuff – und den Deckel oben druff.« Sara brachte die Reihenfolge durcheinander, oder sie vergaß zu singen, oder sie erfand ihren eigenen Text. Das ärgerte mich, denn ich wollte es unbedingt genauso machen wie alle anderen. Einmal habe ich auch versucht, ihr dieses Spiel zu zeigen, bei dem man sich einen Faden um die Hände legt und der andere muss den Faden dann abnehmen und Figuren daraus bilden. Leider musste ich feststellen, dass ich es selber nicht wirklich konnte, weil es noch nie ein anderes Kind mit mir gespielt hatte.

Aber wenn ich Pony davon erzähle, dann will sie das wahrscheinlich mit mir nachholen, das wäre total ihr Ding. »Es ist nie zu spät, eine glückliche Kindheit zu haben«, hat sie einmal gesagt, und dann haben wir zusammen irgendeinen Shit mit Fingerfarbe gemalt, und das war schon irgendwie schön und lieb von ihr, aber gerade habe ich keine Lust auf Abzählreime oder Fadenspiele; außerdem befürchte ich, dass ich das immer noch nicht richtig kann.

*

Ken hat gesagt, er kommt heute vorbei und holt mich ab, um mit mir spazieren zu gehen, aber er hat nicht gesagt, wann genau. Ich wollte nicht die uncoole Spießerin sein, die alles ganz genau wissen muss, und habe deswegen nicht nachgefragt, aber jetzt bereue ich es ein bisschen, denn ich befinde mich seit dem Aufstehen in einer nervigen Denkschleife, in der ich die ganze Zeit überlege, ob es sich noch lohnen würde, irgendetwas anzufangen, bevor er kommt. Ich rechne aus, wie viel Zeit ich für bestimmte Tätigkeiten brauchen würde, schaue nach, was noch auf meiner To-do-Liste steht und wie lange das dauern könnte, addiere die Zahlen und rechne eine Weile hin und her, bis mir wieder einfällt, dass diese Information überhaupt keinen Wert hat, weil ich ja nicht weiß, wann er kommt.

Das Problem ist auch, ich kann manche Sachen nur machen, bevor ich geduscht habe und manche erst hinterher. Mein ganzer Tag wird gegliedert in eine Prä- und eine Post-dusch-Phase. Aufräumen, staubsaugen, das Aquarium saubermachen, den Müll raustragen, dreckige Wäsche in die Waschmaschine tun: Das sind alles Tätigkeiten, die ich grundsätzlich nur im ungeduschten Zustand erledige. Wenn man staubsaugt, wirbeln dabei ganz kleine Staubpartikel und Hautschüppchen durch die Luft und die ekelhafte warme Staubsaugluft fährt einem durchs Gesicht und danach fühlt man sich schmutzig. Es ist ganz klar, dass man diese und andere Drecksarbeiten nur erledigen kann, bevor man unter die Dusche geht. Optimal ist es, die dreckige Wäsche anzustellen, direkt bevor man unter die Dusche geht, denn dann kann man als Letztes noch die Klamotten ausziehen, die man gerade trägt, und mit in die Waschmaschine legen.

Staubsaugen wollte ich auf jeden Fall noch, das habe ich mir ganz fest für heute vorgenommen. Aber vielleicht ist es besser, erst den Müll rauszutragen? Sonst krümelt vielleicht etwas auf den Boden, während ich ihn rausbringe, und dann muss ich direkt noch einmal staubsaugen. Das Aquarium kann ich erst nach dem Staubsaugen reinigen, denn wenn Wasser auf den Boden tropft, kleben die Staubflocken am feuchten Fußboden fest und dann staubsaugt es sich schlecht. Aber die abgeschnittenen Wasserpflanzen und die alte Filterwatte müssen in den Müll, und eigentlich schmeiße ich die gerne in den Müll, kurz bevor ich ihn rausbringe, damit es nicht anfängt zu stinken. Also muss ich wohl doch als Letztes den Müll herunterbringen.

Erst nach dem Duschen ist Zeit für saubere Tätigkeiten wie Essen zubereiten oder schreiben. Das bedeutet aber auch, dass ich die ganze Zeit, während ich all die anderen Dinge erledige, immer ein schlechtes Gewissen haben muss, weil ich noch nichts geschrieben habe. Und jetzt habe ich noch nicht einmal mit irgendetwas angefangen, und das ist alles nur Kens Schuld, weil er nicht gesagt hat, wann genau er kommt.

Ich bin allmählich ein wenig sauer auf ihn, was bildet der sich eigentlich ein? Mein ganzer Tag ist fremdbestimmt, alles nur seinetwegen. Seinetwegen muss ich heute duschen und vor dem Duschen muss ich diese ganzen anderen Sachen machen, oder auch nicht, da bin ich mir mit mir selber uneinig, ich weiß ja nicht, wann er kommt und was ich vorher noch schaffen kann, vielleicht wäre es besser, jetzt einfach direkt duschen zu gehen, dann hätte ich wenigstens das erledigt.

Irgendwie ist es früher Nachmittag geworden und ich weiß nicht, wo die Zeit geblieben ist, aber jetzt fange ich natürlich an, auszurechnen, wie viel Zeit ich verplempert habe und was ich in der Zeit alles hätte schaffen können, wenn ich mich mal dazu hätte aufraffen können. Machen andere Leute das auch so? Ich kann es mir nicht vorstellen. Ich glaube, die meisten Leute erledigen einfach eine Sache nach der anderen, und irgendwann ist es Abend. So ist es ja auch richtig. So führt man ein Leben. Die ganze Zeit überlegen, was man noch alles machen muss und in welcher Reihenfolge man das erledigen könnte und dann nichts davon machen, das ist kein Leben. Allmählich setzt die Scham ein, weil es Nachmittag ist und ich immer noch meinen Schlafanzug trage und noch nicht mal geduscht habe.

»Bin in zwanzig Minuten bei dir«, schreibt Ken. Hektisch reiße ich mir meine Kleidung herunter und stopfe sie in die Waschmaschine, renne ins Bad und putze mir die Zähne, während ich dusche. Warum muss ich das schon wieder auf den letzten Drücker machen? Unter der Dusche verliere ich immer so viel Zeit. Das Wasser trommelt auf meinen Kopf und es dauert ein bisschen, aber irgendwann tauche ich ein und bin in einer friedlicheren, wärmeren Welt. Alles wird weggewaschen. Unter der Dusche ist fast immer alles gut, und ich glaube, ich gehe auch deswegen manchmal so lange nicht duschen, weil ich mir das nicht gönnen kann. Oder ich denke, ich müsste mir das gute Gefühl beim Duschen erst noch verdienen, indem ich all die unerfreulichen Dinge mache, die man nur davor machen kann, und dann mache ich diese Dinge nicht *und* gehe nicht duschen, und dann fühle ich mich noch schlechter. Wenn ich eine Weile unter der heißen Dusche gestanden habe, wird es immer schwieriger, die Willenskraft aufzubringen, um wieder herauszukommen. In diese Welt, in der man friert und Verpflichtungen hat und ein Buch darauf wartet, geschrieben zu werden.

Shampoo läuft in meine Augen und brennt. Ich habe mal gelesen, dass es gut ist, wenn es brennt, denn in dem Shampoo, was nicht brennt, sei ein Betäubungsmittel, sodass es nicht schmerzt und man nicht reibt oder das Auge zusammenkneift, aber es sei trotzdem schlecht, wenn man Shampoo im Auge hätte, egal, ob es wehtut oder nicht.

Es klingelt an der Tür, ich haue mir den Fuß an der Duschumrandung an und glitsche durchs Badezimmer zu meinem Handtuch. Ich hätte eine Stunde lang duschen können, das wäre kein Problem gewesen, wenn ich vor mindestens einer Stunde damit angefangen hätte.

Ich finde es ganz furchtbar, Leuten nur in ein Handtuch gewickelt die Tür aufzumachen, und trotzdem führe ich diese Situation immer wieder herbei. Ken muss doch jetzt denken, dass ich ihm damit irgendetwas sagen will.

»Geh schon mal in die Küche, ich zieh mir noch kurz was an«, sage ich.

»Logo«, sagt er und geht in die Küche.

»Wir können nichts miteinander anfangen, Ken«, sage ich, als wir im Park auf einer Bank sitzen und versuchen, ein paar Sonnenstrahlen zu erhaschen. »Ich bin emotional gar nicht stabil genug für eine Beziehung.«

»Logo«, sagt er. »Kein Problem. Aber wäre es nicht trotzdem besser, wenn es dir besser ginge? Was hast du denn?«

Ich male mit der Fußspitze Kreise in den steinigen Weg vor uns. Viele Steine sehen so aus, als wären sie kleine Stückchen von anderen Steinen. Als könnte man das alles zusammenpuzzeln und hätte dann einen großen Steinklumpen. Ich weiß nicht, wo ich anfangen soll. Ich kann Ken ein paar kleine Steinchen zeigen, aber unmöglich den ganzen Klumpen.

»Ich fühl mich schuldig, weil ich meinen Mann verlassen habe«, sage ich. »Ich hab ihn im Stich gelassen. Er hat es bis zuletzt versucht und ich hab einfach aufgegeben.«

Ken zuckt mit den Schultern.

»Ja, mei. Das ist dein gutes Recht. Du kannst nicht für jemand anderen mit ihm zusammenbleiben. Jeder kann jederzeit gehen.«

»Aber das ist doch voll traurig«, sage ich. »Ich hab das Gefühl, ich muss jetzt bis ans Ende meines Lebens traurig sein.«

»Oder du hörst irgendwann damit auf, traurig zu sein. Stell dir vor, jemand hat einen Hund, und der stirbt. Ist das dann automatisch schlimm? Oder ist das so schlimm, wie es der Besitzer findet? Was ist, wenn irgendwo im Wald ein Hund stirbt und niemand merkt es?«

»Das hast du geklaut«, sage ich. »Da geht es eigentlich um einen Baum.«

»Ist doch egal, worum es geht«, sagt Ken. »Das ganze Leben ist so. Das ganze Leben ist wie ein Hund, der stirbt. Und das ist so schlimm, wie du es findest.«

Ich werfe meine Kippe ins Gebüsch.

»Meine Schwester ist tot, und ich hab sie im Stich gelassen«, sage ich. »Ich hätte sie noch mal sehen können, und ich hatte Angst, und ich wollte nicht, und dann ist sie gestorben, ohne dass ich ihr tschüss gesagt habe.«

Ken legt den Arm um mich und streichelt meine Schulter. Ich weine ein bisschen an seinem Hals, und dann noch ein bisschen mehr, bis ich irgendwann zu erschöpft bin, um weiter zu weinen.

»Du kannst nichts dafür«, sagt Ken. »Du kannst nichts dafür, dass deine Schwester gestorben ist, und du kannst auch nichts dafür, dass du damit überfordert warst. Man kann sich doch nicht aussuchen, mit was man klarkommt.«

Ich nicke. Das klingt logisch, aber ich kann ihn trotzdem nicht ansehen. Ich schäme mich zu sehr. Ich bin eine Person, die ihre Schwester alleingelassen hat.

»Ich glaube, es wäre wirklich gut, wenn du darüber mal mit einem Therapeuten reden würdest«, sagt Ken.

Fängt er jetzt auch schon damit an.

»Ich war schon mal bei einem Therapeuten.«

»Regelmäßig, meine ich.«

*

»Sie ist wach!«

Mein Vater klingt aufgeregter, als ich ihn jemals gehört habe. »Sie ist wach, und sie möchte dich sehen! Komm vorbei, dann könnt ihr über alles reden.«

Ein Teil von mir möchte gerne glauben, dass das etwas bringen könnte, und hinfahren. Ich habe Angst, dass ich es bereue, wenn ich es nicht mache.

»Auch über Sara?«, frage ich.

»Du weißt, dass wir über Sara nicht reden«, sagt mein Vater und klingt viel kühler als eben. »Das würde euch beide nur unnötig aufregen.«

Gerade regt mich vor allem das »unnötig« in diesem Satz auf. Er redet weiter, und ich beame mich ein bisschen weg. Als ich wieder zurückkomme, sagt er abschließend und feierlich: »Und es könnte sein, dass das die letzte Gelegenheit ist, noch mal mit ihr zu reden.«

»Aber nicht über Sara«, sage ich.

»Nein, nicht über Sara.«

Ich kann kaum sprechen.

»Wahrscheinlich wäre es wirklich gut, über alles zu reden«, sage ich. »Aber nicht mit ihr. Sondern mit einem Therapeuten.«

*

»Dingdong, guten Tag. Ich bin es noch einmal, der Suizidgedanke. Ich möchte mit Ihnen über Selbstmord reden und darüber, dass Sie keine Familie mehr haben. Denken Sie nicht auch, dass Sie ziemlich alleine auf der Welt sind? Und denken Sie auch mal an das Buch und an den Abgabetermin. Das ist doch unmöglich zu schaffen?«

Florian sitzt garantiert die ganze Zeit im Büro und sagt: »Dafür, dass es so viele Verzögerungen gab, muss es jetzt aber auch besonders gut sein!« Ich stelle mir vor, wie seine Erwartungen immer höher werden, so hoch, dass ich sie eigentlich sowieso nicht mehr erfüllen kann, geschweige denn in einer so kurzen Zeit. Ich wälze mich herum und male mir aus, wie ich einfach verschwinde, ich könnte das letzte Geld abheben und mich vom Acker machen, ich sehe es vor mir, wie ich durch die Nacht streiche und am Ende irgendwo von einer Brücke springe, und ich erkenne den Gedanken wieder, das habe ich mir schon als Kind vorgestellt, wenn wir mit dem Auto über eine Brücke gefahren sind. Aber auch wenn man sich umbringt, wird das, was man bis dahin geschrieben hat, wahrscheinlich veröffentlicht. Und dann lesen alle meine dürftigen Notizen und sagen: »Die ist tot, und guck mal, wie blöd die war!!!«

Der Suizidgedanke ist schon so oft vorbeigekommen und er hat mich nie besiegt. Ich bin Vera. Ich bin 31 Jahre alt. Ich habe es geschafft, 31 Jahre alt zu werden, ohne ein Kind zu bekommen und diesem Kind Schaden zuzufügen. Das ist mehr, als andere Leute schaffen.

*

Es klingelt an der Tür und ich habe sofort ein schlechtes Gefühl. Als ich die paar Schritte über den Flur laufe, wird mir schwindelig, weil ich zu schnell aufgestanden bin.

»Guten Tag. Oder vielleicht sollte ich eher sagen, Guten Morgen!«, sagt der Mann und schmunzelt unpassend auf meinen Schlafanzug herunter.

Immer wenn jemand kommentiert, dass ich zu irgendeiner Tageszeit noch im Schlafanzug bin, liegt es mir auf der Zunge zu sagen: »Es gibt auch Menschen, die nachts arbeiten müssen!«, und das ist keine Lüge, es gibt diese Menschen, aber ich bin keiner von ihnen, deswegen sollte ich vielleicht einfach die Klappe halten.

Der Mann hält mir einen Blumenstrauß hin. Ich nehme ihn. Er druckst herum und schaut mich erwartungsvoll an. Natürlich, er will Trinkgeld. Noch während ich überlege, welcher Tag heute ist und von wem die Blumen sein könnten, krame ich in dem Marmeladenglas auf der Anrichte, finde zwischen dem ganzen Kleingeld zwei Euro, drücke sie ihm in die Hand und mache ihm die Tür vor der Nase zu, bevor er Gelegenheit hat, die Unordnung in meiner Wohnung genauer zu betrachten und ein Urteil über mich zu fällen.

Es ist ein Strauß Lilien. Auf der Karte steht: »Liebe Vera,

mit großer Bestürzung habe ich vom Tod Deiner Mutter erfahren. Das muss schrecklich für Dich sein, es tut mir unglaublich leid. Wenn ich irgendetwas für dich tun kann, sag bitte Bescheid. Ich denke an Dich und wünsche Dir viel Kraft. In Liebe, Anton.« Ich starre die Karte an, die in meiner Hand zittert. Mein Vater muss ihn benachrichtigt haben, und ganz offensichtlich hat er vergessen zu erwähnen, dass ich es noch nicht weiß, weil ich nicht mehr ans Telefon gehe, wenn er mich anruft. Und ganz offensichtlich habe ich jahrelang vergessen, zu erwähnen, dass ich meine Mutter aus meinem Leben gestrichen habe.

Anton kennt mich überhaupt nicht. Das ist natürlich meine Schuld, aber es ändert nichts daran, dass es so ist. Es will mir nicht in den Kopf, wie man so viel Zeit miteinander verbringen und trotzdem dermaßen aneinander vorbeileben kann.

*

Ich war noch nie gut darin, mich zu trennen. Und ich befürchte, dass das einer der Gründe dafür war, dass ich eine Zeit lang sehr alte Männer bevorzugt habe. Da kann man sich wenigstens ausmalen, dass sich das Problem über kurz oder lang von alleine erledigen würde. Anderen Leuten fällt so etwas leichter. Im Studium sagte ich einmal zu einer Kommilitonin: »Ich habe das Gefühl, ich bräuchte mal wieder eine Veränderung!«

Und sie sagte in heiterem Tonfall: »Trenn dich doch von Pablo!«, als ginge es darum, sich einen neuen Haarschnitt machen zu lassen.

Mit Pablo lief es damals tatsächlich nicht so gut. Nachdem mein vorheriger Freund mir so ähnlich gewesen war, dass er zu lange grübelte und dann leider wahnsinnig wurde, hielt ich es für besser, vorsichtig zu sein und mir als Nächstes einen Partner zu suchen, der nicht von allzu viel Innenleben belastet war. Pablo war ein robuster, gutartiger Kerl, der Fototapete mit Palmenstränden und Satinbettwäsche mit Rosenblättern drauf mochte. Wir lebten zwei Jahre lang glücklich und zufrieden in einer gemeinsamen 2-Zimmer-Wohnung, bis mir eines Tages auffiel, dass er strohdumm war. Von da an nervte mich alles an ihm. Er fing Besucher an der Tür ab und laberte sie endlos voll, immer wieder mit denselben Geschichten, und ich stand im Flur hinter ihm und kämpfte gegen den Drang, ihm eine Gabel in den Rücken zu rammen. Er schlurfte ständig in Jogginghose herum, ernährte sich ausschließlich von Aldi-Toastbrot mit Mortadella, hing den ganzen Tag über vor dem PC und spielte Landwirtschaftssimulator und Fernfahrersimulator in Echtzeit. Als ich ihn einmal fragte, ob er mit mir ins Kino gehen wolle, sagte er: Nein, er müsse gerade einen Gefahrguttransporter von München nach Berlin steuern. Wenn das gut klappen würde, dann bekäme er auch mal bessere Aufträge zugeteilt. Schön, sagte ich, wenn das mit dem Kino gut klappen würde, bekämst du auch von mir mal bessere Aufträge zugeteilt! Aber Pablo hörte gar nicht zu.

Einmal versuchte ich, mit Pablo Sex zu haben, aber er sagte: Nein, nicht heute, aber vielleicht übermorgen, denn übermorgen wollte er sowieso duschen und sich die Haare neu machen. »Die Haare neu machen« war ein kompliziertes Verfahren, das eine halbe Tube Gel und eine Tonne Sprühlack erforderte. Als ich fragte, ob er seinen Duschtag nicht ausnahmsweise vorverlegen oder meinetwegen auch ungeduscht mit mir rumvögeln könne, sagte er, er habe leider keine Zeit, weil er noch ein Buch in die Bibliothek zurückbringen müsse. Pablo kotzte mich also an wie nichts Gutes, und ich wünschte ihm heimlich die Pest an den Hals, nichtsdestotrotz war ich beim besten Willen nicht in der Lage, mich von ihm zu trennen. Das kannte ich von zu Hause nicht. In meiner Familie trennten sich die Leute nicht, sondern machten sich gegenseitig das Leben zur Hölle, und warteten darauf, dass einer der beiden krank wird und stirbt. Angesichts Pablos gesteigerten Toastbrot-

Konsums war ich zuversichtlich, dass er den Kürzeren ziehen würde und mir vielleicht zum Lebensende hin noch fünf bis zehn schöne Jahre ohne ihn blieben.

Meine Libido machte mir einen Strich durch die Rechnung. In einer E-Mail an einen guten Bekannten fragte ich »aus Versehen«, ob er mit mir schlafen wolle, und er willigte ein und schlug auch gleich einen Termin vor. So viel Entgegenkommen war ich von Pablo nicht gewohnt. Man mag von meinem Verhalten denken, was man will, aber ich war voller Vorfreude und hatte nun endlich eine klare Deadline.

Nachdem ich es noch ein paar Tage vor mir hergeschoben hatte, teilte ich Pablo mit, dass ich ihn verlassen würde. »Ach so«, sagte er, schmierte sich ein halbes Toastbrot (nicht: eine halbe Scheibe Toastbrot) und setzte sich an den PC, um Landwirtschaftssimulator zu spielen.

Mit dem guten Bekannten war ich dann relativ schnell durch, weil er aus der Nähe komisch roch. Das Einzige, was noch unangenehmer ist als Menschen, die aus der Nähe komisch riechen, sind Menschen, die aus der Ferne komisch riechen. Das war bei ihm glücklicherweise nicht der Fall, aber es war schlimm genug. In seinen E-Mails hatte er immer gut gerochen, sodass die Realität eine herbe Enttäuschung für mich war. »Vielleicht trocknet er seine Wäsche nicht richtig?«, fragte Pony besorgt, als ich ihr davon berichtete. Pony ist echt ein viel besserer Mensch als ich und sieht in anderen Menschen immer das Gute, selbst wenn sie komisch riechen. Ich hatte aber keine Geduld für so was, ich bin ja nicht Amy Sagaras, diese übermotivierte Wäsche-Expertin aus der Werbung, die nachts immer im Fernsehen kommt. Glücklicherweise stellte sich heraus, dass der gute Bekannte sich im Laufe unserer kurzen und guten Bekanntschaft noch nicht allzu sehr an mich gewöhnt hatte. Als ich ihm nach tagelangem Herumdrucksen irgendwann schweren Herzens mitteilte, dass ich die Bekanntschaft nicht weiterführen wolle, sagte er: »Das passt mir gut, übermorgen kommt meine Freundin zurück aus dem Urlaub!«

Doch die Erleichterung währte nur kurz, denn zack, bekam ich die nächste Beziehung übergestülpt. Philipp war »zufällig mit einer Flasche Wein in der Gegend«. Zack, hatten wir eine Beziehung. Er war Bodybuilder und überzeugt, dass alles, was er mit seinem Körper anstellte, wahnsinnig interessant sei. Einige dieser Dinge waren tatsächlich ganz interessant für mich, aber das meiste eher nicht.

Philipp war schwer loszuwerden, denn immer, wenn ich mit ihm Schluss machte, sagte er: »Pschschscht ... ich lass dich doch nicht im Stich« und presste mich an sich, und dann versuchte ich mich zu befreien, was aber nicht ging, weil Philipp sehr stark war, und dann fand ich das irgendwie gut und musste Sex mit ihm haben. Als wir bei durchschnittlich einer Trennung am Tag angekommen waren und es allmählich für uns beide etwas anstrengend wurde, sah ich keinen anderen Ausweg, als zu behaupten, ich hätte einen anderen Mann kennengelernt.

Nachdem ich Philipp endlich entkommen war, hatte ich erst mal gar keine Lust auf Beziehungen und sagte das auch jedem. Das war keine gute Idee. Es gibt Menschen, die wollen beim Autohändler grundsätzlich das einzige Auto auf dem ganzen Hof, auf dem »reserviert« steht, unabhängig davon, wie viele Dellen die Karre hat. Innerhalb kürzester Zeit sammelte ich daher eine ganze Menge von beziehungsähnlichen Konstrukten an. Ich will ja nicht angeben, aber zu Stoßzeiten waren es acht gleichzeitig. Als Frau acht Männer zufriedenzustellen, ist nicht einfach. Das Schwierigste daran ist, sich zu merken, wer von den Leuten gerne Oliven isst und wer nicht.

Irgendwann lernte ich dann Anton kennen und hatte weder Zeit noch Lust, mit all meinen Beziehungskarteileichen Schluss zu machen. Ich schrieb daher eine Rundmail, was ich im Nachhinein ein bisschen unschön finde. Immerhin hatte ich den Anstand, die Menschen in bcc und nicht in cc zu setzen.

Inzwischen denke ich, man kann sich viel Stress ersparen, indem man gar nicht erst eine Beziehung eingeht. Und der wirksamste Schutz vor einer Beziehung ist die Ehe. Anton war mir mal wichtig, das ist keine Frage, aber er war auch so etwas wie eine Schutzkappe, die man auf eine Steckdosenleiste steckt, wenn man plant, sie eine Weile nicht zu benutzen.

Als wir geheiratet haben, hatte ich keine Zweifel oder zumindest keine, die ich mir eingestanden hätte. Ich war mir vollkommen sicher, dass das die richtige Entscheidung wäre. Irgendwann kamen die Zweifel, und das Gefühl, dass ich inzwischen ein anderer Mensch geworden bin und etwas anderes möchte und dass wir so aneinander vorbeileben und keiner von uns weiß, wer der andere eigentlich ist. Aber ich habe geschwiegen, um Anton nicht zu enttäuschen.

Und jetzt habe ich Schuldgefühle. Ich denke, wenn ich Anton sage, dass es endgültig vorbei ist, wird er sagen: »Hättest du das nicht damals ahnen müssen?« Ich habe das Bedürfnis, mich die ganze Zeit dafür zu rechtfertigen und tausend Gründe zu finden, warum ich es damals noch nicht wissen konnte. Oder er wird schimpfen, dass ich es nicht früher gesagt habe.

Ich fühle mich ein bisschen wie früher, wenn ich krank war oder verschlafen habe und wusste, ich muss im Büro anrufen und Bescheid sagen, dass ich nicht komme, aber es ist eigentlich schon zu spät. Aber das hier ist natürlich noch schlimmer. Das ist Anton, der Mensch, der mir mal am wichtigsten war. Mir geht jedes liebe Wort, das wir uns mal gesagt haben, und jedes einzelne Versprechen, das wir uns gemacht haben, im Kopf herum.

*

Es klingelt und klingelt und Anton geht nicht ran. Komischerweise bin ich relativ ruhig. Ich habe ein etwas mulmiges Gefühl, bin aber auch ein bisschen erwartungsvoll. Gleich werde ich es hinter mir haben.

»Ich will, dass wir uns scheiden lassen«, sage ich.

»Okay«, sagt Anton. »Das ist schade, aber ich muss das akzeptieren.«

Ich weiß nicht, was ich darauf antworten soll. Tut er nur so, oder hat er es wirklich verstanden?

»Wir kommen nicht wieder zusammen«, sage ich sicherheitshalber noch.

»Ja«, sagt Anton. »Das habe ich mir inzwischen auch schon gedacht. Dass das keine Pause mehr ist. Es wird ja nicht wahrscheinlicher, wieder zusammenzukommen, wenn man sich aus dem Weg geht, nicht wahr?«

»Ich dachte, du bist sauer«, sage ich.

»Ich war auch sauer und traurig und alles Mögliche. Und ich habe mir gedacht, dass du dich eigentlich entschieden hast. Aber du hast das nie gesagt!«

»Ich wollte es nicht wahrhaben«, murmele ich.

Anton räuspert sich. »Es wäre wirklich besser gewesen, wenn du das mal in aller Klarheit gesagt hättest.«

»Tut mir leid«, sage ich.

*

Ich bin absurd früh aufgestanden und habe geduscht. Das überrascht mich selber. Es fühlt sich an, als hätte ich meinem Gehirn einen Präzedenzfall vorgelegt, indem ich Anton angerufen habe. »Hier schau, manche Sachen kann ich schaffen«, und ein Teil meines Gehirns tickt gerade voll aus und sagt: »Wow, wir sind auf Erfolgskurs unterwegs! Jetzt kann nichts mehr schiefgehen! Niemand kann uns aufhalten!«, und ich weiß genau, das wird wieder aufhören. Aber ich kann zumindest versuchen, es zu nutzen, solange es anhält. Ich wähle Florians Nummer.

Er klingt überrascht und irgendwie auch, als würde es ihm gerade nicht besonders gut passen, aber da muss er jetzt durch. Ich kann nicht warten, bis eine Uhrzeit kommt, die ihm vielleicht besser passt. Wer weiß, ob ich dann die nötige Energie dazu aufbringe. Ich fühle mich gerade, als wäre ich eine dieser großen aufblasbaren Werbefiguren, in die Luft hineingepumpt wird und die sich dann aufrichten und mit den Ärmchen fuchteln, aber sobald die Luftzufuhr abgestellt wird, sinkt die ganze Figur in sich zusammen.

»Ich glaube, wir müssen das noch mal ganz grundsätzlich überdenken. Ich kann keinen Ratgeber schreiben. Ich kann nicht anderen Leuten sagen, was sie zu machen haben, wenn ich es selber nicht auf die Reihe kriege!«

Florian seufzt. »Wir hätten aber gerne einen Ratgeber von dir. Es kann doch alles persönlich gefärbt sein.«

»Natürlich kann ich schreiben, ihr müsst nur die und die blöde Übung machen und mehr Gemüse fressen und dann geht es euch besser. Aber das ist dann doch gelogen! Es ist nicht so einfach.«

»Du musst ja nicht so tun, als gebe es eine einfache Lösung. Im ersten Teil kannst du doch beschreiben, wie schwierig es ist. Aber es wäre gut, wenn du den Lesern am Ende irgendeinen Hoffnungsschimmer geben könntest.«

Ich weiß nicht, wie ich anderen Leuten einen Hoffnungsschimmer geben soll, wenn ich viel zu gut weiß, wie es sich anfühlt, keinen zu haben.

»Immerhin hast du bis jetzt überlebt!«, sagt Florian.

Dagegen kann ich wenig einwenden.

*

Ich habe alle eingeladen. Pony und Daniela und Ken und sogar Annika aus dem Lachyoga, und wir haben zusammen gekocht und Fotos von meiner Reise angeschaut und über alles geredet, was in der letzten Zeit passiert ist.

»Ich glaube, du solltest wirklich einen Reisebericht schreiben«, sagt Ken. »Oder irgendwas über diese ganzen verrückten Yogafrauen. Aber keinen Ratgeber. Du bist nicht so der Ratgebertyp, finde ich.«

»Der Verlag will aber einen Ratgeber«, sage ich.

»Der Verlag muss vielleicht mal einsehen, dass du nicht die Lösung bist, sondern das Problem. Aber ein sehr interessantes Problem.«

Ich schmeiße eine Weintraube in seine Richtung. Er lächelt. Mich würde interessieren, ob er wohl Oliven mag.

Wenn Takashi Amano ein Aquarium eingerichtet hat, dann hat er besonders darauf geachtet, nicht den ganzen Raum mit Pflanzen und Wurzeln und Steinen zu füllen, sondern auch etwas Freiraum zu lassen. Er hat immer hervorgehoben, wie wichtig die Leere ist. Die Leere bildet das notwendige Gegengewicht und betont das, was da ist. Ohne die Leere würden die optischen Höhepunkte des Beckens gar nicht so spannend wirken.

Ich glaube, das ist wichtig. Ich glaube, mit der Leere ist es ein bisschen wie mit der Depression. Vielleicht muss ich akzeptieren, dass sie da ist und zu mir gehört, und dass sie mich diese ganzen merkwürdigen Dinge hat machen lassen, damit ich etwas lerne. Vielleicht kommt mir das nur jetzt gerade so vor, weil ich ein bisschen Wein getrunken habe und wir alle zusammensitzen und es schön haben, aber in diesem Moment denke ich, dass es wahrscheinlich alles irgendwie gut war.

»Schreibst du jetzt das verdammte Buch, oder nicht?«, fragt Pony und prostet mir albern mit einer Tasse Tee zu.

»Im Moment eher nicht«, sage ich und nehme mir noch etwas Kartoffelauflauf.

Im Hinterhof geht langsam die Sonne auf.

Es ging mir schon mal besser und es ging mir auch schon schlechter, und ich glaube, es wird auch in Zukunft Zeiten geben, in denen es mir schlecht gehen wird. Und das ist in Ordnung. In diesem Moment fühlt es sich in Ordnung an. Wenn ich Glück habe, weiß ich beim nächsten Mal währenddessen, dass es eine Phase ist. Ich muss irgendeine Möglichkeit finden, mich daran zu erinnern, dass es wieder aufhört, auch wenn es sich anders anfühlt. Und selbst wenn das nicht klappt, kann ich mir auch noch später in den Kopf schießen, das läuft mir ja nicht weg. In den Kopf schießen kann man sich am Ende immer. Ich kann mich jetzt nicht umbringen, ich muss erst ein Buch schreiben.

Ich setze mich an meinen Schreibtisch und schreibe:

Überleben mit Depressionen. 80 Dinge, die Sie gemacht haben sollten, bevor Sie sich in den Kopf schießen.

Danksagung

Häufig steht in Büchern hinten drin: »Dieses Buch hätte es nicht gegeben ohne Bla, Bli und Blubb.« Das ist aus meiner Sicht ein komischer Satz, denn natürlich hätte es das Buch auch ohne all diese Leute gegeben, es wäre einfach nur richtig scheiße geworden.

Vielen Dank an den Ullstein Verlag und an meine Lektorin Linda Vogt für das Vertrauen (und das Geld*). Ein großes Dankeschön an meine Agentin Julia Jahn, die mich motiviert und mir den Rücken freigehalten hat. Danke an meine Therapeutin, die mich immer dazu ermutigt hat, mich auszudrücken, sei es auf der Bühne oder auf dem Papier. Und danke an Tino Bomelino und Andivalent für hilfreiche Gespräche, meisterhaft gebratene Steaks** und Ideen***.

* Noch ein Phänomen, das mir in Danksagungen aufgefallen ist: Es wird immer nur für immaterielle Dinge gedankt. Ja, danke, dass ihr an mich geglaubt habt, danke, dass ihr so nett seid etc. Aber: Das war auch echt schönes Geld!

** Ich meine nicht irgendwelche Steaks, sondern Txogitxu und Wagyu. Womit wir wieder beim Thema Geld wären.

*** Diese Fußnote steht hier nur, damit der letzte Punkt, den ich erwähne, nicht Geld ist, denn das sieht irgendwie unsympathisch aus. Wussten Sie, dass Tino Bomelino ein Comicbuch geschrieben hat? »Das mittelgroße Aufmunterungsbuch« erscheint auch im Ullstein Verlag und Sie sollten es sich bestellen, dann bekommt Tino G… lückseligkeit und Ruhm. Puh.

Raum für Notizen

*